东霓

Memory in the City of Dragon II

笛安

著

人民文学出版社

图书在版编目(CIP)数据

东霓/笛安著. —北京：人民文学出版社，2021（2023.4重印）
ISBN 978-7-02-016178-2

Ⅰ.①东… Ⅱ.①笛… Ⅲ.①长篇小说—中国—当代 Ⅳ.① I247.5

中国版本图书馆CIP数据核字(2020)第056812号

责任编辑　赵　萍　王昌改
装帧设计　崔欣晔
责任印制　任　祎

出版发行　人民文学出版社
社　　址　北京市朝内大街166号
邮政编码　100705

印　　刷　北京新华印刷有限公司
经　　销　全国新华书店等

字　　数　233千字
开　　本　880毫米×1230毫米　1/32
印　　张　9.875　插页3
版　　次　2021年1月北京第1版
印　　次　2023年4月第3次印刷

书　　号　978-7-02-016178-2
定　　价　45.00元

如有印装质量问题，请与本社图书销售中心调换。电话：010-65233595

许多年后
"龙城三部曲"新版序言

我跟我的编辑说,已经是第三版了,能不能放过我,我实在不知道序言又该写什么。她说,不能。于是,我还是得把一些话写在这里,在你们翻开这第三版的陌生封面之后,故事还是那个发生在龙城的故事,而许多年后的我,早就和这一版的封面一样,成了一个陌生人。

只要西决、东霓和南音还是熟悉的就好——此刻的我真的已经非常厌倦谈论自己的作品了,更何况,是谈论这部我无论怎样都绕不过去的"龙城三部曲"。我动笔开始写它的时候是十二年前,到结束的时候也是八年前的事了——不管我在这之前或之后都写过什么,很多人对我的记忆依然是关于龙城的郑家。这样挺好。其实有件事情是我自己没有意识到的,某天我跟朋友聊天的时候,她说"龙城的郑家"对她而言,是一个理想中的"Dream Family",所以她愿意待在那里,就好像挨到了饭点热情的三叔三婶就会留她一起吃饭。热闹的一大家子人，小叔会在饭桌上转文，西决越来越像三叔那么沉默寡言，东霓会起劲地说别人的坏话，顺便跟陈嫣有事没事地杠一下，然后南音会在敏锐地嗅到战火气息的时候立即站在姐姐这一边，而三婶——就像所有宽容的母亲那样担心客人没有吃好。

能遇到这样的读者，是我此生的运气。这种运气让我对人生保留着一种基本的信念：我相信即使所有的意义都是自欺欺人，我也依然能平静地活下去。自我并不重要，创造了什么也并没有青春时以为的那么重要——一滴水终归要消失于海洋，只有大海才是重要的。不过那片大海的重要性已存在于"我"的时间之外。做梦也未曾想到，恰恰是这么多年以来，所有读者们对我的接纳与期待，把我变成了一个——如此佛系的人。

我曾经非常喜欢在"龙城"系列的各种前言后记创作谈中，讲述那个"屠龙少女"的故事——这很做作，我知道，不过彼时的确是这点做作支撑着我度过艰难写作的无数个漫漫长夜。于我，写长篇小说，就像是学习一门屠龙之技。这个技法全部的秘密，存在于相信龙的确存在的人们之间——你说它像庞氏骗局我也无力反驳。如果你相信它，你就必须接受一个基本的设定，掌握了屠龙之技，就是要去杀龙的。我想也许终有一日，少女会在好不容易找到的龙的面前，放下屠刀，忘记所有的技法。也许是因为她已苍老，也许是因为——她突然在怀疑,屠龙究竟是为谁呢? 如果说是为了救赎自我,她觉得她不配;如果说是为了守护这个世界,这个世界上大部分的芸芸众生,似乎也不配。

若真有那一日,"写作"还是否能称其为"写作"? 就到时候再说好了。尤其是,经历了2020年以来的种种,愈发觉得,写作真的是件很小很小的事情。

如果你是在很多年前就看过"龙城"系列的老读者,谢谢你了。

如果你是新读者,祝阅读愉快。

2020年6月22日 北京

目 录

第一章　　你好，雪碧　　　　　　　　1
第二章　　前世的深蓝色　　　　　　　15
第三章　　伤心球赛　　　　　　　　　33
第四章　　故人归　　　　　　　　　　49
第五章　　五月的鲜花　　　　　　　　69
第六章　　我遇见一棵树　　　　　　　89
第七章　　醉卧沙场　　　　　　　　　103
第八章　　姐弟　　　　　　　　　　　115
第九章　　夏夜的微笑　　　　　　　　131

第十章	我听说	147
第十一章	美美	165
第十二章	男孩遇见野玫瑰	183
第十三章	海棠湾	199
第十四章	蓝色的太平洋隐没的红太阳	219
第十五章	你的希伯来书	235
第十六章	跟着我的爱人上战场	251
第十七章	你的样子	271
第十八章	理查三世	289
尾声	北国之春	305

"太阳依旧会升起,哪怕照耀的只是废墟。这是我在这人间想告诉你的,最重要的事情。"

第一章 你好，雪碧

手机响起来的时候，我正好瞥见了公路边的那个沉默的"70"，于是我发现，我开到了100。跟着我就知道，一定是西决打来的。很奇怪，每到我犯诸如此类的小错时，比如超速，比如随地丢烟头，比如看着我儿子干净的眼睛，诅咒他爸爸出车祸终身残疾——在这样的瞬间，如果电话响了，十有八九会是西决。我真不明白这种事情是怎么发生的，他又不是老天爷，为什么他的声音总是如此准时地驾到，好像一切都在他掌握中，我就像是个根本没来得及偷看到什么，却逃不脱"作弊"罪名的倒霉孩子。

"快到了吗？"他语气里总是有种叫人妒嫉的闲散。

"还早。我已经很赶了，不过还得三个小时才能到。"我刻意强调了一下我在很努力地赶路，觉得这样似乎可以给刚刚的超速一个很合理的解释。然后我又在心里长叹一声，嘲笑自己，心虚什么？弄得好像我真的怕他。果然，他紧接着说："当心点儿，别再超速被拍下来，我可不再去替你交罚单。"

"少啰唆。"我咬咬嘴唇，这时候我听见手机里面一声轻响，我知道他又按下了打火机，于是我说，"连我都戒了，你还执迷不悟，抽吧，总有一天得肺癌。"算是报复一下他料事如神。

他轻轻地笑："等你接到人再回来天就黑了，你为什么不早点儿动身？"

我就知道他会问这个，我说："我也想早上就出发的，可是今天上午郑成功那个小家伙也不知道为什么，总是哭。折腾到快中午……"

他打断我："郑东霓，你少撒一点儿谎会死啊？"然后我听见他深呼吸的声音，"我刚才才放下家里的电话，三婶说你一大早就把郑成功送去了。"

"少揭穿我几次，你会死啊？我是犯人吗？"我终于忍无可忍了，"我的确是中午才动身的，因为我上午去找江薏了。人家刚刚离婚心情不好，我就多陪她在商场转了转，我还顺便给北北买了条裙子呢。怎么样，不信你就去问江薏。"我又不是不知道他的死穴在哪里。

"我不跟你闲扯，就这样，你专心开车。接到人以后给我发短信。"他的声音明显地闷了下来，没了兴致。每一次在我想要打击他的时候，提江薏，总是没错。

"等一下。"我欲言又止。

"好。"他简短地说。

"我有点儿怕。"我终于坦白承认，"我一路上都在想，我应该让你陪我来。怎么办，西决？我越来越紧张。"我轻轻呼吸着，冷笑一声，"真没出息。整个上午都在磨蹭，一直拖到非走不可的时候我才逼着自己起程。我……"

"活该。"他打断我，"我问了你二十遍，是你说你要自己去。"

"那是因为我没想好，见了面她该怎么称呼你，多尴尬。"

"就因为这种小事？"他笑，"女人真是蠢。"

"滚！"

"没什么可怕的。"他总是一副笃定的样子，"不知道该跟她说什么，就什么也别说。等你们熟了，自然就会好。"

"行。就照你说的办。好了，挂了吧。"

"你先挂。"他的声音很轻。

手机屏幕上面那道小小的蓝光微弱地灭掉了。我把车窗按下来一部分，晃了晃面前白色的万宝路的盒子，还剩下不多的几支。是我两个月前下决心戒掉的那天剩下来的。就像求签那样，随着晃动，发出闷闷的类似拍打的声音。有一支渐渐伸了出来，我俯下脸，衔住它，轻轻地，害怕它弄乱我的口红。不能怪我，上天要我点燃它的。不由自主地，我悄悄微笑一下，就好像小的时候，自己和自己玩游戏那样。其实我是没有什么资格嘲笑西决会得肺癌的。不过还好，这一幕他没有看见。

我要去的地方名字叫作阳城。也是个古城，有很长的历史，很少的人，位于一个紧挨着龙城的省份。这样长久地在高速公路上面走，人是很容易犯困的，前面是路，后面也是路，就在这种无所谓起点和终点的路上打个盹儿太自然了，反正打盹儿的那一瞬间的睡梦和这条漫长的路比起来，无非是沧海一粟。很多车祸当然也就这么酿成，沧海一粟的恍惚中，生命就结束在神明的俯视下。其实要是自己可以选择的话，我宁愿这么死。挺好的。

可惜我眼下还不能死。我去阳城有很重要的事情。

收费站离我越来越近。鲜红的条幅上面说，阳城人民提醒我要注意安全行车。我索性不去想我过一会儿到底要怎么应付了。反正，再怎么难挨都还是会过去的。就像那个时候考大学，心里再怕，再恐怖，也还不就是应付那么两个小时，铃声一响，考卷一交，无论如何，两

3

个小时而已，天反正不会塌下来的。可是不知道为什么，我突然非常想给郑南音打个电话。我想听听她的声音，好像任何事情到了她那里都可以被说笑着解决，一切都是元气十足的，都是光明磊落的。

可是她的手机没有人接听。想来她很忙——她和她的同学们此刻正忙着在家乐福门口扯大横幅，说是要集齐抵制法货的万人签名，一定热闹得很，听不见手机也属正常。昨天我告诉她，我要到阳城去接我表哥的女儿。她大感不解地问："你的什么？"我重复了一遍："我表哥的女儿。""谁是你表哥？我怎么不知道？"她又拿出了那副招牌式的无辜表情。"我表哥就是我舅舅的儿子。"我非常耐心地解释，像是在扫盲。"我不认识你舅舅。"郑南音理直气壮地说。"你当然不认识我舅舅。"我无奈地翻了翻白眼儿，"我舅舅、我表哥都是我妈妈那边的亲戚，你从来都没有见过的。""那他们到底算不算是我的亲戚呢？"她非常困惑。"这个——"我其实也被问住了，犹豫了一下，"我觉得应该算。"

"那么，那个小姑娘为什么要到龙城来呀？"她问我。这个时候我们的身后有同学叫她："郑南音，你快点儿来看看这里的颜色，用哪个好。""来了！"她答应着，冲我挤了挤眼睛，"你等会儿再给我讲她的事儿，我现在忙着呢。"

是这样，昨天下午，郑南音大小姐带着她的七八个同学，浩浩荡荡地杀到我家。因为他们看中了我家空旷的客厅——足够他们把那几条将会布满签名的横幅从地板的这头平铺到那头。颜料、马克笔也丢得到处都是，争论这里那里该画什么的声音不绝于耳。我家郑成功倒是对眼前的场景颇为兴奋。原本坐在地板上，一点点努力地蹭到横幅的边缘，一脸深思熟虑的表情。一个女孩子就势抱他起来，把他的小手放在了颜料碟里："来，小弟弟，也算你一个签名。"说话间，郑成功绿色的小手印就按在了洁白的布条上。于是他就兴奋了，在我一眼没看见的时候，果断地把这只颜料未干的绿色小手拍到了墙壁上。

我一边给郑成功洗手，一边盯了郑南音一眼："你至少应该先打个电话给我吧？"我压低了嗓门儿问她。

"不打电话又怎么样啊，"她嫣然一笑，"这可是爱国行动，你能不支持吗？"

"我当然支持。"我灵光乍现，"那么上个礼拜你要我买给你的KENZO香水怎么办？不买了，我们也一起抵制了吧？"

"香水——"郑南音眨了眨眼睛，毫不犹豫地说，"KENZO是意大利的牌子，为什么要抵制啊？"

"你等一会儿自己去百度好了。"我忍无可忍。

"不用百度。"她挥挥手，"KENZO不是法国的牌子，不可能，一定是意大利的，必须是意大利的。所以你答应了的事情就要算数，你还是得给我买。"

"郑南音，你面对现实好不好？"

她突然尖叫了一声："哎呀，糟糕了，刚才没听见，是我老公的短信，我去回电话了——姐，人结了婚果然就是不自由，你说对不对？"

"我会去找你老公来给我重新刷客厅的墙。"我对着她的背影恶狠狠地补了一句，只可惜，她没听到。

不过无论如何，想起她来我总是可以微笑。虽然这种转瞬即逝的微笑没有办法阻止我胸腔那里越来越紧的感觉，我的心脏像面鼓那样乐此不疲地敲打着。这个名叫阳城的地方看上去真是令人恍惚。又熟悉，又陌生。因为那里陈旧的感觉就像是我童年时候的龙城，没有很多高层的建筑，楼房的式样看上去有点儿老，街边上的店面都那么小，有那么一刹那，我觉得自己置身于一个很多年前的场景。我的车前面忽地跑过去一个五六岁的小女孩，我赶紧踩了急刹车，轮胎在地面上擦出一声尖锐的响声。那个小女孩丝毫不知道刚刚和她擦肩而过的就是危险，她张着两只手，两个小辫子在耳朵边上甩着，她快乐地往前跑，似乎所有的危险都会因为她的轻盈而退避三舍。她这么急切，是因为前面支着个黑色的、手摇的那种炉子，卖爆米花的小贩。在龙城，这种古老的爆米花的炉子早就消失了，我有那么多年都没再见过，原来它在这儿。她的模样分明就是五岁时候的我，心急地捏着奶奶给的两角钱，穿过灰暗的楼群，去买爆米花——当然了，那时候我的身后有时候会跟着一个两岁的小弟弟，他跑得太慢了，我总是不耐烦地把他甩得很远，他就总是一声不吭非常努力地追着我，紧紧抿着小嘴儿。往往这个时候奶奶就会从二楼探出头，无奈地冲我喊一声："东霓——当姐姐的没有个姐姐样子，要带好毛毛呀——"没错，"毛毛"就是西决，只不过自从奶奶走了之后，就没有人这样叫他了。

　　那个小女孩的母亲气急败坏地在后面追她，乱七八糟的发髻上还插着一根织毛衣的竹针，她还不忘恶狠狠地拍一下我的车盖："会不会开车？要撞人了！"若是在平时，我一定会打开车门跳出来，和这种恶女人理论一下。但是今天，算了，因为我突然想起了奶奶，因为我重新看见了小时候的爆米花。

　　我要去的那个地址，应该就是这一带。鼓楼街15巷。眼前延伸着这么多的巷子，曲折，狭窄，我弄不清楚。写着地址的便笺纸在我的手心里微微发潮了。下午的明朗阳光就在我眼前的地面上径直泼洒着，毫不犹豫，毫不做作。这个时候，我看见了她。

　　她站在离我不远的一条巷口，背上背着一个硕大的双肩包。她很瘦，整个身子都是细细的，虽然我不知道像她这样十二三岁的女孩子到底怎么样算是标准，我还是觉得她太瘦了。我的车慢慢地靠近她，她就在我的眼前越来越清晰。她不是那种漂亮的，或者精致的小女孩。可是她的眼睛非常大。大到让我猛然间看到那张瘦小的脸的时候，只记住了这对眼睛。她的鼻梁很低，所以看上去并没有什么东西把那两只眼睛分开，感觉不那么像个真人，更像画。她也在环顾左右，寻找着来接她的人。她碎碎的刘海儿跟着她的脸左右晃动，一起晃动的还有她很随便地搭在肩膀上的辫子——我真不明白她的头发怎么会那么少，全都扎起来了还只是细细的一束，可是，很适合她，让她看上去更像一只很沉默、对周遭一切喧嚣都很无所谓的小松鼠。我把头探出车窗的时候，她也正好转过脸来看见了我。于是，她对我粲然一笑，露出两颗很显眼的虎牙。

"雪碧。"我叫她。

她不说话，只是用力地点点头，有些迟疑地靠近我，右手紧紧地攥着她书包的带子。我这才看清楚，她那件说不上是灰色还是粉色的衬衣袖口有些短。她只要一用力，那袖子就会紧紧吸住她细得危险的手腕。我下了车，打开后座的门，"把你的包放在这儿好了，你所有的东西就是这些吗？"

她还是不说话，还是点头。我真高兴我可以帮她安置这个包，不然我还真不知道我到底该不该拥抱她一下："你小的时候我见过你一次，还记得吗？"我问。

她皱了皱眉，然后摇头，不好意思地笑笑。后来，直到很久以后的今天，我都觉得，雪碧最可爱的表情就是有点儿羞赧地皱眉的时候，不自觉地，一道眉毛高，一道眉毛低，脸上洋溢着一种说不出的甜美。

"系好安全带，我们上路了。你要是中间想去厕所，或者想买饮料就告诉我。"

她依然只是点头而已，把她怀里那只很旧的绒毛小熊也一起扣在安全带里面。那只小熊看上去很有年头了，说不上是咖啡色还是棕色，脚上还有个补丁，只不过，可能真的是因为年代太久的关系，两只漆黑的眼睛被磨得有了些温润的活气。

"这么大了，还在玩小熊呀？"我笑笑。

她突然非常严肃地拍拍小熊的脑袋："他是我弟弟。他叫可乐。"她的声音有点儿特别，有一丝丝的沙哑，可是又很清澈。

我笑着问她："那你知道你该叫我什么吗？"

她静静地说："姑姑。"然后她低下头去，非常认真地指着小熊，说，"可乐也要叫你姑姑。"然后，又是灿烂地一笑，有点儿羞涩，"你别看他不会说话，他什么都懂得的。"

"好的，欢迎你和可乐来我们家。"

这个时候手机又开始唱歌了，自然是西决。我告诉他雪碧现在在我的车上，简短说了几句，就收了线。我发现雪碧在专注地凝视着我。她全神贯注地看人的样子真的非常奇异，聚精会神的时候就好像眼睛里面有什么东西马上就要蓄势待发地燃烧一样。

"你男朋友吧？"她又是有点儿羞涩地一笑，是她们那个年龄的小女孩特有的，谈起男生时候的羞涩，掩饰不住的好奇和兴趣。

"乱讲。"我无奈地笑，"是我弟弟。你到底该管我弟弟叫什么，我也不知道。你自己看着办吧，想叫他什么就叫他什么。"真要命，其实我根本不知道该怎么样拿出长辈的语气和小孩子说话。

"你明天就能见到他，我弟弟。"我接着说，似乎是为了避免尴尬的沉默，"不止我弟弟，还有一大家子人，我三叔的一家三口，还有小叔的一家三口。三叔的女儿就是我妹妹，她在上大学，我觉得说不定你们俩会聊得来；小叔的女儿很小，才刚刚出生几个月，是我们大家的宝贝儿。当然了——"我偷偷瞥了她一眼，发现她在全神贯注地抻着可乐的耳朵，似乎是要那只熊和她一起记住，他们将要面对的家庭。

"当然了，"停顿之后，我继续说，"别担心，你用不着每天和这一大群人生活在一起。你会住在我家，我家人很少，地方足够大，你会有自己单独的房间，家里只有我和我儿子，我儿子只比小叔的女儿大一点点，也是个小家伙——"我对她一笑，"他就要过一岁生日了。你的生日是年底，对吧？今年的12月24号就是你的十二岁生日。是你爸爸电话里告诉我的。"

她惊愕地抬起眼睛："我还以为我爸爸根本不记得我的生日。"

"明天我带你去逛街，给你买新衣服。"我换了个话题，"你这件衬衫的袖子都短了，人在你这个年龄，就是长得特别快。"

"不是。"她打断我，脑袋一歪，细细的辫子在脖子周围打着转，"我外婆跟我说，来接我的姑姑是走南闯北见过大世面的，连外国都去过了，人也很漂亮很会打扮，所以我外婆特地从养老院里打电话给我，要我见你的第一天穿得漂亮一点儿，穿上我最贵的衣服，不可以被你笑话——我找来找去，最好的一套衣服就是这件了，可惜衬衫是五年级的时候买的——没办法只好穿上。"

"你倒真是听你外婆的话。"我又一次成功地被她逗笑了，"你最亲的人是外婆对不对？要不是因为她身体不好只能去养老院，你也不会被送到龙城。"

"不对。"她再一次坚定地晃晃那根生动的辫子，抱紧了可乐，"我最亲的人是外婆和弟弟。不一样的，外婆是大人，外婆什么都教我，可是弟弟不同，弟弟是熊，很多人类的事情怎么解释他都不明白，所以我得照顾他。"

"非常好。"我笑得差点儿握不住方向盘。车窗外面，黄昏无声无息地来了。一点儿预兆都没有，就把我们这些在夕阳的阴影下面营营役役的人变成了舞台上面带些庄严意味的布景。雪碧的脸转向了车窗外，轻轻地把面颊贴在玻璃上面，痴迷地盯着外面被晚霞染红的公路。其实确切地说，不是晚霞染红了公路，是公路变成了晚霞的一部分。

"好漂亮。"雪碧像是自言自语，然后她用左手捏捏那只小熊的脸，右手晃了晃他的身体，很奇怪，那只绒布玩具就在这微妙的一捏一晃中有了点儿欣喜的神态，至少是手舞足蹈的感觉，于是我知道，他们俩这是在对话了，可乐也认为眼前的景色的确不错。

"喂，雪碧，你外婆，或者你爸爸，或者你们阳城的所有亲戚，有没有人跟你说过，姑姑是个坏女人呢？"我突然间没头没脑地问。

"我外婆只说过，漂亮的女人大多数都是坏女人，所以我不漂亮，是好事。"她眨眨眼睛。

"你是在夸我吗？"

因为有了雪碧和可乐，这趟回程远远不像来的时候那么漫长。

抵达龙城的时候，已经入夜了。我把车停在三叔家的楼下，叫雪碧等着，自己上楼敲门，去接郑成功。三叔出差去了，郑南音在学校，客厅里只有三婶一个人看电视，越发显得空荡荡的。

"三婶，就你一个人啊？西决呢？"我承认，看不到西决我有点儿失望，因为每当我心情有些复杂的时候，不知道怎么搞的，就迫切地想和西决说说话，哪怕是最无关紧要的话也行。

"他今天晚上得看着学生上晚自习。"三婶站起来，从屋里面把郑成功抱出来，放进客厅的婴儿推车里面，"你接到那个小姑娘了？"

"嗯。她在下面，今天晚了，明天带她来。"说话间郑成功睡眼惺忪地挥舞了一会儿他的小拳头。

"她到底会在龙城住多久啊？"三婶一边问，一边在摇篮上方盖上一条小被子。

"我也不知道。我表哥从她出生那年就在闹离婚。家里常年都是鸡飞狗跳,根本没有人能照看这个孩子,后来我表哥又去了外地,她一直都是在她外婆家长大的,现在外婆也瘫痪了,只能去养老院——我们家所有这些亲戚,都在互相踢皮球,要是我现在不管她,一转眼就要学坏了……"三婶摇了摇头,"作孽。"

"对了,东霓,"她像是突然想起来什么一样,"今天我发现,小宝贝儿右手的手掌心和指头上起了好多小红疹子。不大像湿疹,有点儿像过敏或是被什么东西刺激了,我记得南音小时候也起过类似的东西……"

"没事的三婶,我知道是怎么回事。"还用说,自然是那些绿色的颜料。

"反正我已经给他抹过药膏了,好一些了,明天你一定要记得再给他抹。"

"行,我走了。"

"对了,东霓,你要看着他,抹完药膏以后一定不能让他去吃手,或者拿那只手去碰眼睛。"

"知道,三婶,你总是操这么多心。"

雪碧看着我拎着小摇篮出现在她面前的时候,眼睛顿时亮了:"像提着一篮子菜。"她"咯咯"地笑。

"现在带你去吃晚饭。"我打开车窗,点上了一支烟,"必胜客怎么样,你吃过必胜客吗?"

"没有。"她把嘴抿成了一条线,顺便捏着可乐的后脑勺,于是那只熊也做了个摇头的动作,"只是看过广告。"跟着她好奇地问我,"你抽烟?"

"都看见了还问。"

"Cool——"她像是牙疼那样吸了口气。

我犹豫了很久,终于还是拨通了我妈的电话。她第一句话就是:"接到了吗?"

"早就接到了。"我说。

她说:"那就好。"

一向都是如此。她接我的电话的时候从来都不叫我的名字,我也从来都不叫"妈"。从很久以前起,我们就不再称呼对方。弄得我在三婶面前说出"我妈"这个词的时候,舌头都会打结。至于像是"你最近好不好""注意身体"之类的话,就更是没有了。其实这样也好,我简直不能想象,我若是跟她说出"保重身体"这虚伪的四个字,她自己会不会被吓一大跳。

我爸爸去世以后,我其实只和她见过一次面。刚刚过完春节不久的时候,三婶硬逼着我去她那里一趟。那段时间,正逢我亲爱的三婶被南音私订终身的壮举气得头昏,所以我不想再火上浇油,没有办法,只好把钱装在一个信封里带去,算是为了给她点儿东西才去见面的。总得有个理由和名目我才能心安理得。

但是她几乎没有正眼看我。她一直在摆弄我爸骨灰盒前面的那个香炉。摆过来,再挪过去,直到香炉里面有一支香因为她的折腾而折断了,然后她才心满意足地转过脸来,宣告胜利似的说:"你看到了没有? 你爸也不想看见你。这支香断了就是说明他看见你就心烦。"

我倒抽了一口冷气:"疯子。"这两个字似乎是从牙缝里蹦出来的,然后我把信封放在茶几上,"这里面是两万,花完了你就告诉三婶,我再托她给你送来。够你买成捆成捆的香把房子点了。"

她突然从怀里摸出另外一个皱巴巴的信封给我,那信封触摸上去是温热的,她哑着嗓子说:"不用打开看了。里面是你爸的一撮头发。他临走前几天我剪下来的。你拿去吧,愿意怎么样就怎么样,别再烦我了,我现在要赶紧再上炷香给你爸,把这件事告诉他。你又不是不知道,他那个脾气,一听到我偷剪他的头发又得炸锅,我得慢慢跟他说。"

"行,你们俩好好聊吧,你也该庆幸反正他不会再揍你。我就不打扰了。"我站起身的时候,发现自己的腿是软的。

在雪碧怀里的郑成功完全清醒了,开始很有精神地讲外星语言。倦意就是在那一瞬间从我身体一个很深的地方汹涌而来的,甚至侵袭到了从我嘴里吐出去的烟。"雪碧。"我低声说,"你可不可以帮我个忙 —— 看着他一点儿,他的手上有药膏,不要让他去啃自己的拳头。"

"好。"她愉快地答应我。

也不知道在我的婴儿时代,类似情况下,我妈任凭我吃进去了多少有毒有害的东西。想到这里我苦笑了一下。还好,我总算活着。

手机又开始不知疲倦地唱歌,伴随着的振动的声音像轰炸机一样在我的脑袋里肆虐。我长长地叹气,还是接起来,是江蕙打来的。

"郑东霓,"她开门见山,"我那个在医院上班的朋友今天下午通知我,你和你爸的 DNA 的鉴定结果出来了。他先告诉了我,然后正式的报告你大概两三天之内就能收到。"

"是吗,谢谢。"我强忍着太阳穴那里撞击般的疼痛。

"你 —— 想知道吗? 我现在就可以告诉你了。"

"不想。"我简短地回答,其实话一出口我就后悔了,为什么不呢?反正是早死早超生。可是在我刚刚想要改口说"好"的时候,我发现我已经把电话挂了。

第二章 前世的深蓝色

呼吸停止的时候,眼前泛着支离破碎的、深蓝色的光。胸口紧紧地被撕扯,脖子那里越来越紧,紧到那么沉。我的身体完全不能做任何动作,当然包括挣扎着尝试着呼吸,可是脑袋里面清醒得像结了冰的湖面,光滑得不能再光滑,凛冽地倒映着我自己濒死的躯体。

然后我就醒来了。准确地说,是惊醒的——但是我真不愿意使用这个词,这个词让人联想到的那种娇喘连连的画面叫我火冒三丈。我坐起来,忍受着微微的眩晕,窗外的天光已经微明,不是我梦中那种幻灭的深蓝色,是灰色的。我胡乱地在睡裙外面裹上一件大衬衫,走到客厅的窗子那里。漫不经心地把蓬乱的头发抓了两把,我想它们应该重新烫一次了,可是真该死,我没有时间,郑成功那个小家伙明明体积那么小,却有本事占据我那么多的精力。常常是这样,我盼望已久的美容、SPA、瑜伽课,或者和江薏的约会,不得不因为郑成功而取消:比如他突然不肯睡觉,比如他莫名其妙地低烧和吐奶,还比如他大哭大闹的就是不肯乖乖待在三婶家里,但是只要我把他抱起来,他就立刻安静,好像我的皮肤上涂着镇静剂——他就是打定主意吃定我死缠我到底了,这个无赖的小动物——每到这种时候我就想在他屁股上狠狠捏一把,他柔嫩得让人讶异的肌肤更让我觉得这所有的鲜嫩都是用我的狠狠换来的,代价是我的面部水疗、我的香熏护理、我一切只需要以自己的意愿为中心的生活,一不小心,下手就重了。于是就会留下青紫的痕迹。其实小孩子用不着那么娇气的,这种小痕迹很快就会好,也不知道西决怎么就会把这点儿事情看得那么重,想得那么坏,还要冲我发飙。

我的客厅还真是空旷得很,尤其是在这种微明的晨曦中看过去。一切家具都是静默着的,蒙着天地混沌时原始的灰色,这种废墟一般的错觉让这屋子比平时大了好多,大到让人凭空觉得有些阴冷。当然了,这凉意也可能是我赤脚踩在大理石地板上的关系。当我环顾这个空荡荡的房子时,总是有种隐约的骄傲。或者在有些人眼里我拥有的根本微不足道,可是不管怎么讲,这一切都是我自己坚持下来,才最终得到的。我坚持了那么多年,熬过了那么多事情。用南音小姐的话说,我自己很牛。我微笑地裹紧了身上那件大衬衣,这是上个星期,那个来过夜的男人留下的。我存心不想记得他的名字,也没兴趣记住他的长相,可是好死不死的,他忘记了这件衬衣。里面的卧室里,郑成功咿咿呀呀的声音隐约传了出来,我心里一紧,火气又顿时蹿了上来——他怎么可以这么霸道?怎么可以醒得这么早,连清晨这一点点的时间都不肯留给我?不过还好,他随即又安静了,看来刚刚不过是在做梦。我长长地叹了口气,拿起电话的分机,我想打给江薏,想和她聊聊我刚刚收到的医院的鉴定报告。不过还是算了,她怕是刚刚睡着,现在打过去,电话那头一定会传来她歇斯底里的尖叫声。

那份 DNA 鉴定报告此刻就在我面前的茶几上,躺在医院的白色信封里面。信封被我昨天颤抖的手指撕得乱七八糟。我重新把里面那张简单的A4纸抽出来，无意识地，又读了一遍。电话就是在这个时候奇迹般地响了起来。该死！我似乎已经听见了郑成功尖锐的哭闹声。我慌乱地把电话接起来，压低了嗓门儿："喂？"江薏懒洋洋地笑，"怎么像是做贼一样？""你居然这么早就起来了。"我笑。"不是。根本没睡。熬夜写稿子来着。"她心满意足地打了个哈欠，"给你打完电话就睡。""还以为你又在和谁鬼混。""我除了鬼混，偶尔也干正经事。"她熟练地和我贫嘴，沉默了一下，说，"你还好吧？我就是不放心你。我觉得你昨天晚上一定睡不好。""我好得很。"我有些恼火，她未免太小瞧我了。"好好好——"她巧笑嫣然，"知道你厉害，你最坚强，你山崩于前不形于色，可以了吗？"江薏说话的调子总是柔柔的，听上去诚恳得不得了，明明知道她在骗你却还是觉得舒服，我想这就是男人们总是更喜欢她的原因。我对自己苦笑着，莫名其妙又开始恍神，不知道江薏是什么时候收了线，只记得自己很机械地把电话夹在耳朵和肩膀之间，腾出右手，按下了打火机。火苗很曼妙地缠上了那份报告，顷刻间就热烈得如胶似漆。我把那小小一团火焰扔进了玻璃烟灰缸，那股味道有点儿难闻，但是我仍然耐心等待着，等着那张记录了我命运的A4纸变成一把温暖的灰。

"姑姑，姑姑——"雪碧清澈的声音从屋角传出来，她居然是从我的房间里探出了脑袋，愉快地微笑，或者不是刻意微笑吧，她的嘴角似乎总是在无意识的时候，就是上扬的。

"你什么时候窜到我屋里去的？"我愕然，从没见过如此不拿自己当外人的家伙，哪儿有半点儿寄人篱下的样子？还不到二十四小时呢，装也要装一下吧。

"就在你打电话的时候。"她的虎牙在窗帘缝隙透出的阳光里几乎是闪烁的。

她穿着刚刚拆封的睡衣,是我买来放在她床头的。不过她忘了撕掉印着价钱的商标牌,那块白色的小牌子在她蓬松的辫子下面一晃一晃的。她赤着脚,大方地踩在冰凉的地面上,几个脚趾上还带着残留的桃红色的指甲油:"我进来是因为听见小弟弟醒了。所以我就把可乐也带进来,让他陪着小弟弟玩。"

郑成功端坐在他围着护栏的小床里面,像是坐牢的囚犯那样,两只小手紧紧抓着白色的栏杆,眼巴巴地盯着雪碧手里那只永远都是憨厚地嬉皮笑脸的可乐。他今天早上居然完全没有哭过,真难得。我笑着看看雪碧:"你们俩倒是投缘。"

"小弟弟的手为什么是这样的,姑姑?好像很肉,指头那么短。"她心无城府地问。

"你外婆告诉你那么多关于我的八卦了,就没有告诉你小弟弟有病吗?"我有点儿尴尬地转过脸,不想直视她的眼睛,"他的病是天生的。而且你要知道,他长大了以后,智力也不会正常。他就是人们说的那种低能儿童。很多事情他永远都不会明白的。"

"那有什么关系。"雪碧的虎牙又露了出来,"照你这么说,姑姑,小弟弟和我的可乐是很像的。你这么想就会觉得没什么大不了的。"

我简直要被她气笑了:"小弟弟是人,不是玩具。"

"可乐也不是玩具。"

"好吧。小弟弟不是动物。"

"可乐也不是动物。"她的眼睛专注地看着我,黑漆漆的。这个小孩不知道她长得像谁。我出神地看看她,笑了一下:"现在赶紧换衣服吧,我们要一起去见很多人。"

"亲爱的——"郑南音从厨房里蹿了出来,张开手臂朝我们熟练地飞过来。我正准备无奈地迎接她元气十足的对撞,哪儿知道这丫头完全无视我,一把从推车里把郑成功捞出来。像揉面团一样,把郑成功贴在胸口来回地磨蹭:"宝贝儿,你是不是又胖了,嗯?怎么吃那么多呀——"郑成功非常配合地跟着她笑,笑起来的声音就像一只小猫在打喷嚏。有时候我真的很奇怪,为什么南音和郑成功之间会有那种自然而然的默契,有时候看上去他更像是南音的小孩——郑成功这个吃里扒外的家伙,谁说他傻?

"你要是再像上次那样弄我一脖子的口水,我就写信给那些航天员,拜托他们把你送回火星去。"郑南音的眉眼之间不知从什么时候起有了种说不出的温柔。我不知道那场莫名其妙的早婚除了在春节的时候把我们全家弄了个天翻地覆之外,究竟在多大程度上改变了南音。总之,她和郑成功说话的样子真的越发地和以往不同。比我还女人,比我还母性——真是不成体统,一个玩儿过家家的孩子居然投入到这个程度了。

"这个就是雪碧啊,"三婶笑吟吟地从厨房里出来,围裙上全是面粉,"个子这么高,长得也秀气。不过就是太瘦了,要吃胖点儿。以后一定得常常到我这儿来吃饭——"三婶有些困惑地转过脸,"这孩子该叫我什么?"

"我怎么知道?"我脱口而出,"她叫我姑姑,那么姑姑的婶婶应该是——难道要叫姑奶奶?"

"哎哟。"三婶笑得弯了腰,"怎么听上去就像骂人的话呢。"

"雪碧!"南音一边把郑成功放在屋角新铺的宝宝地毯上,一边直直地看着雪碧的脸,"我也是你的长辈。你也得叫我姑姑。"

雪碧愣了一下,突然抿着嘴,看似胸有成竹地一笑:"你真好看,南音。"

"你怎么可以无视我也是你姑姑。"南音气急败坏的时候和她小时候耍赖的表情一模一样。

雪碧更加沉着地一笑,从背包里面把永远不会缺席的可乐掏出来,火上浇油地说:"介绍你认识我弟弟可乐,南音。"

"有没有搞错啊——"南音尖叫了起来。

"南音,大呼小叫的也不怕吓着小宝贝,那么大的人了,一点儿分寸都没有。"三婶皱起了眉头,刚才的好心情顿时消失了。自从春节以来,三婶和南音说话就总是这样横眉冷对的,一点点小事也有本事绕到南音私自结婚那件事情上去,然后连带着骂一下苏远智。南音也算是跟着修炼出来了一副厚脸皮,总是装疯卖傻地应付过去。虽然她们之间的对白总是万分精彩,我在电话里给江薏学过好多次舌,不过现在,眼看着三婶又要从"那么大的人一点儿分寸也没有"转移到"背着父母连婚都敢结你还有什么是不敢做的",我有责任转移一下话题:"三婶,今天不是吃饺子吗?我去厨房把面盆帮你端出来,我们在外面餐厅的大餐桌上包,这儿宽敞。"

"好吧。"三婶终于转移了注意力,"里面那两盆饺子馅儿也端出来。"

"当然。"我笑,悄悄回应了南音远远地给我的鬼脸,"没有包饺子只端面不端馅儿的道理。"

"姐姐又不傻。"南音悄悄地嘟囔。

"你说什么?"三婶眼看着又要崩溃了,我抢在这个瞬间插了话。"南音你过来帮忙。我们多一个人,包饺子还能快些。有雪碧陪着郑成功玩儿就行。"

"你要她帮什么忙?她根本就只会气我。"三婶冲我瞪眼睛,随即又一转念,"对了对了,你看,我刚刚忘了往那盆肉馅儿里拌一个生鸡蛋进去，东霓你不知道我最近的脑子真的特别不好用，也不知道我是不是真的老了——全都是南音这个死孩子把我气的。"

"三婶你不老，你越来越漂亮了。"我开始谄媚地微笑。没办法，谁让三叔出差不在家，平时这种和稀泥的工作都是三叔的，今天只好由我硬着头皮上了。

"又不关我的事儿，"南音不情愿地悄声说，"是你刚刚要打鸡蛋的时候，姐姐正好回来了，你出来说话才忘记的，怎么又算到我头上来了？"

"这么说你一直都记得我没有打鸡蛋，你不提醒我，还好意思说不关你的事儿，你是存心的吧。"三婶回过头来，用一种恍然大悟的表情盯着南音，这个时候，站在郑成功身边的雪碧突然间"哧哧"地笑了，她露出尖尖的虎牙粲然一笑的样子似乎让三婶有点儿不好意思。就在这个时候门铃恰到好处地响了，南音欢呼着去开门，就像是去迎接救星："哥哥回来了，一定是哥哥回来了。"

西决抱着两个硕大的食品袋，一左一右，有点儿惊讶地看着雪碧："你是雪碧？"

"叔叔好。"雪碧顿时变得乖巧了。

"岂有此理！"南音快要跳起来了，"你凭什么不叫我啊？这么小就这么势利，看出来我在家里没有地位就觉得欺负我也没关系吗？"

就在这个时候，郑成功不知为何，看上去非常严肃地用力点点头，喉咙里面发出来的声音近似于"对"，搞得大家全都笑了，也包括三婶。

一片笑声中，我跟西决说："头发什么时候剪短的？"一边伸出手，轻轻碰了碰他有些扎手的发梢。

他一边脱外套，一边说："昨天。"

我说："好看。"

他轻轻扬起眉毛:"我倒觉得一般。"

"我刚刚看到,三婶在饺子馅儿里面拌了好多香菇,是你喜欢的。"我突然间觉得,雪碧的眼睛在悄悄注视着我,可是我一错开视线,原来雪碧在和郑成功以及南音非常融洽地玩在一起。那时候我就知道了,雪碧不愿意叫南音"姑姑"是因为她觉得她们两个人可以成为朋友。

西决微笑了一下,他笑起来的时候总让人觉得这个微笑绽放得非常慢,他说:"好。"跟着他也加入了南音他们,把郑成功举起来,高高地举过头顶,"郑成功小朋友,舅舅好几天都没有看见你了。"郑成功得意地在半空中挥舞着他的四肢,好像在空气里面游蛙泳。

"东霓,"三婶一边擀饺子皮,一边说,"我上次让你去的那个公司,你去见人家老板了没有? 好歹有个工作,你也不能整天这么待在家里,这么年轻。"

"三婶——"我无奈地叹气,把手里的饺子捏出一圈花边儿,"我的学历只是高中,大学也没有念,人家好好的一个贸易公司干吗要我呢?"

"所以说我才托人的呀。"三婶挑了一筷子的饺子馅儿,为了配合说话,做手势的时候险些就把饺子馅儿弄掉了,"那个老板的妈妈是我关系特别好的老同学,我们初中的时候就是好朋友,我是学习委员,她是团支书,他们家人都是特别好的人,又正派又厚道。"

"我干吗要去关心老板家里的人好不好呢。"我觉得我自己快要翻白眼儿了。西决和南音一起从客厅的一角给我递眼色,暗暗地笑。这两个幸灾乐祸的浑蛋。

三婶有点儿尴尬,脸居然都有些泛红,其实这是她最可爱的时候:"算了,我明说了吧,我是想让你见见那个老板,说是老板,其实公司挺小的,就那么三四个人,这个人挺好,能吃苦,也敢拼,钱是暂时没有多少，可是也没有那些有钱人身上的毛病，跟你年龄也合适，你总得再嫁一次，这次得找个知根知底、特别可靠的人。"

"三婶，"我打断她，突然之间有点儿难过，"我还能再去挑什么人？我带着郑成功这样的孩子，人家谁会愿意背这种包袱呢？我早就想好了，我一个人也挺好的。"

"不能那么说的，东霓。"三婶柔柔地叹了一口气，"我觉得坏事都能变成好事，郑成功这样的孩子就是试金石，你把他带在身边，你才能清楚，谁是图你漂亮，或者图你手里那点儿钱，那个看见我们的小宝贝也愿意娶你的男人就肯定是真心对你好的。"

"我是不再想这种好事情了——"我苦笑，"不是每个人都能像三婶你一样，那么好的运气，遇上三叔，过得这么幸福。"

"我当年还看不上他呢。"三婶骄傲地微笑着，"我嫌他木，还嫌他长得丑，幸亏南音像我，一个女孩子要是像了你们三叔，那可不好办了——"但是她的脸色转眼又变了，"早知道还不如生个长得像你三叔的女儿，不好看说不定还能安分一点儿，不会追着人家男孩子全中国地跑。"

西决走了过来，表情有些尴尬："三婶，你都骂了两个多月了，就别再骂了，南音是小姑娘，她要面子的。"

可是正在这个时候，南音和雪碧的对话传到我们的耳朵里。雪碧很羡慕地说："南音，姑姑好看，你好看，你妈妈好看，叔叔也好看，你们家的人怎么都这么好看？"

"那当然了。"南音骄傲地说，"你还没有见到我老公呢，我老公也很好看。"我能听出来南音声音里充盈着的笑意。

"你还有老公，cool——"雪碧又像是牙疼那样赞叹着，"其实小弟弟也很好看，他长得和我们一般人不一样，可是他不是不好看。"

"没错。"南音非常同意地说,"尤其是郑成功只露出一张小脸的时候最好看了,像是从动画片里面走下来的——不信你去拿个大塑料袋来,我们把他装进去只露出头来,马上你就能看到,太像动画片了。"

"你听听。"三婶摇头,"她哪一点儿像是要面子,她根本不拿我的话当回事——她早就不害臊了。"三婶咬了咬嘴唇,"还有,你们俩,"她抬起头看着我,"以后你们俩谁都不准再背着我给她钱——西决,尤其是你。"

"好,我知道了——"西决非常耐心地说,"你已经说过十几次了,三婶。"

门铃又响了,三婶说:"是你小叔他们全家,这下人就全到齐了。"

南音压低了嗓门儿告诉雪碧:"现在,不好看的人都来了。"总结得准确而简洁。

小叔穿着一件看上去很新的衬衫,不可救药地把下摆塞在裤子里面,我开玩笑地笑道:"小叔,我跟你说了一百次不要那么穿衬衣,你怎么就是不听呢?"

小叔一愣,摸着脑袋"呵呵"地笑:"我老了我老了,追时髦是你们的事情。"

北北就在这个时候突然哭了起来,陈嫣微笑地看着我:"你看见了,东霓,我们北北不喜欢你说她爸爸的不好。"

我倒抽了一口冷气,这个女人荒谬的逻辑总是让我恶向胆边生,不过算了,我还是专心包我的饺子,不跟她一般见识——小叔手忙脚乱地哄着北北,北北的小脸蛋儿在小叔的怀抱里一颤一颤的,我在心里暗暗地叹气:"老天爷呀,北北长得真丑。"当然了,我的良心总会在这个时候跳出来提醒我:北北的妈妈是另外一回事,北北这个小家伙本人是无辜的——可是,这改变不了客观事实,她如果一直以这种趋势丑下去我可不好意思跟外人介绍说她是我的小妹妹。

"北北是不是饿了？"三婶问陈嫣。

"没有，出门的时候刚刚喂过奶的。"自从北北出生以后，陈嫣说话越发地气定神闲起来，简单点儿说就是一副志得意满的样子，"东霓，"她一面从小叔手里接过北北，一面冲我皮笑肉不笑地说，"谢谢你给我们北北买的那条裙子，真是不好意思，价钱好贵的。"

"一家人，不说这些。"三婶在边上淡淡地说，"今天怎么不让北北换上新裙子给大家看看啊？"

"我也想呀，可是昨天给北北试着穿了一次。"陈嫣看了我一眼，"穿了两个小时就一直哭一直哭，我才发现原来腰上被勒出来一圈红印子，你知道那条裙子腰上的一圈花边儿看上去漂亮，可是就是穿着太紧，小孩子的皮肤受不了。唉——"她叹气，"可惜了，中看不中用。"

我心里的火又腾地蹿了上来，正在想着该用什么方法看似不动声色地给她一个回击，突然看见了西决的眼睛，他隔着餐桌，很认真地看着我，轻轻地摇了摇头。我只好作罢了，在心里狠狠地感谢上帝没有让这个女人成为西决的妻子。于是我只好笑笑说："是我买惯了小男孩的衣服，忘记了注意女孩子的衣服上面那些琐碎的东西了。"但是我心里同时在说："三八，我这次给你脸了，可我不是看你的面子。"

"不要紧不要紧。"小叔赶紧憨厚地说，"可能多穿几次，习惯了也就好了，小孩子不能那么娇气的。"然后，急急地把脸转向了西决正在拌的凉菜，"给我尝尝。"他笑着，现在小叔对西决的笑容总是小心翼翼的，"你拌的凉菜真的是一绝。"

"因为我什么热菜都不会。"西决开着玩笑，但不去正视小叔的眼睛。

小叔用手指捏了一根茼蒿，放在嘴里："好，不过好像淡了点儿。"

"怎么可能？"西决难以置信地也跟着小叔用手指捏了一根，完全忘记了筷子近在咫尺——西决最恨别人对他做的事情表示怀疑，无论大事儿小事儿，所以每到这种时候就表现得像个孩子，平日里的那种四平八稳全都没了，在这点上他是个百分之百的狮子座。

陈嫣大惊失色地叫了一句："洗手没洗手啊？"说着伸出手重重打了一下，巴掌清脆地落在那两只伸在盘子里面的手背上。就在这一瞬间，三个人的脸上都有了一点点惊异和羞涩的神情。还好三婶这个时候很及时地宣布，开饭了。

自从北北出生后，每次全家人吃饭，我都得非常不幸地坐在陈嫣旁边，还好我们俩的椅子中央空出来一段比较宽敞的距离，来停放两个孩子的推车——这是南音的鬼主意，她坚持婴儿也是家庭成员，大家聚餐的时候也该有正当的席位。虽然这两个小家伙其实只看得到餐桌的桌腿，完全看不见桌子上的菜，但是他们俩倒还总是一本正经、煞有介事地坐在那里，挥舞着四只小手，比如此刻，郑成功的小手突然抓住了郑北北那只更小的手，他们俩同时交换了一个非常会心的笑容，那是这两个小家伙问候的方式。每到这个时候，我的心就化了，就会暂时忘记郑成功种种可恶的瞬间，以及郑北北长得真的很丑。

"好吃呀——"雪碧像是在朗诵诗，由衷的投入的表情逗笑了所有的人。三婶开心地说："那就更得多吃点儿。"三婶喜欢雪碧这种没心没肺的丫头，我看得出。

"我跟你们说件事情——昨天南音爸爸打电话回来。"三婶环顾着大家，"特别巧，他在北京碰到了一个在龙城国际酒店工作的老朋友，人家给了他一张家庭聚餐的优惠券，日子呢是从5月18号到5月底，我在想，5月中下旬那段时间正好是郑成功的周岁，北北的百天，我们不如就把这张优惠券用了，给两个孩子同时庆祝。因为那个酒店的服务特别好，我们拿着这个优惠券，连孩子们的生日蛋糕都是赠送的。东霓，郑成功的生日是——"

"正好是18号。"我说。

"我记得南音爸爸5月20号的时候又要出差到山东那边去，"三婶说，"不如我们就赶在他在家的时候把这件事办了吧。5月18号，或者19号……"

"可是我们北北要到5月24号才满一百天。"陈嫣平淡地说。

"那也没什么要紧。"小叔赶紧接了话，"提前两天过了怕什么？两个孩子一块儿庆祝是多有意义的一件事情。"

"百天不是生日，不一样的，生日年年都有，百天一辈子只有一次。"陈嫣看着小叔。

"小婶儿——"南音在餐桌的那一头，清脆地叫她，不知为何南音叫她"小婶"的时候总是语气讥讽，像是以前大声地叫西决"郑老师"，"郑成功的周岁生日也是一辈子就只有这一次。"

"我的意思是说，生日晚过几天，早过几天，都没关系，图的就是那个仪式，可是百天不一样，要是多一天少一天还有什么意思？"陈嫣微笑着看着南音，像是在解释自己并非无理取闹，不过我能想象她心里在用怎样的词语诅咒着南音——当然我心里用来诅咒她的词语只会更恶毒。

"好好好，"三婶息事宁人地微笑，"陈嫣说得也有道理，还是就定在5月24号那天，我无非是想放在南音爸爸也在家的日子，不过没关系，西决你到时候把你那个什么DV带上，咱们把过程都好好拍下来给你三叔看。"

"我们同学的妈妈说过，龙城的老人们过生日也是有讲究的，生日可以提前过，不能推后过，推后也是不吉利的。"南音诡秘地一笑，真不愧是南音,姐妹一场,永远跟我站在同一条阵线上。

"啊呀,"善良的三婶果然上了当,"我不是龙城人,对龙城的习惯也不大懂,不过这个说法我原来好像是听孩子们的奶奶说过的——可是,那些也是迷信——"三婶迟疑地看着我,"东霓,你不会在乎吧?"

我迟疑了一下,说:"不会,三婶,我才不在乎。"我是不想让三婶为难。

"迷信无非也就是求个心里舒服,和过百天一天都不能错没有本质区别——"南音胡搅蛮缠的本色又有了尽情发挥的机会,"为什么一天不错地过百天就是仪式,可是我们不愿意推后过生日就是迷信呢?"她像是在说绕口令。

"南音,这个还是有区别的。"小叔居然认真地摇头晃脑起来,"你看,迷信的意思是指……"

陈嫣打断了小叔,"郑成功的年龄比北北大一点点,他将就着北北的时间,让着北北一点儿也没什么啊,我们北北是女孩子,郑成功就绅士一点儿嘛。"她微笑着,有点儿僵硬。

"有没有搞错啊——"南音的声音虽然是很娇嗲的,但是眼神突然变得凌厉,"那北北其实还是郑成功的长辈呢,到底谁该让着谁啊。"

"南音,其实我也不愿意让郑成功的生日推后过。"陈嫣努力地维持着,"我保证,明年郑成功过两周岁生日的时候,我们一天不错地庆祝,我来负责准备一切。可是这一次不同,我希望我们北北的百天可以过得……"

"是,你们北北的百天一天都不能错,你们北北什么都不能缺,因为你们北北是正常的,你们北北需要健康地长大;郑成功本来就不正常,说不定长成大人以后也还是什么都不懂,所以生日那种小事情有什么要紧,在你眼里郑成功只要像个动物活着就可以了,仪式什么的东西都是笑话,他怎么能和你家北北相提并论——小婶,你是不是这个意思?"南音的眼睛像是含着眼泪一般地亮。

"南音!"所有的人异口同声地制止她,三婶、小叔、西决,甚至是我。我不为了别的,只因为她说的那句"像动物那样活着"猝不及防地刺到了我心里去。

一片短暂的寂静里,陈嫣错愕地说:"南音你到底在说什么呀——你怎么能这么想我呢?"

"这个死丫头。"三婶眼神紧张地盯着小叔和陈嫣,手微微发颤,于是她索性心烦意乱地丢掉了筷子,似乎是要让这两根孤单的筷子甩在桌上时那种伶仃的声音给自己壮声势。她接着狠狠瞪着南音:"你给我回你屋里去,不准出来,马上回去,快点儿。"三婶向来如此,她只是在平日里对南音横眉立目,每当南音真的闯了什么"大祸",她的第一反应总是手足无措,然后就是想把南音藏起来。我记得,她刚刚知道了南音结婚的事情的时候,脸色惨白,我在旁边紧张地以为她要晕过去了,结果她嘴唇颤抖着说出来的第一句话是:"我要订两张飞机票,把她送到南京她外婆那里去——学校也不用去了,我就不信那个小流氓还能找到她……"

就在这个寂静的瞬间,雪碧的大眼睛清澈安静地注视着我们所有的人。对周遭氛围浑然不知的郑成功在耐心地玩儿着他推车上悬挂着的小老虎,位于纷争中心的北北不知何时已经睡着了。沉默了很久的西决突然把手按在了南音的肩膀上:"兔子,"他真的很少这么叫南音,其实这个绰号几乎已经被大家遗忘了,他说,"兔子,你是不是应该向小婶道个歉?"我闭着眼睛也知道,此时他放在南音肩上的那只手增加了一点点力度。

南音惊讶地看着他的脸,他的表情其实一如既往地温和,他自己不知道他最可恨的地方就在这儿:"你是不是应该——"使用文明礼貌的句子,以及看似好商量的语气来强迫别人顺着他的意思。因为他觉得自己代表"公正"或者"正确"或者"唯一可行的办法"——这就是他总能成功地让我抓狂的原因。但是三婶和小叔的神色似乎是轻松了,无论如何,西决比谁都适合扮演眼下的这个角色。

南音腾地站了起来,硬邦邦地说:"对不起,小叔,小婶,我不是有意要针对北北。我只不过觉得,不应该因为郑成功不是正常人就不拿他的生日当回事。我只是觉得大家应该公平——要是连我们自家人都做不到公平地对待郑成功,那就别指望别人能来对他公平了。我吃饱了,我还是躲得远点儿,省得大家看我添堵。"说完她就径直回到了她屋里,估计会马上拿起电话跟她远方的老公哭诉并详细描述今天晚上每个人都说了什么。

那顿晚饭自然是冷清收场。要是一个人总是在那样的氛围里吃饭,估计很快就会得胃溃疡的。只有雪碧的饭量大得吓人,连小叔都叹为观止了,小叔惊讶地笑着:"我们家的这个小亲戚真是不得了……"

在我拎起装着郑成功的篮子和三婶告别的时候,西决说:"你今天喝了好几罐啤酒,不能开车,我送你回去。"

"啤酒不要紧的,你太小看我了吧。"我疲倦地翻了翻白眼儿。

"开什么玩笑?"他从我手里拿过篮子,"我有先见之明,今天一点儿都没喝,就是怕你一不小心喝多了不能开车。"

"行——我败给你了。"我举手投降。

南音就在这个时候穿戴整齐地跑了出来,斜挎着她的背包,对三婶说:"今天晚上我要到姐姐家去住。"语气依然是硬邦邦的,说着就谁也不理睬,拉着雪碧跑下楼去了,连电梯也不等。

三婶叫住了我,塞给我一个饭盒:"东霓,拿着这个,她今天晚上几乎什么都没吃，到了你那里一定要喊饿了，你把这个在微波炉里给她热热。"

郑南音小姐的坏心情似乎一直持续着，西决把副驾座的门拉开，笑着对她说："南音，坐哥哥旁边吧。"她把脖子一梗，冷笑一声："虚伪。"

"兔子，"我也加入了和稀泥的行列，"别这样，你看他都在主动和你求和了。"

南音又把小脑袋愤怒地一甩："谁稀罕！"然后执着地拉开后座的门钻了进去。雪碧在一旁静悄悄地微笑，当众人坐定了以后，雪碧突然说了句："南音，你好幸福呢。"我从前反镜里看见南音眼中有一丝惊讶轻轻地一闪。

半路上西决的手机突然响了，响了一遍又一遍，他置若罔闻。停了一会了，又重新响了起来，铃声固执得就像是一条不知道自己被放在鱼缸里的金鱼，奋力冲撞着封闭的空间里那种不容分说的安静。

"到底谁呀？"我问。

"没有谁。"他那副讨人嫌的样子又出现了，我早就看见手机屏幕上显示的是"江薏"，就不知道他玩这种把戏有什么意义。要是真的那么讨厌江薏，换个号码不就好了？设置阻止江薏的呼叫不就好了？为什么还要故意摆出这副样子来：我在，我就是不理你？看来男人们都是需要诸如此类的意淫方式来显示自己的存在的。

"你不接，我替你接了，不然你就把它关了，我们郑成功就快要睡着了，你吵醒他后果不堪设想。"

他沉默不语，终于在电话第三次响起来的时候按下了"接听"。"就是嘛。"我在旁边笑，神志不知为什么有些涣散，"大家都是成年人了，还玩这套青春期的把戏干什么？"

"西决,西决是你吗？"江薏的声音大得可怕,我都听得一清二楚,听声音她是喝多了,言语间几乎都充斥着酒精的眩晕,"西决我要见你,你别挂,你为什么不理我了？你上个星期说了你会再来的,为什么又突然不接我电话了？想来就来想走就走你要我你混账王八蛋你该死你小时候活该变成孤儿……"歇斯底里之后她突然软了下来,紧张的空气里弥漫着她崩溃的哭泣声,"西决你别这样对我,我什么都没有了,我只剩下你了,对我好一点儿,求你了,否则我杀了你让你死无全尸……"电话就在这个时候突然挂断了。

"到底怎么回事？你——"我的声音干涩无比,"你又去见过她？我怎么一点儿都不知道？"

他不回答。我的身后传来了那两个淘气鬼清晰的、重重的呼吸声。南音胸有成竹地、清脆地跟雪碧说:"大人的事儿你别管,那么好奇干什么？等你长大了我再慢慢给你讲。"

第三章 伤心球赛

　　我住的地方是新开发的小区，人不算多，不像三叔家那边，入了午夜还灯火错落。当初我选择这里，也正是看中了这个地方的安静，还看中了能从窗子里看见护城河。今天周末，我的那栋公寓楼基本上整个都是黑暗的，在暗夜中透出隐约的轮廓，像一只有生命，但是在沉睡的兽类。因为整栋楼里卖出去的房子并不多，只有那么寥寥几扇窗子透出来橙色的光。其中一家开着窗子，杯盘交错还有欢笑的声音清晰地传出来——估计是在庆祝什么。南音盯着那扇孤零零地欢笑的窗子，吐了吐舌头："简直像是聊斋一样，真吓人。"

　　我住过很多很多的房子，美国小镇上外观丑陋的公寓——我怀里抱着一盒新买的牛奶，挺着臃肿的肚子，胳膊差点儿够不着电梯的按钮；北京三环边上陈旧的住宅区——那是我最自由的好时光，我通常在凌晨到家，有时候带一个男人回来，有时候不带，我那个时候开着一辆从朋友那里买来的二手小货车，因为服装店的货物都是我一个人进回来的，我一想到只要我卖掉这满满一车的衣服——尤其是想到其中一些难看得匪夷所思也照样有人来买，他们把钱交给我我就可以去给自己买些漂亮一百倍的东西，心情就愉快得不得了，愉快到让我神采飞扬地把头伸出车窗外，用很凶的语气骂那几个挡了我的路的中学生，那些满脸青春痘、骑着变速自行车的小孩子喜欢被我骂，青春期的男孩子们都是些贱骨头；新加坡高层公寓里面别人的房间也曾是我落脚的地方，我带着一脸已经乱七八糟的妆，一开门就可以放纵地把自己摊在一小块东南亚花纹的席子上面；再往前，就是龙城另一端的那个工厂区，我拎着从夜市买来的三十块钱的高跟鞋，轻轻打开门，祈祷着我爸要是喝过酒就好了，这样他会睡得比较死，远处，城市的上空掠过一阵狂风声，就像是天空在呼吸。

天哪，为什么我想到了这么多的事情？我想说的其实只不过是一句话，简单点儿说，对于过去的郑东霓，只要回到那个落脚的地方，就完全可以让自己以最舒服的方式或者融化成一摊水，或者蜷缩成一块石头。不用在乎姿势有多么难看，不用在乎完全放松的面部表情是不是很蠢，更不用在乎脸上的粉到底还剩下多少，以及衣服是不是揉皱了。因为门一关，我可以用任何我愿意的方式和我自己相处。但是现在，好日子完全结束了。最简单的例子，我关上门扔掉钥匙以后，不能再像以往那样肆无忌惮地踢掉鞋子，第一件事永远是把郑成功小心翼翼地放到他的小床里面，因为只要动作稍微重一点儿他就可能像个炸弹那样爆发出尖锐的哭声。现在更精彩了，除了郑成功那颗炸弹，还多了一个雪碧。我必须让我的精神集中得像是在外面一样，用听上去百分之百的成年人的口吻要雪碧去洗澡——我不知道别人是怎样在一夜之间自然而然地学会做长辈的，反正，我不行。

"姑姑，"雪碧疑惑地看着我，"不用给小弟弟换一套睡觉穿的衣服吗？"

"别，千万别。"我打开冰箱拿了一盒橙汁，听到她这句话的时候盒子险些掉回冰箱里面,"那样会弄醒他的。他醒来一哭一闹我们什么也别想做了。"

"可是……"雪碧歪了歪脑袋,把可乐熊夹在肩膀上,"他身上的衣服太厚了吧?这样睡觉会很热的。而且,我觉得睡觉的时候还是不要穿着在外面的衣服,那样不是不干净吗?"

"哎呀你烦不烦你今年才多大啊怎么这么啰唆……"我重重地把橙汁的盒子蹾在餐桌上,崩溃地转过脸,迎面看见西决狠狠地瞪了我一眼,算了,我深呼吸了一下,这个小孩毕竟初来乍到,我别吓坏了她,于是我换上了比平时还要柔软的口吻——那种说话的腔调的确让我自己感觉很肉麻,"叫你洗澡你就去吧,照顾小弟弟是我的事情,你只要照顾好自己就好。"

不过雪碧的脸倒是一如既往的清澈,似乎对我刚刚的不耐烦视而不见:"这样好不好,姑姑?我来帮小弟弟换睡觉的衣服。你放心,我不会弄醒他。我知道该怎么做,我会很轻很轻的。"不等我回答,她就冲进了我的房间,然后又像想起什么那样探出脑袋,"我知道你把小弟弟的衣服放在哪里,我今天早上全都看到了。"

我错愕地对西决说:"看到没有?她简直都超过了你小时候——你那时候好像还知道自己是寄人篱下,她倒好,百分之百宾至如归。"

他轻轻地笑:"我看人家雪碧比你靠谱得多。至少比你会照顾人。"

"滚吧你。"我倒满了两杯橙汁,一杯推到他面前,一杯给我自己,"你就靠谱了?那你还和江薏纠缠这么久都断不干净,你真靠谱。"

他没有表情地装聋作哑,但是我知道他稍微用力地捏紧了玻璃杯,因为他的手指微微有点儿发白。这是他从很小的时候就有的习惯动作。

"说话呀。"我穷追猛打,"别想混过去,你到底是什么时候又和她搞到一起的?"

他终于无可奈何地看着我:"你能不能不要讲得那么难听?"

南音这个时候不知道从哪里冒了出来:"行,那就说说,你俩是怎么旧情复燃的?"她堆了一脸的坏笑,显然已经忘记了刚才还在赌气。

"你一边儿凉快去,没你的事儿。"西决恼羞成怒的表情永远是我和南音最爱看的节目。

南音兴冲冲地看着我:"姐,你那双新买的高跟鞋可不可以借我——""宝贝儿。"我笑容可掬地打断她,"你休想。"

"小气鬼。"南音咬了咬嘴唇,眼光落回到西决身上,"快点儿讲嘛,我要听听你和江薏姐姐到底怎么回事。"然后她又殷勤地补充了一句,"哥你要加油,我喜欢你和江薏姐在一起——她比那个陈嫣不知道强多少倍。姐你看看陈嫣那副嘴脸。生了北北以后她更是嚣张了。也不知道在神气什么,抱着那么丑的一个小家伙还觉得自己挺光荣的。"

"你小时候也好看不到哪儿去。"西决忍无可忍地打断她,"我真是受不了你们俩。你们讨厌陈嫣也就算了,人家北北……"

"别。"南音的小脸儿凑到他的脸跟前,嘲讽地拖长了声音,"叫人家的名字多不敬呢,要叫人家'小婶'——你不是早就叫惯了吗?"接着她微妙地调整了一下表情,摆出一副沉着脸的样子来,惟妙惟肖地模仿着,"南音,你是不是应该向小婶儿道个歉——"

"哎哟我不行了。"我紧紧抱着靠垫,笑得差点儿从沙发滚到地上去,"南音你怎么能学得这么像啊? 天哪,"我重重地拍了一下西决的肩膀,"好好看看吧,刚刚你就是那副死样子。不行我笑得胃都疼了。"

"你现在倒是不担心吵醒郑成功了。"西决咬牙切齿地盯着我,"我不过是想说你们俩真是没素质——跟陈嫣较劲也就算了,你们这么大的人,针对人家北北一个婴儿,觉得很有意思吗?"

"谁针对她,"南音托着腮帮子,眼睫毛轻轻地颤,她说话的样子越来越像个小女人了,"我针对的是陈嫣,又不是北北,再说在这两个小孩子里我就是更喜欢郑成功,这有什么不对吗?她就是看出来我们大家对郑成功更好,就要故意跟大家找别扭,以为这样我们就能多注意北北了——连郑成功的醋都吃,你说是谁更没素质?我觉得最惨的还是小叔,总是夹在中间打圆场。今天晚上他们俩回去说不定要吵架的,陈嫣一定会把对我的怨气都发泄到小叔头上,小叔好可怜。"

"那就让他们吵去。"我悠闲地伸了个懒腰,"活该,小叔是自找的。"

南音的手机又一次传来了短信的铃声,她仰起脸粲然一笑:"我去给苏远智打个电话就回来。哥,不然你今天也别走了,我们三个好久都没有一起聊天了呢。"

"今天就算了。"西决站起身,像往常那样揉揉南音的头发,"三婶一个人在家也不好。而且她明天一大早要出门,不能没人替她开车。"

"南音,别信他的。"我窃笑,"满嘴仁义道德,其实是等不及要去跟江薏鬼混。别那么看着我,我说错了吗?你赶紧走吧,不然我怕那个疯女人一会儿醉醺醺地杀到我这儿来。"

"原来如此——"南音开心地欢呼着跑进了屋里。不一会儿,房子的深处就隐约传出她愉快的声音,与此同时,还有雪碧隐隐的说话声,估计又在和可乐聊——今天他们的确遇见了太多人,有太多事情需要消化,以一只熊的智商,理解我们家所有事情估计有些难度,所以雪碧责无旁贷地担负起给可乐讲解的任务。只是我不知道,雪碧自己又究竟能理解多少。

空旷的客厅里,就连西决拉紧外衣拉链的声音都格外清晰。我故意对着他的背影,轻轻地说:"医院的结果出来了。我今天一直想跟你说,但是就是没有机会。"

我看见他慢慢挺直了脊背，轻轻地说："是吗？"

"我妈终于赢了。"我如释重负地把怀里的靠垫丢到地板上，"居然——郑岩那个王八蛋居然真的是我爸。开什么玩笑！"

"郑东霓，别总是一口一个'郑岩'的。你对大伯总该有点儿最起码的尊敬吧。"他的语气依然平淡，只是他仍旧不转过身来看我的脸，却弯下身子开始系鞋带。

"我刚才叫他的名字是为了区分一下，不然上面那句话要怎么说——我爸居然真的是我爸，谁能听明白我在说什么啊。"我强词夺理。

"这样不好吗？"他的背影仓促地微笑了一下，"你想了那么多年的事情终于知道了。看来大妈是对的，她一直都那么坚持。你看见我的手机了吗？"

"拜托，你还没老呢。你自己刚刚把它放在兜里的。右边，你摸摸看。"我叹了口气，"还有，江薏那个朋友真的很不像话——就是那个帮我做鉴定的医生。这种事情都是绝对隐私，他居然随便告诉江薏我的鉴定结果，就算是再好的朋友也不应该啊，一点儿职业操守都没有——你要当心，说不定江薏和他也有一腿。"

"你越说越不像话了。"他无奈地叹气。

"我是担心你。"我笑笑，"我认识江薏这么多年了，她绝对不是个省油的灯。你太容易相信别人，我怕你吃亏。"

他终于转过头来，看了我一眼，说："姐，我走了。"

无论如何，生活总是要继续的。当一个人发现了自己是一对暴力的变态夫妻的亲生骨肉；当一个人需要带着一个即使身体长大心智也永远不会成熟的小孩；更惨的是，当一个人终究明白了有些困境是可以走出来的，但是有些困境不可以，有些残缺可以随着时间的推移渐渐被人们忽略不计，有些残缺则永远血淋淋地在那里，但是这个人也还是得继续活下去。

我无法想象"继续"这个词对我来说意味着什么，正常的小孩越长越大，比如北北，残缺的小孩只能越长越小，就像我的郑成功。婴儿时代，郑成功因为早出生了几个月，可以比北北长得高些，但是第一局的优势转瞬即逝，再过些年，北北会变成一个会唱歌会跳舞会撒娇的小女孩，在北北眼里郑成功就会变成一个有点儿迟钝的小弟弟，她大概会试着跟他交流，但是得不到想要的回应；再过一些年，当北北成了少女，开始经历又艰难又精彩的青春期，在她眼里，郑成功就一定又变回了婴儿——说不定更糟，她会像雪碧那样把郑成功当成一个会呼吸的可乐。我已经没勇气去想北北成年以后会怎么看待郑成功了，反正这就像是一场实力悬殊得可怕的球赛，北北队的比分一路往上涨，郑成功队那里永远只有一个荒谬的、孤零零的"1"。郑成功是我生的，所以我别无选择只能永远坐在空无一人的郑成功队球迷区，像个小丑一样为这个永远的第一局加油呐喊，忍受着一个人在看台的尴尬和孤寂——就算是有人愿意坐在我这边我也不会接受的，我不需要那些假模假式的人道主义。想到这里我就怀疑，上苍为什么要让北北和郑成功这两个年纪相仿的小孩出生在同一个家庭里，一定是为了恶心我，为了向我显示什么叫"无能为力"。不然还能因为什么？

当然还有最惨的事情，就是，我发现了我眼下存的钱还不够我生活一辈子，所以我要继续去赚。这句话看似简单，没错，我曾经拥有一些从男人身上捞钱的本事，但是现在因为郑成功，我别想再指望男人们了。话说回来，其实跟有些成功钓到金龟婿的女人比起来，我那点本事也不算什么——我脾气太坏，又太倔强，还带着一身锦上添花的暴力基因，没有几个男人蠢到愿意收藏我这样的金丝雀——几年前有过那么一个，是个土财主，快六十岁了，秃顶，胖子，酒糟鼻。如果当年真的跟了他，郑成功就不会存在了。我也不是一点儿后悔都没有的，但是我很肤浅，我认为美女就是要配俊男的，我宁愿自己辛苦点儿生活，也不愿意让一个男人只是因为付了钱就有资格糟蹋我的美丽。这点上我说不定很像我妈妈，别看我爸爸——现在这个词我用得名正言顺了——我是说，别看我爸爸后来堕落成了一摊烂泥，但他年轻的时候是个非常帅气的男人。我妈妈终究毁在了她执着的幻象里面，可是说穿了，什么不是幻象呢？

昨天夜里我妈给我打电话了。"我打算去你舅舅家住一段时间。"她说。

"住多久？"我一边摇晃着郑成功的奶瓶，一边把电话的分机夹在肩上。

"我怎么知道要住多久？"她的声音还是阴阳怪气的。

"你要是在舅舅家住上个一年半载最好，你那套房子能空一段时间，我收拾收拾，可以租出去，我已经这么久都没有进账了。能赚一点儿就是一点儿。"

"别跟我来这套。"我几乎能清晰地听见她在电话那头吐口水的声音，"什么时候轮到你来哭穷——这个破房子一个月的租金不够你买一件衣裳，编这种理由想把我扫地出门，做你娘的梦。"

在我还没来得及指出来"我娘"就是她的时候，她就收线了。

"让她和郑岩一起去死吧。"我恨恨地用力推了一下郑成功的摇篮，他的摇篮变成了凶险的海盗船。我以为他会被这突如其来的颠簸吓哭，可是他挥着胖胖的手笑了起来。

看着他一无所知的笑脸，我对自己说："不要紧，这些我都不在乎，我能应付。"

跟着我抬起头看着窗外,突然间发现,原来春天早就来了,春天又来了,又一次大张旗鼓地、卖弄风骚地、无可救药地来了。那一天我把郑成功、雪碧,以及可乐像寄存行李一样通通扔到三婶家里,说了句"不好意思三婶我有点儿急事",然后就风驰电掣地开到了市中心,走进一间发型屋,对那群把我围在中间、长得比女孩子还清秀、浑身暗香浮动的发型师斩钉截铁地说:"今年什么最流行,我就要什么。"然后仰起下巴,对准其中一个眼睛最大、看上去最羞涩的小男生说:"就是你了,你来帮我弄。"他冲我惊讶地一笑,身边的洗头小妹们七嘴八舌地说:"美女你眼光真好哦,他是这里要价最贵的造型师。"其实我的眼光一点儿都不好,我只不过是看出来他是个小妖精。

闭上眼睛,仔细倾听头发在耳朵旁边"咔嚓"的断裂声——我就当这个小妖精来帮我剪彩了——又一次开业大吉的是我那个错误百出的人生,有什么了不起,大不了继续错下去,负负得正,错到极致总能对一次,这就是殊途同归。非常好,我要开始战斗。

我焕然一新地奔驰在回三婶家的路上,打量着这个城市。这个城市依然可爱,重度污染的天空里依然大刺刺地浮动着不加遮掩的情歌和欲望——那么好吧,你们这些想要偷情的人,你们这些喜欢玩儿暧昧的人,你们这些心怀鬼胎又犹豫不决的人,你们这些迷恋那种名为浪漫实为纵容的氛围的人,都到我这儿来吧,我最明白你们想要什么,把你们的钱交给我,我给你们一个绝好的场子,用来排练那些古老的、欲拒还迎、欲语还休,或者欲擒故纵的戏码。于是我迫不及待地,拨通了江薏的电话。

"亲爱的,"我非常认真地宣布,"我决定了一件事情,我要开咖啡店。我明天就去找店面。"

"东霓,"她慢吞吞地说,"我劝你再稍微等一段时间看看。"

"你开什么玩笑啊——"我一不留神差点儿就闯了红灯,"我第一个告诉你就是因为拿你当朋友,我都不计较你背着我和我弟弟乱搞了,你还要架子这么大,反过来泼我的冷水!"

"你的逻辑真奇怪,这是截然不同的两回事好不好?"她也提高了声音冲我喊回来,"实话告诉你,今年年初开始,股市的大盘就不好,虽然他们都说奥运会以后股市会反弹,可是照我看,未必。夏天之后若是真的继续跌……"

"我在跟你说我想开咖啡店,你跟我扯股市干什么?你到底有没有在听我说话?"我不耐烦地打断她。

"大小姐,你还不明白吗?你自己看看你身边有多少人在炒股——若是继续跌下去,大家都亏了钱,谁还有那个心情去喝你的咖啡?"

"你们有文化的人真是可怕。"我恐怖地拍了拍额头,"怎么一到了你们那里,什么事情都有本事扯到那么——宏观的层面上去?"我犹豫了一下,终于找到了"宏观"这个看上去合适的词,"我才管不了那么多,我只知道,凭它股市再怎么跌,所有的男人女人在想要开始乱搞又不好直接上床的时候都还是需要一个假模假式的场所来约会的,所有的男孩女孩在情窦初开想证明自己长大了的时候都还是需要一个虚情假意的场合来制造氛围的,有了这两条,我才不信我会赔本儿关门。我倒真想看看,在什么情况下人们才会放弃醉生梦死。"

"还说别人醉生梦死。"她听上去被我惹急了,"我看第一个死的就是你,一点儿脑子都没有,搞不好死到临头都不知道自己怎么死的。"

就在这个时候,我意外地看见了南音。她一个人站在公共汽车站牌下面,显然不是在等车。因为这趟公车完全不走三叔家的方向。她的眼睛不知道在看远处的什么地方，眼神是凝固的，一头直发被风吹乱了，发丝拂了一脸，显得她的脸益发地小，其实我是想说，不知为何，她整个人看上去似乎比念高中的时候更像个小女孩——直到这个时候我才恍然大悟，那是因为这短短几个月，她瘦了，而且瘦了很多。我真是迟钝，我怎么没有早一点儿想到，虽然这个孩子又傻又可恨，虽然她给家里制造了那么大的麻烦，可是从春节以来，我们大家都太过在意三婶的情绪，太过专心地帮她和三婶之间圆场，却忘了问问南音，她到底快不快乐——毕竟是嫁作他人妇，虽说南音这个新娘比较——比较特别，可是我们这个娘家也委实太离谱了些。

她发现我的车的时候眼睛亮了。急匆匆地对我抛过来的那个微笑让我想起来，她过去考试考砸了的时候，也是这种可怜巴巴的笑容。

"姐，"她的声音听上去很低，不像平时那么聒噪，"你怎么在这儿？"说着她上了车，可是眼睛还是看着车窗外面那点儿狭小的天空。

问题严重了。她居然没有大惊小怪地评价我的新发型，也没有去翻我堆在后座上的购物袋。一定不是小事情，至少，对于这个傻丫头来说，不是。

"兔子，今天晚上我请你吃饭好不好？我等会儿要跟你说一件大事情，你听了保准会高兴的。你想吃什么？"

"随便，吃什么都好。吃完了你直接送我回学校去，我就是不想回家，我不想看见我妈妈。"她淡淡地说。

"其实，"我费力地说，"三婶她只不过是觉得那件事情她很难接受，你要给你妈妈时间，她做得已经够好了——换了我，我一定会比你妈妈更崩溃的。"

"我知道。"她的声音小得近乎耳语。

公平地说，南音应该感谢北北，因为多亏了北北出生时给全家人带来的喜悦和忙乱，她的壮举造成的毁灭性结果才被冲淡了一些。简言之，在得知实情的四十八小时内，三婶经历了愤怒——大哭——绝食——不理任何人这个必然的流程，三叔也同样经历了如下流程：举起手准备揍南音却终究舍不得——抽了很多烟——和稀泥劝慰三婶——色厉内荏地逼着南音向她妈妈认错，如果以三婶的反应为 x 轴，三叔的反应为 y 轴的话，南音就是那个倒霉的、被外力任意扭曲的函数图像。这个可怜的孩子，那两天只要醒着，就像个实验室里的小白鼠那样跟在西决身后，似乎这个家里埋满了地雷，她一刻也离不开西决这个神勇无比的扫雷专家。于是西决那种保护神的幻觉又一次得到了虚妄的满足，他们俩不止一次地强迫我收看那种"兄妹情深"的肉麻画面。

我们可爱的小叔功不可没，他从医院火速奔到三叔家里，做出一副风尘仆仆的样子，上百次地重复着"既然事情已经发生了赌气是没有用的最要紧的是想办法补救"——顺便羞涩地看着三婶惨白的脸，底气不足地加了一句，"若琳她现在是真的非常非常想喝你煲的汤"。——我当时差点儿没有反应过来谁是"若琳"。我知道，这么多年来，小叔已经太习惯于依赖三叔三婶的这个家，他比谁都害怕这个家被什么东西撼动，尤其是在他一夜之间成了父亲的这种手忙脚乱的时刻。千载难逢的是，我妈居然也破天荒地掺和了进来，她坐在客厅里大言不惭地跟三叔说："这有什么值得大惊小怪的？男大当婚女大当嫁，南南从小那么乖，你们干吗要这样为难她，我做梦都想有南南这样的孩子，可是你们看看我生的是个什么东西，我要是也像你们一样总是反应这么大，我也该去跳楼了……"三叔顿时大惊失色地打断她："你喝水，喝水，不然茶要凉了。"一面紧张地偷偷看了看西决，我妈那个疯女人说出了两个十几年来在三叔家绝对禁止的字眼，"跳楼"，更关键的是，她说的是"也该去跳楼了"。

就这样，为了小叔，以及刚出生的北北，三叔三婶鼓起勇气决定重新运用理智。他们和苏远智的父母终于坐在了一间茶楼里，商量如何把"双方的损失减少到最低"——这是三叔的原话，我一个字都没有改。气氛尴尬得不像是谈论结婚，倒像在讨论如何"私了"一桩强奸案。只有我们亲爱的小叔负责风趣幽默地打圆场。我和西决坐在角落的另外一张桌子上，远远地递给南音一个温暖的目光表示支持。最终的结果是：虽然这两个犯罪嫌疑人的罪名成立，犯罪行为造成了严重的后果和恶劣的影响，但是此刻逼着他们去领离婚证显然不是最好的办法。于是，大家决定以他们大学毕业那年为界，若是到了那个时候他们俩依然决定要将这段不道德的婚姻关系维持到底，两个家庭也只好愿赌服输，正式给他们办酒席昭告天下；若是他们二人有悔改的表现，那么就合法地结束这段关系，皆大欢喜。协议还有一条重要的条款，那就是在他们大学毕业，也就是考察期结束之前，任何人都不可以向外界泄露他们合法夫妻的关系。通俗地说，除了我们，没人知道"郑南音小姐"其实已经从这个地球上消失了，取而代之的是"苏太太"。天哪，这真的是个令人感到肉麻的称呼。

"姐，"南音转过脸，静悄悄地看着我，"问你件事儿行吗？你有老公的时候……"

"我听着真别扭。"我笑着。

"你有老公的时候，你怎么称呼他的父母呢？"南音认真地看着我，丝毫不理会我的玩笑。

"这个——我和他父母总共只见过一回，我就当自己是演戏那样，叫了一声'爸爸妈妈'，就完事了。"

"我——"南音挠了挠头，"那我要怎么办呢？我一想到，只要我们大学毕业以后我就得叫他们'爸妈'就害怕。今天我去他们家吃午饭了。"

"谁要你去的?"我打断她。

"苏远智。"她嗫嚅着低下了头,"他说,他离开龙城回学校的时候跟我说,要我找个周末去他们家,跟他爸妈吃顿饭,因为他们原先,原先只见过端木芳,根本就不知道我是谁,突然之间我们就……"

"妈的他什么东西,"我一激动脏话就出了口,"这种话他也有脸说出口,南音你傻不傻,他叫你做什么你就做什么啊——从现在起你其实不是在谈恋爱了,你得学会进退,学会保护自己,你懂吗?"

"你听我把话说完嘛。"她脸红了,"这不是重点,我可以去陪他爸妈吃饭,但是,但是,姐,我不知道该怎么说——我不喜欢他们家。"

"他们对你态度不好吗?"我感觉脊背上的汗毛一瞬间竖了起来。

"不是的,我真的不知道该怎么说——"她为难地咬了咬嘴唇,"他们家,和我们家一点儿都不一样。他们家的人——除了他爸妈之外还有他奶奶,他们家的人在饭桌上彼此都不怎么说话的。一开始的时候我就觉得,他们问我什么问题的时候好像并没有在听我讲话——我还以为是他们不喜欢我。可是后来我发现好像不是那么回事,给你举个例子,他爸爸在饭桌上说有个菜不好吃,说完了没人回答他,没人搭腔,他自己好像也就是为了说一句,不是为了有人理他。吃完饭,他奶奶就会一句话也不说地去看电视,就好像房子里的人都是空气。然后我就觉得,他家的人似乎就是那样的,不是喜欢我,也不是不喜欢我,根本就无所谓。姐,在我们家怎么可能这样呢? 不管是谁,如果有一个人说菜不好吃,怎么会没有人理他呢——你明白我的意思吧? 我知道我说得不够清楚。"

我默不作声。南音也许不太明白她自己在说什么,但是我明白。

在南音的头脑里，人和人之间的关系只有两种，要么喜欢，要么讨厌，她从来不懂得什么叫漠视。她是标准的温室里长大的孩子，这跟物质条件没关系，在三叔的家里，每个人都竭尽全力地对南音好，更重要的是，每个人都竭尽全力地对每个人好——这也是我从小就喜欢三叔家的原因。我能够想象南音坐在苏远智家的饭桌上的感觉，那种觉得自己是个异类的惶恐。在那样一个环境里，似乎所有柔软的感情的表达都是会被嘲笑的——别以为你说几句"生日快乐""我很想你"之类的话就能温暖他们，他们早就习惯了面无表情，根本不认为自己需要被温暖。那样长大的人甚至和我这种在恶劣环境里长大的人都不一样，我的灵魂里至少还有无数碎裂的缝隙让我强烈的情感渗出来，可是苏远智呢，我打赌他的灵魂里早就在某些很关键的地方磨出了厚厚的一层茧，恐怕连他自己都不知道。

"你不知道，姐，我都有一点儿想问问端木芳，那个时候她到底怎么跟他们家的人说话。"南音靠在椅子上，疲倦地一笑，"怎么可能呢？端木芳早就恨死我了。"

我突然烦躁地脱口而出："你活该，谁让你不看准了人再嫁？"其实我心里被一阵突如其来的难过搅乱了，我不愿意让南音经历这些，换了是我就好了，我知道该怎么做，我能应付这些人，我曾经跟很多这样的人打过交道。但是不该是南音。

"你也骂我。"她转过脸去，眼睛一下子就红了，"早知道还不如不说。说了也是自讨没趣。我妈妈整天都在骂我，其实我特别想问问她我该怎么做，可是害怕她骂我。原来你也一样觉得我是自找的。"

"兔子，千万别哭，我不是那个意思，我向你道歉好吗？"我顿时慌了手脚，"兔子，你明明知道我现在在开车我没办法过去抱你——兔子，对不起，我是心疼你你明白吗？"

她不说话，嘟着嘴不看我。

"宝贝儿，我不是你哥哥，若是他今天在这儿，一定会说得出很多又虚伪又没用的话来哄你，可是我只能告诉你，人和人之间的差别是不可能改变的，最有用的办法，就是学会用他们的方式和他们相处，你能理解对方的方式可是他们理解不了你的，你就占了先机和优势。我不知道这么做好不好，但是总是没错的。"

"那么难——"她重重地叹气。

就在这个时候三婶的电话打来了。我刚想告诉她我和南音会在外面吃晚饭的时候，就听到她用一种很拘谨的口吻跟我说："东霓，你马上回家来，家里有客人来了。"

我刚想问是什么客人的时候，听见三婶的声音隐约地传了过来，"不好意思，您再说一次您怎么称呼好吗？说出来不怕您笑话，在家里我们原来一直跟着孩子们管您叫'热带植物'。"

第四章 故人归

车子熄火的时候,一股凉意才突然间泛上来,面前的车窗把三婶家的楼切割了一半,周遭弥漫着欲说还休的寂静。我说:"南音,真不好意思,本来答应你要请你吃饭,被那个王八蛋搅了局。"我并不是故作镇定,我真的镇定。膝头多少有点儿打战并不能说明我怯场,我只不过是全神贯注而已,像少年时参加运动会那样,全神贯注地等待着裁判的发令枪。

"姐,都这个时候了,你还惦记着这些小事情做什么?"南音担心地端详着我,声音都微微有点儿发颤。紧接着,在我想要下车的时候,我听见了她手心里手机的按键声。

我"砰"的一声把车门重重地关上,吓得她打了个寒战。我狠狠地盯着她:"你在干什么?"我的声音听上去变得有些轻飘飘的。她软软地说:"没干吗——我、我给哥哥发条短信,要他马上回家来。"

"你敢!"我厉声说,"绝对不行,不能让他回来。"

"太晚了,姐,我那条短信已经发出去了。"她故作撒娇地冲我一笑,可是没笑好,脸颊僵硬得像两块小石头。

"别他妈跟我扮可爱,老娘不吃你这套!"我用力抓起了外衣,"下车啊,发什么呆?还等着我给你开门不成——才多大的人,就像长舌妇一样。"

"喂,别那么粗鲁好不好呀?"她一边下车,一边冲我翻白眼儿,"你不要这么凶神恶煞的嘛,搞得像是要上去拼命一样。"

我本来就是要拼命的。我在心里对自己轻轻一笑,骂这个小丫头两句,权当是热身了。

他坐在客厅的沙发上,我进门只能看到他的侧面。我并没有来得及和一脸担忧的三婶对视一下,就看见了他面前的茶几上那杯冒着热气的茶——是那杯茶让我火冒三丈的,于是我脱口而出:"你还给他倒茶做什么?三婶,你就该报警把他轰出去。"我能想象三婶那副手忙脚乱的样子,完全是出于本能反应才把这个人渣当成客人。

"东霓。"三婶责备地给我使了个眼色。这时候郑成功那个家伙居然从沙发后面探出了脑袋,慢慢地爬到那个人渣的脚边,毫无保留地仰着脸看他。他弯下腰把郑成功抱起来放在膝盖上,他居然,居然有脸当着我的面把他的下巴放在郑成功的小脑袋上磨蹭——他残留的胡楂果然逗笑了那个认不清形势的叛徒——岂止是逗笑了,郑成功简直是一脸的幸福。

他终于转过脸正视着我,他说:"东霓,好久不见。"

"少他妈跟我来这套,方靖晖,别用你的脏手碰我儿子。"我恶狠狠地看着他。

"他也是我儿子。"他不紧不慢地看着我,"而且,你为什么告诉你们全家人他叫郑成功?我从来没同意过他跟你姓,我给他起的名字叫——"他一边说一边轻轻地用手指抚弄着郑成功的脸,像是预料到我会做什么,所以提前挟持了这个人质。

算了，我还是不要发飙，不要动手，也尽量不要骂脏话，他是有备而来的，我不能自己先乱了阵脚。我咬着嘴唇，一言不发地走过去，从他手里拽着郑成功的两条胳膊，打算抢过来，他一开始还紧紧抱着郑成功不肯松手，这个时候三婶的声音焦急地从我们身后传过来："你们不能这样，你们这样孩子会疼的。"像是在回应三婶，郑成功就在这时候"哇"地哭起来。于是那个人渣脸上掠过了一丝恍然大悟的不舍，把手松开了。我就趁着这个时候，用力地拎着郑成功，把他拖到我怀里。有什么要紧，反正他已经觉得疼了——我生他的时候受的苦比这多得多，这点儿痛不够这个小兔崽子还的。

三婶走了上来，从我手里接过了郑成功，一边轻轻揉着他的肩膀，一边说："不管怎么样，孩子今天留在我这里。有什么事情你们自己出去谈好了，家里人多，可能说话不方便。孩子有什么错？一点儿做父母的样子都没有。"

"我没有任何话要和他谈。"我虽然是在回应三婶的话，眼睛却一直死死盯着他，"我离开美国的时候根本就没想再看见他——对我来说他根本就是堆垃圾，还是那种夏天最热的时候发臭的垃圾，成群的苍蝇飞来飞去，想起来就让我恶心。"

他腾地站了起来，猝不及防地挡住了我面前的阳光。

"我有话要和你谈。"他下意识地捏紧了拳头，"其实我不想在这儿说，可是只有找到这儿来才最有可能见到你——我要带我儿子走，就这么简单。"

"你失业了对不对？"我斜斜地凝视着他的眼睛，一笑，"一定是被你的研究所扫地出门了。这个时候想起你儿子了，你是不是打算带他回去申请残障儿童补助啊？不靠着他你没法吃饭了？"毕竟做过夫妻，我比谁都知道怎样激怒他。

他嘴唇都发白了，看他这副强迫自己不要爆发的样子真是有趣，"郑东霓，你以为谁都像你一样卑鄙？"

这个时候南音的声音终于插了进来，怯生生，但是清澈的："你不能这么不讲理——是你自己不愿意要郑成功，姐姐才带着他回来的；是你自己嫌弃郑成功有病，才要和我姐姐离婚的，现在你说你要带走他，你也太欺负人了。"

他惊愕地转过脸看着南音："谁告诉你我们离婚了？谁告诉你离婚是我提出来的？你们是她的家人，自然什么都信她，可是我从来都没有在离婚书上签字，是她不愿意和我一起生活，是她一直要挟我，她带着孩子回家无非是为了……"他停顿了一下，似乎是在迟疑。

我一直都在等着这一刻。一直。他停顿的那个瞬间，我让自己慢慢地倒退，一，二，三，正好三步，我可以踉跄着瘫坐在身后那张沙发里，记得要做出一副崩溃的姿态，但是不能太难看。非常好，我跌坐下来的时候头发甚至乱了，多亏了我今天刚刚做过发型，残留着的定型啫喱功不可没，它们只是让几缕发丝散落在我脸上，却没有让我披头散发的像个疯女人。紧接着，在方靖晖犹豫着要不要说出下面的话的时候，在下面的话呼之欲出的时候，我抢在他前面，号啕大哭。

"三婶，三婶——"我仰着脸，寻找着三婶的眼睛，"他造谣，他撒谎，他无耻——方靖晖你王八蛋——我什么都没有了，你还要来抢走我的孩子，你要把我的孩子带回美国去好让我见不到他。我才不会让你得逞，谁想把孩子从我这里带走，除非从我的身子上踩过去！所有的苦都是我一个人受的，都是我一个人扛的，别人有什么资格来骂我，有什么资格！去死吧，都去死吧，都是你欠我的，我就是要拿回来，都是你欠我的……"我用力地喘着气，心满意足地倾听一片寂静中我自己胸腔发出来的疼痛的、破碎的呜咽声。

"东霓！"三婶跑过来，坐在沙发扶手上，一把把我搂在怀里，把我的头紧紧贴在她的胸口上，"你不要怕，不要怕。别这样，郑成功不会走的，你放心，东霓，我们全家人一起商量，一定能想出办法——东霓，好孩子。"三婶一边轻轻拍着我颤抖的脊背，一边抬起头说，"不好意思，方——靖晖，你还是先走吧。今天这样什么话都没办法谈——而且我们全家人也的确不清楚你们俩之间到底怎么回事。"她一面说，一面急匆匆地抽了两张纸巾在我脸上抹，"东霓，不管怎么样，要冷静，我知道你心里委屈，三婶知道……"

可是就在这个时候，我的眼泪变成了真的。因为我突然间想起了那一天，在我做产前检查的那天，准确地说，在我知道郑成功的病的那天——我看到那个医生的灰蓝色眼珠里掠过了一丝迟疑。我不甘心地问他我的孩子是不是一切都好，可是他只是对我职业化地微笑了一下，然后说："你还是到我隔壁的办公室来，除了我，还有个专科医生在那儿，我看我们得谈谈。"那个时候我就知道有事情发生了，而且是很坏的事情。我笨手笨脚地抱紧了自己的肚子，郑成功还在里面轻轻地蠕动着——突然间，我的眼泪就不听使唤地掉下来，涌出来。慌乱中我又急匆匆地用衣袖去擦脸——我死都不能让那些医生看见我在哭……有谁敢说自己真的知道那是什么滋味？那种绝望即将降临又偏偏抱着一丝希望的滋味？那种恐怖的、狼狈的、令人丑态百出的滋味？我抓紧了三婶的衣袖，身体在突如其来的寒战中蜷缩成了一团。

"你还不走啊，你满意了吧——"我听见南音勇敢地嚷，"你知不知道就在今年元旦的时候我大伯死了，我姐姐的爸爸死了，不在了——她好不容易才刚刚好一点儿，你就又要来抢走郑成功！你有没有人性呀？"

为了配合南音这句台词，我把身子蜷缩得更紧了些，哭声也再调整得更凄惨些。

三婶就在这个时候站了起来："今天这个样子我看什么事情都谈不成，你还是先走吧。你们俩之间的问题我们也不好插手，可是我们家的人不是不讲理的，有什么话等大家冷静的时候再慢慢说。"

"阿姨，不好意思，打扰您了。我会在龙城住一段时间，我把地址和电话留在餐桌上了。"他走过来，弯腰拾起他放在墙角的旅行袋，顺便在我耳朵边轻轻说了一句："差不多就行了，别演得太过火。"

还是那句话，毕竟是做过夫妻的，他也比谁都懂得怎么激怒我。我想要站起身来，飞快地把刚刚三婶倒给他的那杯茶对准他的脸泼过去。但是我终究没有那么做，因为我一点儿力气也没有了，我任由自己蜷缩在沙发里面，身体似乎不听使唤地变得僵硬和倦怠。最终我只是慢慢地挪到茶几那儿，把那个余温尚存的茶杯紧紧地握在手心里，我的手不知为何变得很冷。"姐。"南音很乖巧地凑过来，暖暖地摸着我的膝盖，"不要哭了嘛。那个家伙已经走了。"三婶如释重负地拍拍我的肩，对她说："好了，你让姐姐自己静一静。"然后她站起来往厨房的方向走，"都这么晚了，不做饭了。我们叫外卖吧。南音，去打电话，你来点菜，别点那些做起来耗时间的菜，要快点儿，你吃完了还要回学校。"

南音也站起身来，她软软的声音变得远了："什么菜算是做起来耗时间的？"三婶叹了口气："还是我来点吧——看来我真的得开始教你做菜了。""好呀，我愿意学。""算了。"三婶的语气又变得恨恨的，"我把你教会了，还不是便宜了苏远智那个家伙。"

有个人站在我的面前，慢慢地蹲下。他的手轻轻覆盖住了我握着茶杯的手，于是我不由自主地把那个杯子握得更紧了——我们俩在这点上很像，都是从很小的时候起就有这个习惯动作。其实我知道他什么时候到的家，就在我看见他铁青着脸，悄无声息地进门的一刹那，我就决定了，我绝对不能让方靖晖说出那些事情，我绝对不能让西决听到那些事情。尽管纸终究是包不住火的，可是我管不了那么多。人的意志有的时候真的是很奇妙的。就因为我下定了决心，演技才能那么好——我平时是个很难流出眼泪的人，打死我我都不见得会哭。

他伸出手，他的手指轻轻滑过了那些面颊上眼泪流经的地方，然后对我笑了："人家邻居会以为我们家在杀猪。"

"滚。"我带着哭腔笑了出来，"你脏不脏啊，就这样把你的手偷偷往靠垫上抹，别以为我没有注意到。"

"滚！"他恼羞成怒的表情又一次出现了，接着他说，"你的热带植物，和我原先想的不大一样。"

我心里一颤，胡乱地说："不一样又有什么要紧？反正这个世界上的人渣是千姿百态的。"

"真的是你先提出来离婚的？"他静静地问。

"真了不起。"我瞪着他，"才跟人家打了一个照面你就倒戈叛变。"

"是不是你？"

我也直直地回看着他的眼睛，说："不是。"我真的不明白，人们为什么都想听真话，或者说，人们为什么总是要标榜自己爱听真话。真话有什么好听的？真和假的标准是谁定的？

"那么他为什么要来带郑成功走？"他呼吸的声音隐隐地从我对面传过来。

"他说什么你都信吗？"我烦躁地低下头，喝了一口手里那杯冷掉的茶，突然想起也不知道那个人渣之前喝过它没有，一阵恶心让我重重地把杯子放回桌面上，"嘴上说是要回来带郑成功走，谁知道在打什么鬼主意。他那个人城府深得很,打着孩子的幌子无非就是为了骗你们。你是相信他还是相信我?"

"我当然相信你。"他静静地说,"我只信你。"

西决,信我就错了,你真不够聪明,其实你从小就不像大人们认为的那么聪明。可是你必须信我,你只能信我,因为如果你不相信我了,我会恨你,就像恨方靖晖一样恨你。方靖晖永远只会拆穿我,只会识破我,只会用各种看似不经意的方式让我觉得自己很蠢,提醒我我配不上他。可是西决,你知道吗?若你不能变成方靖晖那样的人渣,你就永远都会输。就永远都会有陈嫣那样的女人一边利用你,一边以"感激"的名义瞧不起你。其实我也瞧不起你,即便我有的时候是真的很怕你,我也总是瞧不起那个永远忍让、永远不懂得攻击的你。不过西决,我不允许你瞧不起我。

这时候,门铃响了。

"送外卖的这么快就来了?"三婶有些惊诧地探出了头。紧接着,南音欢乐的声音大得穿透了整个客厅,"爸爸,爸爸——妈,爸爸回来了。"

西决立刻站了起来:"三叔。"

三叔笑吟吟地拖着他的旅行箱迈进来。箱子底部那几个轮子碾在地板上,发出敦厚的声响。三婶惊讶地看着三叔:"哎呀,不是明天早上才回来吗?"

三叔一边松领带,一边说:"多在那里待一晚上,无非是跟那帮人吃饭喝酒,没意思。不如早点儿回家。我就换了今天下午的机票。"然后三叔转过脸,对南音说,"晚上该回学校去了吧,一会儿吃完饭,爸送你。"

"出差有没有给我带好东西回来呀?"南音嬉皮笑脸。

"我这什么脑子！"三叔自嘲地笑，"西决，帮个忙。有几箱苹果现在在楼下电梯口堆着，那些苹果特别好，人家说是得过奖的。我手机没电了所以刚才没法打电话叫你下来。赶紧搬上来吧，别让人偷走了。"

"这就去。"西决愉快地答应着。

"我就觉得我今天该回来，果然，大家都在。"三叔笑看着我，愣了一下，目光一定是停在我通红的眼睛上，"东霓，你怎么了？"

"问那么多干什么？你管好你自己吧。"三婶就像在和一个小孩子说话那样，"赶紧把箱子拉到房间去，别忘了把脏衣服分出来啊。"接着她像突然想起什么那样，冲着南音说，"南音，给那个饭馆打电话，再加两个菜，我之前没想到你爸要回来。要那个，什么豆腐煲，再来一条鱼，都是你爸喜欢的。"

"妈，你刚才还说，这都是耗时间的菜。"南音嘟起了嘴巴。

"叫你点你就点。"三婶笑着嗔怪，"你没听见刚才你爸说，他等会儿送你去学校，晚点儿怕什么，怎么不知道动脑筋呢。"

"三婶，我去洗把脸。"我站起来，走到卫生间里去，关上门，我打算在里面待得久一点儿，因为我知道，要给三婶多留一点儿时间，她可以关上卧室的门，原原本本地跟三叔描述一番今天方靖晖那个人渣来过了，然后轻言细语地叮嘱三叔千万别在饭桌上跟我提起这个事儿，因为我刚刚天崩地裂地大哭过，再然后他们俩一起叹气，感叹我一波三折的命运。我能想象，程序一定会是这样的。幸福的人们需要时不时地咀嚼一下不幸福的人的凄惨，是为了心满意足地为自己的幸福陶醉一番。我狠狠地咬了咬嘴唇，把冰冷的水拍在面颊上。我没有丝毫贬义，只不过是就事论事。

南音元气十足的声音打败了水龙头里奔放的水声，她听上去是毫无顾忌地打开了三叔三婶卧室的门:"妈妈,我们寝室有个女生家的狗生了一窝小宝宝,她说可以送一只给我……"

"你做梦。"三叔一回家来,三婶说话的声音听上去也元气更足了,"别以为我不知道你安的什么心,早不说晚不说,偏偏就在你爸爸回家的时候才说,我告诉你,没用,这件事情没得商量。我们家里现在有两个这么小的孩子,小动物多脏啊,万一传染上什么东西谁负责?"

"不至于吧。"三叔非常称职地帮腔,"我们小的时候家里也养着猫,还不是都好好的,也没传染上什么啊。"

"没你什么事儿。"三婶果断地接口,"我说没商量就是没商量。还有,什么你们寝室的女生,还不是苏远智的表姐家的小狗没人要——你那天打电话的时候我听得一清二楚,别想蒙我。"

于是南音聪明地转移了大家的注意力:"苹果来了苹果来了,雪碧,你也过来帮叔叔搬一下呀。"

总是这样。我对镜子里脸色惨白的自己冷笑一下。总是如此,我从少年时就无数次目睹的场面。三叔一家三口谈笑风生,真实而毫不做作地其乐融融,西决在一边鞍前马后地搬重东西——他小时候是一袋面粉、一袋大米,后来变成了电视机、书架,再后来是煤气罐,他还要搭配上一副任劳任怨忠于职守的笑容,唯恐别人不知道他有多么地身心愉快。就像是古人嘴里说的那种"家丁"。我知道我不该这么想,我知道这个家里除了我没有人会这么看待这个问题,我知道三叔三婶是天下最好的长辈,我知道西决是家里唯一的男孩子,这些事情本来是自然而然的。我知道就算是二叔和二婶那对离谱的鸳鸯在天有灵,看到这个场景说不定也会觉得放心。所有的道理我都懂得。只不过,每一次,这样的画面总是会硬生生地刺痛我的眼睛。

你怎么可以允许自己这么活着,就这样毋庸置疑地活在别人的恩典里？怎么可以？

你去死吧。我在心里悄声重复着。我努力了那么多次，从我鼓励你打架开始，从我教你抽烟开始，从我坚持要你去念你想学的专业开始，从我要你离开龙城开始——我努力了那么多年，无非是想要提醒你，无论如何你都是独一无二的，无论如何你不应该放弃成为你自己的那种尊严，你可不可以坏一点儿？你可不可以不要那么好？你可不可以不要好得那么委屈？你倒是死猪不怕开水烫，你为什么就是不能明白？

南音愉快的声音又传了进来："这盘糖醋小排是我和姐姐的，没有放葱的茄子是哥哥的，鱼是爸爸的，妈妈喜欢喝汤，糟糕，忘记告诉他们汤里面不要放芫荽，姐姐不喜欢——你再帮我拿两个碗来好吗？在消毒柜里面。可是雪碧你最喜欢吃什么呢？我们刚才都忘记问你了。"

"我什么都喜欢。"雪碧笑嘻嘻地说。

"怎么可能什么都喜欢呢，总得有自己最喜欢吃的东西吧？"

"我真的什么都——最喜欢。"

"人要有个性，懂吗，雪碧？"南音长长地叹气，"不能什么都说好，什么都喜欢，你还这么小，总得敢说出来自己最想要什么东西呀。"然后她又胸有成竹地补充道，"就从大胆说出来你最爱吃什么开始。"

"我最爱吃——泡面。"

"被你打败了——那你和我姐姐一起住是再好也没有了。"

"对的，姑姑家有好几箱泡面。下次你从学校回来，我请你吃。我喜欢把好几包泡面煮在锅里，重点是要混着放调料，那样汤的味道会很特别，我会烧水，会切很薄很薄的黄瓜片和火腿片，我还会把荷包蛋的形状弄得很整齐……"雪碧说得一本正经。

"好啦，你是专家就对了。"南音笑嘻嘻的，"我也喜欢吃泡面，可是以前我妈妈一直都说那个没有营养，不准我吃。上小学的时候我有一个同学家住得特别远，中午不能回家，我们都要放学了，他就在教室里吃康师傅碗面，开水倒进去以后好香呀——我在一边看着要羡慕死了，有一次实在忍不住了，我就问他能不能让我吃一点儿，结果他说，他只有一双筷子，男女授受不亲。哈哈哈哈。"说完了之后只有她自己在笑。也不知道她觉不觉得尴尬。

"雪碧你怎么能总是吃泡面呢？你正是需要营养的时候。"三婶的声音非常及时地插到了对话里来，"你以后一周至少要来这儿吃四顿晚饭，就这么定了。"

"你为什么叫雪碧？"三叔好奇地问，"这个名字谁起的？真有意思。"

尽管白天越来越长，可是夜晚终究还是来了。我把车窗按下来一点点，让4月带着甜味的风吹进来。这漫长的一天总算是结束了。我今天晚上一定会做噩梦的。因为当我在白天遇上了接连不断的事情的时候，就一定会做古怪的梦。我的噩梦情节总是千奇百怪，但是大多数都是两个结尾：一个是从很高的地方坠下来，另一个是窒息。后来我渐渐长大，从高处坠下来的梦就越来越少了。看来小时候奶奶说得有道理——梦见自己从高处掉下来是在长个儿——我的确是再也不会长高了。我总是在某个意料不到的瞬间想起奶奶，其实在我们三个当中，我对奶奶的印象最深，奶奶最疼的自然也是我。爷爷不同，爷爷最喜欢男孩子，西决是爷爷手心里的宝贝。在这点上奶奶比爷爷可爱一百倍。只可惜奶奶去世得早，于是爷爷独占了话语权。他走的时候把他们俩一辈子存的钱都留给了西决——其实也没有多少，不过姿态说明一切问题，我和南音只象征性地分了几件奶奶的首饰——

纯属纪念性质的。火上浇油的是，他还交代，要是北北是个男孩子的话，西决得到的钱要分一半给北北，若是女孩子就算了。这个老爷子真是阴险得很，简直和他的大儿子郑岩有一拼。若是奶奶在天上看着，必定会对这个安排火冒三丈的。我能想象，爷爷到了那个世界以后，奶奶一定早就在那里怒气冲冲地候着——让他们俩在那边掐起来吧，我不由自主地窃笑。

"姑姑，"雪碧在后座上轻声说，"明天是星期一，我好像该去上学了。"

糟了。被方靖晖那么一搅和，我完全忘记了明天要带着雪碧去新学校报到。我本来以为明天不用早起的。我咬牙切齿地自言自语："去死吧。"然后突然回过神来，对雪碧说，"我不是说你，我是说我自己呢，我忘得干干净净的。那么我们明天几点起来比较合适呢？不过要是很早出门的话，郑成功怎么办？我带着他陪你去学校见老师总是不大好——"我重新开始自言自语，"不然我顺路先把郑成功放在小叔家好了，小叔他们起床很早，因为小叔有课——叫陈嬷帮我照看他一会儿，我们再去学校——只能这样了，可是我真不想求陈嬷帮忙，又得看她那张阴阳怪气的脸。"

她轻轻地说："姑姑，你告诉我要怎么坐公车就行，我自己去就可以了。"

"不行的。"我从前反镜注视着她的眼睛，"不管怎么说你是第一天转学呀。不能没有大人带着你的，而且我也想看看你的学校、你的老师是什么样的。"

"真的不用，我以前也转过学，我知道该怎么办。我自己会上闹钟起床，我把书包都收拾好了，我也会记得穿上新学校发的校服……"

"雪碧。"我轻轻地打断她，"你知道吗，和姑姑在一起，你不用那么懂事的。其实我不喜欢那么懂事的小孩子。"

她眼睛看着车窗外,默不作声。

"就这么定了。"我语气轻快,"我跟你去学校,我也好好打扮一下,给你挣面子,让你们的同学瞧瞧你有个多漂亮的姑姑——那些讨人嫌的小男生看到了说不定就不会欺负你——要是有人敢欺负你是新来的,你回家一定要告诉我,我有的是办法收拾他们。"

"你不愿意带着小弟弟去学校,是害怕同学们看到我有个有病的小弟弟,嘲笑我吗?"

"胡说八道些什么呀?"我心里重重地一震,不安地轻叱着,"我是觉得不方便。"

"那我明天可不可以把可乐放在书包里带去?"她期待地问。

"不准!"我干脆利落地说。我现在和她讲话已经不用那么客气,我可以简明扼要地跟她说"不准",其实这是好事。

但是紧接着,我发现我这一天的噩梦并没有结束,或者说,我本来认为睡着了才会有的噩梦已经提前降临了。我在我家的楼前面看见了方靖晖。我按捺住了想要踩一脚油门儿撞过去的冲动,打开了大车灯。

他站在那束明晃晃的、似乎从天而降的光芒中,看上去像个瘦削的影子。这让我想起我刚刚认识他的时候,他站在北京明亮的天空下面,对我一笑,他说:"郑东霓,要不然你嫁给我?"我那时候心里不是没有喜悦的,我得实话实说,我还以为不管怎么说我的好运气来临了,我还以为我终于有了机会开始一种我从没见识过的生活,我还以为假以时日,我也能像一般女人那样和我的老公过着即使没有爱情也有默契的日子。我还以为……那个时候他说:"麻烦你快点儿决定好不好?我只剩下一个月的假期。"看着他挑衅一般的表情,我说:"嫁就嫁,你以为我不敢?"他说:"真痛快,我就喜欢这样的人。"

现在他带着和当初一模一样的表情,坐在我的客厅里,坐在这个我通过和他协议离婚换来的客厅里。想想看,真的是人生如梦。

"你这儿有没有什么吃的东西?"他不客气地问,"我在旅馆楼下一个说是龙城风味的地方吃晚饭,根本没吃饱。你们龙城的特色原来就是难吃。"

"对不起,我家没有剩饭剩菜来喂狗。"我瞪着他。

他叹了口气:"你能不能别那么幼稚呢? 你赶不走我。"

我脱口而出的话居然是:"你的胃是不是又开始疼了?"—— 他有轻微的胃溃疡,那是初到美国的几年里日夜颠倒的留学生活给他的纪念。那个时候,我是说,我们在一起的时候,若是吃饭不怎么规律,他的胃就会疼,尤其是晚上。可是老天爷,我干吗要在这个时候想起这件事呢?

他有点儿惊讶地微笑:"这么关心我,真感动。"

"活该,疼死你算了。"我说,"冰箱里有牛奶,我给你热一杯,管用。"那一瞬间我以为时光倒流了,过去我常常这样半夜起来给他热牛奶。此刻我是真的恨不得他的胃马上穿出一个大洞来,我一边想象他胃出血的惨相,一边熟练地把一杯牛奶放进微波炉。只是条件反射而已。

"东霓。"他站在我身后轻轻地说,"我是真的不知道你爸爸去世了,你为什么不告诉我?"

"告诉你又能怎么样?"我淡淡地说,"告诉你了,你就会把我要的钱给我吗?"

"咱们能不能好好谈谈? 不管怎么说,在你家人面前,我也算是给你留了余地。"

"可以。"我咬了咬嘴唇,"我把郑成功还给你,你把我要的钱给我。"

"不可能。"他断然说。

"你看,这次是你不想好好谈。"我转过身,看着他微笑,"你的胃药有没有带在身上?"

"是我的错。"他嘲讽地笑笑,似乎是笑给自己看,"我太相信你。当初我答应你,把我得到的遗产分一半给你。你也答应了。你说你要先转账然后才签字,我想都没想就说'好'。我怎么也没想到你还藏着一手。你把孩子带走,继续敲诈我。我总觉得虽然你这个人不怎么样,但我还是可以相信你,结果你终究算计到了我的头上。"

"我对你已经够好了。"我恶狠狠地打断他,"我只不过还要你手里那一半的一半,你有工作,有薪水,有保险,郑成功跟着你有儿童福利——可是我呢?我什么都没有,我嫁给你两年,只换来一个残疾的孩子,到了这种时候,你来假惺惺地跟我说给我一半,到底是谁在算计谁?"

微波炉"叮咚"一响,我重重地、赌气般地把它打开,就在这个时候他说:"当心,那个杯子很烫。"

然后他说:"要是我没猜错的话,你一定是跟你家里的人说,我因为孩子有病,抛弃了你们俩。"

"没错。"我点头,"不仅是跟我家里人,就连跟你的那些朋友我也这么说——我说过的,我要让你身败名裂。我说到做到。"

"你为什么那么恨我?难道孩子有病也是我的错?"他很凶地瞪着我,眼睛里全是红丝。

"因为我根本就不想要孩子,我根本就没打算那么快要孩子,全都是因为你,都是因为你坚持,七百分之一,这种病的概率是七百分之一,被我摊上了——也算是难得的运气。我告诉我自己就当中了彩票,现在你来把彩票兑现吧。"我压低了声音,尽量让自己不要对他吼。一阵热浪冲进了我的眼眶里,我咬着牙逼自己把它退回去。

他一口气喝干了那杯牛奶,把杯子重重地放在桌上:"我还以为,东霓,我还以为,发生了这么多事情以后,你能和我同舟共济。"

"算了吧。是你骗我上了贼船,凭什么要我和你一起死?你根本不知道我是怎么熬过来的。从我知道他有病,到我把他生下来,那几个月里,你不知道我是怎么熬的,你不知道生不如死是什么滋味,每一天每一小时每一分钟! 你就是倾家荡产也赔不起我!"

"所以你就趁我出门的时候偷把孩子带走。"他惨笑,"我回到家的时候发现你们俩都不见了,那时候我还以为我在做梦——我差点儿都要去报警,后来我发现你的护照不见了,心里才有了底。"他死死地盯着我的眼睛,"别以为我不知道你在打什么算盘,你甚至去找过律师对不对,你还想告我遗弃对不对,你以为法官都像你那么蠢?"

"你怎么知道的?"我一怔。

"我看了你的信用卡记录。有顿饭是在市中心那家最贵的法国餐馆付的账。看数字点的应该是两个人的菜——你舍得请谁吃这么贵的饭? 除了律师还能是什么人?"那种我最痛恨的嘲弄的微笑又浮了上来,"你一向的习惯都是要别人来付账的,你那么锱铢必较的人——对了,你可能不知道这个词儿什么意思,锱铢必较的'锱铢',知道怎么写吗?"

"信不信我杀了你?"我咬牙切齿地看着他,一股寒意慢慢地侵袭上来。其实我从没打算真的去告他,我当时只是一时昏了头,整天都在想着到底要怎样才能把他整得最惨。我只不过是想要钱,都是他欠我的,都是我应得的。我不惜一切代价。

"东霓你听好了，就算你愿意，我也不会把孩子交给你，我才不相信你这么自私的母亲能好好对待他。"

"你没资格要我无私。"我冷笑，"把钱给我，孩子就交给你，你以为谁会和你抢他？"

"老天有眼。"他也冷笑，"我现在有的是时间和你耗下去。我还没告诉你，我们研究所和海南的一个咖啡园签了一个项目，我们帮他们开发新的品种，从现在起我要在国内工作很长一段时间了。虽然海南也不近，总比美国方便得多。要和我玩儿，我奉陪到底。"

"那就耗下去好了，你以为我怕你吗？"强大的悲凉从身体某个不知名的角落涌上来，为什么会变成这样？到底发生了什么事情？为什么就在此时此刻，我其实还想问问我面前这个和我不共戴天的人，他的胃疼好一点儿了没有？我突然间想起来，我们刚刚结婚的时候，有一次我煎肉排放了太多的油——我根本不会做饭，就是那两块过分油腻的肉排导致他的胃在那天夜里翻江倒海地疼。他的手冰凉，说话的声音都在发抖。他跟我说没事，忍一忍就过去了。我紧紧地从背后抱住他，用我温暖的手轻轻碰触他发怒的胃部，害怕得像是闯下了滔天大祸。我敢发誓，那个晚上，我想要和他一起走完一生。

其实他的眼睛里，也有质地相同的悲凉。

"我走了。"他慢慢地说，语气里没有了刚刚的剑拔弩张，"我后天的飞机去海南。但是，我会常来龙城。有些事情我从来都没跟你说过，东霓。我刚去美国的时候，没有全奖学金，我就在那个亲戚的中餐馆里打工。就是那个把遗产留给我的亲戚，我妈妈的舅舅。我很少跟人提起那几年的事情。我不怕辛苦，四点钟起来去码头搬海鲜，半夜里包第二天的春卷直到凌晨两点，都没什么可说的。只不过那个亲戚他是个脾气很怪的老头子，人格也分裂得很。不提也罢，我这辈子没见过比他更会羞辱人的家伙。三四年以后,他得了癌症,他告诉我,他把我的名字写进了遗嘱里面,分给我对他而言很小的一份。我当时愣了。然后他笑着跟我说:'你也不容易,千辛万苦不就是等着今天吗?你行,能念书也能受胯下辱,你这个年轻人会有出息。'"他侧过脸去,看着窗外已经很深的夜,"那个时候我真想把手里那一大袋子冻虾砸到他头上去,跟他说:'老子不稀罕。'但是我终究没那么做,因为我需要钱。所以东霓,不是只有你才受过煎熬。你现在想来跟我拿走这笔钱的四分之三,你做梦。"

然后他转过身去,打开了门。

在他背对着我离去的一刹那,我险些要叫住他。我险些对他说我放弃了,我偃旗息鼓了。可是就在这个时候我想起了雪碧,雪碧过了夏天就要去念初中,因为她的户口的问题,我怕是只能把她送到私立学校去。一个女孩子,在私立学校的环境里,物质上更是不能委屈,不然就等于是教她去向来自男孩子们的诱惑投降——十几岁时候的我就是例子。所以我必须拿到那笔钱,谁也别想吓唬我,谁也别想阻拦我。我什么都不怕。

我身边的夜是死寂的。突然之间,巨大的冰箱发出一声悠长的、嗡嗡的低鸣,它在不动声色地叹气,可能是梦见了什么。

第五章
五月的鲜花

"姐,姐,赶紧醒来。"南音的手臂慢慢地摇着我的肩膀,像一把勺子那样把她惺忪的、牛奶一般的声音搅拌进了我深不见底、咖啡一样的睡眠中。我一把抓过身边的被子,掩耳盗铃地埋住了脑袋。卧室另一头的小床里,郑成功的哭声理直气壮地刺进来:"姐——"南音重重地拍了一下被子,以及我掩盖在被子下面的脑袋,"你给我起来嘛!你儿子哭了,他一定是要吃早餐,要换尿片。""帮帮忙南音,既然你都已经清醒了,你就帮我去抱抱他。拜托——"我把被子略微错开一条缝,好让我半死不活的声音准确无误地传出去。

"去死吧你。"南音嗔怪道,"自己的小孩都懒得照顾。"她不知道她这个时候的语气活脱就是一个年轻版的三婶。我重新合上了眼睛,睡梦里那种摧枯拉朽的黑暗又不容分说地侵略了过来,甚至掺杂着我刚才做了一半的梦的彩色片段。南音终于嘟囔着爬了起来,她轻微地按压着被子的声响让我有种错觉,似乎我们两人睡在一片厚得不像话的雪地上。然后我听见她蒙眬地下床时似乎一脚踩到了我的拖鞋。

"宝贝儿,乖乖,不哭了,小姨来了。"南音非常尽责并且不甚熟练地哄逗着郑成功。只可惜郑成功的眼睛是雪亮的，他立刻明白了我在怠工。于是用更尖锐的哭声来表达他的不满："乖嘛，你为什么不要我呢？我是小姨啊，小姨——"其实郑成功如假包换的小姨应该是郑北北，可是南音拒绝承认这个，经常反复强调着自己是"小姨"来逃避"大姨妈"的耻辱。"姐，"她的声音里明显充斥着硬装内行的紧张，"他好像是要换尿片了，不然不会一直哭。你就起来一下嘛，我不会换尿片。""不会你就学吧。"我有气无力地呻吟，"学会了将来总有一天用得上的。""可是他一直哭。""那就麻烦你把他抱出去再关上门，这样我就听不见了。"我最后那句话低得近似耳语，可是我实在没有办法使用我的正常音量来讲话，因为一旦那样，我就不得不把精神集中到可以保持清醒的程度上，我好不容易维持起来的那点儿睡眠的残片就会粉碎得一塌糊涂。十五分钟，我只想赖床十五分钟。这些天准备开店的事情搅得我真的很累。每天清晨的蒙眬中，都会在骨架散了一样的酸痛里，在"要求自己醒来"和"允许自己醒来"之间进行一番挣扎。我是不是真的老了？我悲伤地问自己：曾经在新加坡的时候一个晚上跑好几个场子的精神都到哪里去了？紧接着我又狠狠地裹紧了被子，在这股狠劲儿里咬了咬牙，不老，开什么玩笑？老娘风华正茂。糟糕，一不小心咬牙的力气用得大了些，导致我的身体距离清醒的边缘更近了。

"南音，把小弟弟给我吧，没有问题的，让姑姑再睡一会儿。"门开了，雪碧胸有成竹地轻轻地说。

"你？"南音嘲讽地说，"小孩子家你添什么乱啊？"

"这些天都是我每天早上来给小弟弟冲奶粉的，反正我要去上学，这些都是顺便的事情。给我吧，他已经习惯早上要我来抱了——你看，他现在不哭了吧？"

"可是你也不过是个小学生啊。"南音的声音顿时变得又困扰又害羞。

"我马上就要上初中了。"雪碧斩钉截铁地说,"其实这几天都是我每天早上上学之前照顾小弟弟的,弄个早餐而已,很容易的,又不用非得是大学生才能做得来。"有的人可能会把这句话当成是讥讽,不过我们家南音不会,南音立刻由衷地说:"不行,我得帮你做点儿什么。你这么勤劳,我怎么好意思回去睡觉嘛。"

"那好吧。"她们俩的声音都远了,隐隐地传过来,"你帮我去弄两个白水煮蛋。一个是我自己的,另一个蛋黄是小弟弟的。"

"好好好,我马上去。"南音立刻领会了局面,接受了雪碧的领导。——其实南音是个特别容易被人控制的孩子,这也是我常常替她担心的原因。随即,她又困惑地说:"白水煮蛋到底是从一开始就把鸡蛋放在水里面,还是要水开了再放鸡蛋进去的?"

"哎呀,你都是大人了,怎么还不如我呀?"雪碧故作无奈状。

"我检讨。"南音可怜巴巴地说。

方靖晖去海南了。估计是刚刚开始的工作占据了他很多时间,这个瘟神这段时间居然都没怎么联络我。我的咖啡店预计下周开张。说起来这是个很简短的句子,可是我经历了一个多月人仰马翻的紧张。店的名字就叫东霓 —— 是小叔的主意,大家也都说好。这个店原本就是个开在南音他们大学附近的咖啡店,前任老板是个有故事的女人,在龙城这个不算大的地方,背负着真真假假的传奇。据说她曾经是个绝世美女 —— 这是南音的原话,他们那条街上几所大学的学生之间都在传些关于她的流言。我记得当时我嗤之以鼻地一笑:"还绝世美女,你写武侠小说啊。""哎呀大家都那么说嘛。"南音不服气地回嘴,"反正后来,她好像是被情敌泼了硫酸,都没多少人见过她原先到底什么样子,就越传越神,把她传成了一个大美女。"除了毁容,还有些更离谱的传闻,有人说她杀了她曾经的情人,可惜做得天衣无缝,因此证据不足不能被定罪,也有人说她其实没杀,她只不过是要和她的情人一起殉情,可是看到男人的尸体后就后悔了——总而言之,所谓传奇大概都是那么回事,每个城市都会有那么几个诸如此类的故事。

不过当她坐在我面前的时候,我突然间觉得那些天花乱坠的传言怕有一些是真的。她的长发垂在胸前,戴着一副硕大的墨镜和一只口罩,虽然因为口罩挡着,传出来的声音闷闷的,但是语气里那种娇媚倒是浑然天成。

"你都看见了。"她静静地说,"我这儿的生意一直都不错,接手过来,你不会亏。"

"你出的价钱倒是合理。"我说,"不过我猜应该有不少人想要这个店吧。"

我知道她在笑,她说:"那当然,有人甚至愿意出个比我开出来的价钱都高的数字。"

"那你为什么转给我?"我惊讶。

"因为——我看你顺眼。"她声音里的笑意更深,因为她的语调更婉转。

"芳姐,电话。"有个小服务生拿着一部电话分机走过来,看着她的眼神与其说是"毕恭毕敬",不如说是"敬畏"来得恰当。我当下就倒抽了一口冷气,暗暗地决定,我盘下来这间店以后的第一件事,就是炒掉这帮对她唯命是从的小家伙。

我知道我的嘴边扬起了一抹微笑。无论如何,每当生活里出现了一点儿新的东西:可以是一样玩具,可以是一个从未去过的城市,也可以是一间马上就要开张的咖啡店,我都会像童年时那样由衷地开心很久,那种欣喜其实是很用力的,似乎需要动用心脏输送血液的能量——尽管我知道随之而来的永远只能是厌倦。

"你还不起来呀郑东霓!"南音重重地在我枕头上拍了一下,"人家雪碧一个小孩子都成了你家的保姆了——我都替你难为情,你就不觉得害臊?"

"你还有脸说。"我艰难地蠕动了一下,翻了个身,"我昨晚根本都没睡好,还不是因为你?一整夜你都在那里聊 MSN,打字的声音搅得我直心慌——噼里啪啦的,我每次都是刚睡着就被吵醒了。你的手不累吗?哪儿来那么多话说?"

"没办法。"她脸色黯淡了一下,"我和苏远智想要好好说话的时候,只能在 MSN 上打字。打字还能冷静一点儿,要是打电话,准会吵起来。"

"小夫妻是不是闹别扭了?"我嘲讽地微笑,"因为什么事情呀,说给姐姐听听——这个时候你就看得到我们老人家的好处了。"

"我都忘记为什么了,真的是非常小的事情。我说不好——"南音站在清晨的落地窗前,轻轻地说。薄如蝉翼的阳光笼着她修长的腿和纤细的脚踝,她一边淡淡地讲话,一边舒展地伸长了胳膊,绕到脑后去绑马尾辫,细细的腰突出来,脸庞光滑得发亮,虽然有心事,可是眼睛依然清澈,嘴唇像鲜水果那样微翘着,饱满的艳。我出神地看着她,这个缺心眼儿的丫头越来越漂亮了,当然了,跟我是没法比,可是谢天谢地,全身上下没有一丝那种我最见不得的小家子气。

我挪开了眼睛,不打算让她知道我在端详她,笑道:"哪儿有那么多大事可以吵,还不都是小事情最后变大了,那个时候我和方靖晖第一次吵架也就是因为我觉得他应该去加油站加油,他觉得油还够用不必加,我说'万一遇上状况了怎么办',他说'你怎么那么啰唆'——

就这样，吵到最后那趟门都不出了，也不用再操心加不加油。"

"姐，"她转过脸，"我觉得那个热带植物，我是说，方靖晖，我的意思是，我总觉得你并不像你说的那么恨他。"

"小孩子，你懂什么？"我斜斜地看她，"赶紧收拾好了去学校吧。"

"我今天下午才有课。中午到哥哥那里去，和他一起吃饭。"

"你经常去西决的学校里和他吃午饭吗？"我终于爬了起来，四处寻找着我的开衫。

"差不多吧，一周总有一次。"

"哎那你告诉我，西决和小叔现在在学校里说不说话？"

"也说。不过说得很少。挺客气的那种。倒是再也不一起吃饭了。陈嫣每天中午都要发短信给小叔，查岗查得勤着呢。你还没见过小叔发短信的狼狈样子，其实小叔是和陈嫣结婚以后才开始用手机，到现在发短信都好慢的。手忙脚乱，一个字一个字地念叨着他要发的内容，可是手指头就是跟不上，笑死人了。"

我知道她并不是真的忘了为什么和苏远智吵架，她只不过是不想对我说。但是她会去对西决讲，否则她也不会选在今天去找西决一起吃饭。她总是有种非常荒谬的错觉，似乎西决能替她解决一切问题——其实西决懂什么？西决只能教她像只鸵鸟那样自欺欺人地把头埋进自己挖的沙坑里，只不过西决的沙坑就是他那些乍一听很有道理很能迷惑人的漂亮话，细细一想还不是自己骗自己？这个傻丫头，怎么就不知道来和我商量？不管怎么说我们都是女人，我才能给她些真正有用的经验。或者她和西决根本就是一路货，都是些根本不想解决问题只愿意把时间花在自欺欺人上面的软骨头；再或者，可能是她幼稚的大脑里认定了自己是要做贤妻良母的人，我的经验都是风尘女子的，跟她没有关系。我对自己苦笑了一下，不管怎么样，像她那样又好看又笨的女孩子算是最有福的,往往能撞上莫名其妙的好运气。

江薏就在这个时候来敲我的门。她看上去脸色不好。倒不是萎靡,她一如既往地像个交际花那样神色自若,只是脸上有种莫名其妙的阴郁:"能不能和你聊聊?"她宾至如归地坐在客厅沙发里,手里看似无意识地拨弄着仰面躺在靠垫上的可乐。

"不能。"我一边给郑成功穿一件干净的小上衣,一面说,"我忙得很。我今天要再去一趟工商局,说不定就要耗上一个上午,中午还要回来伺候这个小祖宗吃饭睡觉,下午要去店里看看装修厨房的进度,要是我不去盯着,那帮人只会成天磨洋工,对了,还有,我约了两个来应聘的服务生傍晚见面,你上次介绍来的那几个都是什么衰人啊,一张嘴都讲不好普通话。"

"郑老板日理万机。"她语气讽刺。接着浴室里传出南音洗澡的水声,她顿时一脸坏笑,"你要是不方便就跟我直说,千万别客气。"

"滚吧你,那是南音——怎么我的屋子里就不能偶尔留宿个正当的人吗?"我的语气听上去义正词严。

"我想和你聊聊。就一会儿。"她脸上的表情突然变得很正经,吓我一跳。

"不介意我一边化妆一边和你聊吧?"我故意装作没注意到她的神色。

"你给我讲讲西决这个人,行不行?"她的声音突然间变得很低。

"有什么好讲的? 是个好人,就是无趣。"她那副样子还真是好笑,也不看看自己是多大的人了,还沉浸在陷入情网的少女的角色里面。

"我就是不知道他心里到底在想什么。"江薏自顾自地说,"他看上去好像很随和,好像很好应付。可是我根本不知道有什么事情会让他特别高兴,又有什么事情会让他特别不高兴,东霓你懂我的意思吗?"

"你为什么不换个角度想想呢。"我一边刷眼影,一边打了一下郑成功伸向我的化妆盒的小手以示警告,"因为他不那么在乎你——所以不管你做什么,既不会让他特别高兴,也不会让他特别不高兴,多简单的一件事。"

"我只见过一次他真的生气——就是他知道我那时候还有老公。其实我不是故意要骗他的,我只是不知道该怎么说。"江薏笑了一下,眼光似乎是望着很遥远的地方,"现在想想我还真的蛮怀念那个时候的,至少我可以看见他的真性情。"她显然是像个受虐狂一样满心甜蜜地回想着那段整日打电话但是西决坚决不接的日子,那种心情类似于穿着一双妖娆昂贵的高跟鞋,就算需要寸步难行地忍受它磨出来的灼人的水疱,也还是不肯脱下来——女人就是贱。

"那么你还来找我干什么? 你直接跟他说你希望他虐待你好了,反正你乐在其中。"我冷笑。

"你能不能正经点儿啊?"她不满地抓起可乐一通乱捏。

"轻点儿好不好?"我冲她尖叫,"那个家伙也算是我们家一口人。要让雪碧看到你这样她准和你拼命。"

"东霓,"她期待地看着我,"你见没见过他以前交女朋友的时候是什么样子的?"

"好问题,你不如直接去问陈嫣。"

"我就是想知道他是和谁在一起都这样波澜不惊的,还是只有和我在一起才这样。"

"江薏,"我咬了咬嘴唇,"你动真的了?"

她不好意思地笑笑:"算是吧。"然后她抬起头,像是终究没有鼓足勇气那样,深深地扫了我一眼,又看向了窗外,"前天晚上我问他:'我们结婚好不好?'他说:'行。'我又问他:'如果我不问你,你会不会主动向我求婚？'他说：'不知道。'然后我说：'那么我们还是等等再说吧，可能时机还不成熟。'他就说：'那好吧。'我就有点儿不高兴了，我说：'你能不能让我知道你心里到底是怎么想的？'他说：'能。'我说：'那么你到底在想什么啊？'他就说：'我什么都没有想。'我真的是彻底被他打败了你知道吗？"

要不是因为她脸色惨淡，我就真的要笑出来了。这段对白着实精彩，我能想象西决那副无辜的表情，以不变应万变，但就是噎死人不偿命。出于人道，我一本正经地跟她说："不是每个人都像你一样那么擅长表达，而且我小叔和陈嫣那档子恶心的事情又刚刚过去没多久，你不是不知道，总得给他一点儿时间吧。"

"我就是觉得，他好像没有办法完全信任我。"看来她不算太笨，毕竟还是看到了问题的核心。

"你也不用太在意这些，他从小就是这样的，想让他直截了当地表达点儿什么简直难死了。我听我三婶说过，我的二叔——西决他爸就是那么一个人，所以也不是他的错，是他遗传了那种死骨头不痒的基因……"

"喂，"她冲我瞪圆了眼睛，"不准你这么说我男人。"

"我呸——什么时候就成了你的男人！"我转念想起一件非常无关紧要的事情，但是这件事情顿时让我有了种惊悚的感觉，"天呀，江薏，如果你真的嫁给了西决，那我们家里面——我、你、唐若琳——不会吧，简直是93级高三（2）班的同学聚会。"

她完全不理会我，慢慢地说："你知道有一回，那是在半夜里，是我和西决刚刚……"她斟酌了一下用词，有些害羞地说，"是我刚刚离婚的时候，我去找西决，怕他躲着我，我直接找到了学校去。那时候学生们都还没有下课，办公室里偏偏只有他一个人，我就径直过去，把我的离婚证甩在他桌上，然后转身就走，我也不知道我为什么要那么做。"

"酷。"我淡淡地笑。她太谦虚了——不知道自己为什么要那么做，可是我知道。弄出一副玉石俱焚的样子来，又激烈又凄凉，演给人看，"你瞧我为了你什么都不要了"，百分之百就能让西决那种死心眼儿的家伙投降——可是，老天做证，她是为了西决才离婚的吗？她和她前夫早就相处得一塌糊涂了，这是我们原先的老同学都知道的事情。

"我走出去的时候，他就沿着楼梯追出来，一句话没说，抓住了我的胳膊。"——瞧，我说什么了？她一定还隐瞒了某些小细节，比方说，在西决抓住她那千钧一发的时刻，挤出来几滴眼泪什么的，不用多，含在眼睛里差一点点不能夺眶而出的量就足够了。突然间我提醒自己，不可以在脸上露出那种讽刺的笑容来，于是赶紧正襟危坐，努力把表情调成被感动了的样子。

"然后我就问他，我现在要搬到我和爸爸原来的家里了，他可不可以来帮忙搬家。"江薏继续说，一脸陶醉的样子，"后来就……"那还用说，搬完家西决就名正言顺地留下过夜了。这女人把什么都算计好了。

"就是那天，东霓，我们俩躺在黑夜里面，我睡不着，我知道他也没睡着。不过我很会装睡，我屏住呼吸听着他辗转反侧，突然他坐起来，打开了灯。那时候我闭着眼睛，心一直跳，我感觉到他在看我，可是我不能睁开眼睛看他。然后，他的手就开始慢慢地摸我的脸。特别轻。"她笑笑，脸红了，"我还以为他会弯下身子来亲我一下，可是没有，他只是把手指头一点儿一点儿地从我脸上划过去，就好像我的脸是水晶做的，一点儿瑕疵都没有。东霓你别笑我，那种明明白白地知道自己被珍惜的感觉,不是什么人都体会过的。可是就算是这样,他还是不肯让我知道他在想什么。"

我什么都没回答,只是喝光了杯里剩下的咖啡,像是在和谁赌气。

5月是一年里最好的季节,我一直都这么想,因为5月有种倦怠的感觉,可是因为散发着芬芳,倦怠不至于发展成带着腐朽气味的沉堕。

雪碧背着大大的书包,站在校门口向我挥手,清亮的阳光下面,她的小胳膊看起来格外地细:"姑姑再见。"她愉快地冲我挥手。其实在她这个年龄,很多的小女孩已经出落成了一副少女的模样了,不知为何她看上去永远像个只会长高不会发育的儿童。

我像所有的大人那样回了一句:"上课要专心点儿,知道了吗?"没办法,上学之后才发现,她的功课差得难以置信。在她面前我们家的两位郑老师完全不是对手。给她补习的时候,一向以耐心闻名的郑西决老师都曾经忍无可忍地把课本一摔,大声地问:"雪碧,跟我说实话,你会不会背乘法表?"她无辜地看着西决,说:"会一些。"小叔也总是一边看她的作文,一边为难地摸着肚子说:"来,雪碧,你告诉我,你这句话到底是什么意思? 你平时说话的时候也是蛮聪明的,你就照着平时说话的习惯来写作文,也不至于这样呀……"每到这个时候都是三婶在解围:"我看你们俩才是因为在龙城一中教那些好学生教惯了,遇上程度差一点儿的孩子就大惊小怪的 —— 不是雪碧的错,根本就是你们不会教。"

不管怎样,因为我最近总是怀着期待过日子,一切令人焦头烂额的事情都能让我觉得有趣,只要我一踏进这个基本上一切就绪,马上就要开张的店里。我订好的招牌明天就可以送来了,两个简简单单的字 —— 东霓,到了夜晚就会变成闪烁着的霓虹灯。我真想知道自己的名字在夜空下面清爽地闪烁起来到底是怎样的滋味，我等不及了。

没有想到，西决站在卷闸门的前面。冲我微微一笑，"今天下午我没课，过来看看你这儿有什么要帮忙的。"

"当然有了，事情多得不得了。昨天下午新订的一些杯子盘子刚刚到货，都还没拆，今天要全体清洗出来然后消毒。顺便把这个店原先剩下的餐具清理一遍，用旧了的丢掉，然后还要打扫，还要……"我一边把郑成功的小推车交给他，一边哗啦啦打开卷闸门，"想不想喝咖啡？我这里有很好的咖啡豆，是我留给你们的，不卖给客人。"我承认，在这个美好的午后，看到他，我很开心。

"你不是已经雇了服务生吗？"他问，"这些事情为什么不让他们来做？"

"笨。"我摇摇头，"我这个星期天开张，今天才星期一啊，要是让他们从今天开始来干活儿，岂不是要多算一周的工钱？这点儿账你都算不清。"

"噢。"他恍然大悟地看着我，接着笑笑，"你将来一定能发大财。"

空荡荡的店面里，每一张沙发椅都包着牛仔布或者格子帆布的封套。看上去像群像那样，都挂着敦厚的、类似微笑的表情。店面的一个墙角是一架一看就有些年头的老钢琴，不是什么吓人的牌子，但是它浑身上下散发着岁月的气味。让我想起那些年代久远的老房子里的音乐课，也让我想起当年跑场的时候，只要乐队的前奏响起，我就可以错把他乡当故乡。郑成功就特别喜欢那架钢琴，每次看到它，都欣喜地伸出两只小手，我懂他的意思，他希望我把他放在那个琴盖上。可能他是觉得，那样就代表了这架温暖的钢琴在拥抱他。

"不行，宝贝儿，你不能去那上面。"西决非常耐心地跟他讨价还价，"你现在必须待在推车里，因为妈妈和舅舅有很多事儿要做——

你一个人坐在那上面会掉下来。我不骗你。"他总是这样很详细地跟郑成功解释很多事情,仿佛他真的能听懂。

"这架钢琴放在这里很好看吧?"我意味深长地看他一眼,"这个是江薏送给我开店的贺礼。是她妈妈留下来的遗物——她妈妈原来是音乐系的老师,江薏这个人真的是挺够朋友的。对了,"我挑起了眉毛,"你们俩都是父母双亡,在这点上说不定有很多共同语言。"

"滚。"他瞪我一眼,转身去拆那一堆乱七八糟的箱子的封条。

"跟我说说嘛,跟陈嫣比,你是不是喜欢江薏多一点儿?"

他还是不吭声,突然说:"我和江薏讲好了,你开张的那天,会多找来一些朋友,给你捧场。"

"你还没回答我的问题呢。"我不依不饶地继续。

他沉默了半响,然后说:"我不知道该怎么说。她比陈嫣更坦率更大方。不过……"他笑了一下,那个笑容很陌生,我从来没有在他眼睛里见过如此柔软的神情,"不过她其实没陈嫣成熟。她总是需要人关注她——莫名其妙的脾气上来的时候简直和南音有一拼。"

"懂了。"我长舒了一口气,"不过你为什么就不能直截了当地说一句'是,我就是更喜欢江薏呢'?"

"我不喜欢把活人那样简单地比较,像买菜一样,多失礼。"

"什么叫买菜?你总想着失礼,想着对别人不公平,你要是永远把你自己的感受放在第一位的话,很多问题就根本不是问题了。"

他看着我的眼睛,脸上又露出了那种童年时代被我捉弄过后的羞赧,他慢慢地说:"我不是你。"

这个时候大门"叮咚"一响。我诧异地以为是什么人在还没开业的时候就来光顾。可是进来的是南音。

"你怎么不去上课?"这个问题显然是郑老师问的。

她慢慢地摇摇头，不理会西决，仰起脸一鼓作气地对我说："姐，让我在你这儿待会儿。你要是赶我走我就去死。"

"大小姐，"我惊骇地笑，"你犯得着这么夸张吗？"

她使劲地深呼吸了一下，像是背书那样说："苏远智回龙城了。他肯定要去学校找我，所以我才躲起来。"

"为什么？"我和西决异口同声。

"因为，因为……"她抿了抿嘴，"我前天发短信跟他说，我要离婚。结果昨天半夜的时候他回复我说，他在火车上。就这样。"

我倒吸了一口凉气："有种。南音你不愧是我妹妹。"

"南音你到底开什么玩笑？"西决的脸都扭曲了。

"我没有开玩笑，我是认真的！"南音抬起头，直勾勾地盯着西决，"一点儿意思都没有，跟我原先想的根本就不一样。我越来越讨厌现在的自己了，我不玩儿了行不行呀？"

"既然如此你当初干什么去了？你当初做决定的时候为什么没有想过会有今天？"西决重重地搁下手里的咖啡磨，无可奈何地苦笑。其实我在一旁都觉得西决这个问题其实幼稚得很，天底下谁做决定的时候知道后来会怎样？不然怎么会有那么多人依旧相信算命和占卜？

"我——"她倔强地甩甩脑袋，"我承认，我的决定错了。"

"可是南音，"西决用力揉了揉她的脑袋，也许是太用力了些，搞得南音咬紧了嘴唇，愤怒地躲闪着他的手掌，"南音，苏远智他是一个活生生的人。他不是你小时候的那些玩具——喜欢的时候哭着喊着无论如何都要大人买给你，到手了玩儿厌了就丢开让它压箱子底，你这么轻率，对他也不公平。"

"我没有！"南音大声地冲他嚷，眼睛里含满了泪。

"喂，"我在这个时候插了嘴，"西决，你可不可以不要胳膊肘往外拐？现在不是谈论对错的时候。我们现在应该团结一致地站在南音这边，不是讨论对外人公平不公平。"

"你少添乱。"他不耐烦地冲我瞪眼睛，"团结一致也不等同于助纣为虐。我不过是要她想清楚。"

"那你告诉我怎么样就算不助纣为虐了？"我也冲他喊回去，"现在这种时候，好坏对错的标准就应该是南音的意愿。要是连这点都做不到，还算什么一家人！"

"你们别吵了。"南音可怜巴巴地说，"别为了我吵。算我求你们了。"

"南音，我只问你一件事情，"我专注地盯着她，直看到她眼睛的深处去，"你现在还喜欢苏远智吗？"

她变成了一个在校长室罚站的孩子，轻轻地、像是为难地承认错误那样，点了点头。

"那你为什么还要……"我的话说到这里，被一声突如其来的莽撞的响声打断了。

苏远智驾到。

他的脸色自然是难看的，一身风尘仆仆的气息。现在的他看上去有了点儿男人的味道，我是说，跟当年那个一看就是硬充大人的青春期小男孩相比。我觉得我该打破这个僵局说点儿什么，我做出那种"大姐姐"的样子，对他若无其事地笑笑："你刚下火车对吗？还没有吃早饭吧？"我承认，这个开场白极其没有想象力。

我做梦也没想到，南音居然弯下身子，固执地钻到了吧台下面。她掩耳盗铃地躲在那个堡垒里面，紧抱着膝盖，胡乱地嚷："你别过来，我求你了，你别过来，我不想看见你！"

我和西决惊愕地对看了一眼，我知道，我们都从彼此眼中看见了一种疼痛的东西。

那个想要把自己藏起来的南音顿时让我想到很多事情。那还是我小的时候，有一回，我爸妈打架打到邻居报了警，派出所的警察们把我妈送到医院去缝针。几天以后，我爸和我妈来奶奶家接我，我妈头上缠着绷带，我爸一脸不知所措的羞涩——我就像南音一样，看见这样的他们，想也没想就钻到了冰箱和橱柜之间那道缝隙里，奶奶费尽了力气也没能把我拖出来。

西决弯下身子，抓住了南音的手臂，可是语气柔和了很多，"南音，听话，出来，"就好像南音是只钻在床底下的猫，"你这样没有用，你躲不掉的，不管你想怎么样都得自己跟他说明白，不用怕，南音，乖。"

跟着，西决拍了拍我的肩膀，在我耳边轻轻说："行了，咱们俩到后面厨房去吧，让他们俩自己谈谈。"

我一边跟着他往厨房走，一边在心里暗暗地埋怨：多精彩的场面，我也很想凑热闹。

我听见苏远智站在他进门时的地方说："南音，过来。"

没有声音。只有空气在凝结。接着他又说了一次，语气近似祈求，"南音，过来。"

还是没有声音。然后他的声音高了一个八度："南音你他妈的给我过来呀！"

"糟糕了。"我抓紧了西决的手腕，"那个家伙不会把南音怎么样吧？"我压低了声音问西决。

"放心。"西决说，"他要是敢动南音一根指头，我把他的脑袋拧下来。"

"我看行。男人就是这个时候顶用，全看你的了。"我表示同意。郑成功就在这个精彩的时候，黏在我的怀里睡着了。

我终于听见了南音的声音,不再是刚才那么委屈,居然是平静的:"我向你道歉,是我的错,其实当初我们结婚就是错的,我现在发现了,还不准我改正吗?"

"问题是你没有问过我,你怎么知道我觉得是对还是错?"

"对不起,我顾不了那么多了。"南音执拗地说。

"我跟你说了多少次你别听我们宿舍那群人胡说八道,我和端木芳是真的没有联系了,早就断干净了,你能不能不要总是捕风捉影,我偶然一次不在宿舍就是去找她吗?你是不是太过分了?"

"你又要我跟你说多少次啊!"南音耍赖时候的语气又出来了,"和端木芳一点儿关系都没有!你能不能不要把我想得那么低级呢?好像我就是因为要耍性子要挟你才说要离婚……"

苏远智颓然地说:"那你告诉我,你看上谁了?"

"苏远智我警告你!"南音元气十足地宣告,"我说过了你别把我想得那么低级,我非得是移情别恋了才要和你分开吗?我就非得是为了另外一个男人才要离开你吗?我就不能是为了我自己,为了我自己的心吗?"

"南音——"苏远智的语气里泛上来一种痛楚,"你能不能告诉我你到底想要什么?你到底要我怎么样你才能满意?"

"我……我也不知道,可是我只知道我不要什么,现在这种生活不是我想要的。"

"那么我告诉你,南音,"苏远智的声音突然间有点儿沙哑,"知道我偷偷地和你结婚以后,我爸狠狠地甩了我好几个耳光吗?那天在茶楼和你父母见完面以后回家,我爸就说:'既然你已经长大了,你以后别想从老子手里拿走一分钱。'我说:'不要就不要,我自己去赚。'后来我上了回广州的火车才发现,我妈偷偷地把一个塞满钱的信封塞到了我的箱子里面，到现在为止，我打电话回家我爸都不肯和我讲话，我就是害怕这样下去他会对你太反感才要你偶尔去我们家吃顿饭的，我想说不定这样能让他了解一下你其实很可爱——这些我都没有跟你说过，我觉得这些都该是我自己的问题我要自己解决……南音你可不可以懂事一点儿？"我承认，听到这里，我有点儿同情这个小家伙。这种争吵听起来真是过瘾，就好像我自己也跟着年轻了好几岁。

"所有的人都可以说我不懂事，就是你不行！"我知道南音在哭，"我知道，我们得罪了我的爸妈，也得罪了你的爸妈——可是我从来就不觉得我们犯了多么了不得的错！我要你和我像从前那样理直气壮地在一起。我想要我们俩永远像当初各自去偷户口本的时候那样，相信我们选择的生活是对的！而不是像现在，好像自己做主领了一张结婚证就什么都完了。以后的生活就只剩下了弥补只剩下了将错就错，我们要一辈子在一起的，偷偷地结婚只不过是开始，如果一切真的从此完了，那我宁愿什么都不要！"

"我真的不知道你的脑子里都在想什么！"苏远智激烈地打断她，"我现在每天都在想，我要快一点儿毕业，我要找到一个过得去的工作，赚钱撑起咱们两个人的家，然后安稳地和你过一辈子，这样还不够吗？"

"不够！我才不要安稳地过一辈子，我那个时候冒着雪灾到广州去把你从端木芳手里抢回来，不是为了安稳地过一辈子！如果只是为了安稳地过一辈子，找谁不行，干吗非你不可？我要和你谈恋爱，我要我们一直一直地恋爱，我不要你像是认了命那样守着我，我才不稀罕呢！爱情不是这样的，不应该是这样的，爱情应该是两个人永远开心地一起打家劫舍，而不是一起躲在暗处唯唯诺诺地分赃——我要你像我爱你那样爱我……"

然后我们所在的厨房就开始晃动了，最先晃动的是我眼前的桌子，在那十分之一秒里我还以为是西决在恶作剧，紧跟着我的视线就模糊了，我才发现不只桌子，整个房间都在晃动——西决可没有那么大的力气。郑成功那颗熟睡的小脑袋在我的眼前一上一下，一上一下的，店面里传来了瓷器被打碎的声音——这两个不像话的家伙，吵架就吵架好了，摔我的东西做什么？西决紧紧地抓住了我的胳膊，然后另一只手从我怀里拎起郑成功，把那个家伙紧紧地拥在自己的胸口，他在我耳边简短地说："地震。"

我就这样稀里糊涂地跟着他，从后门逃离了那座突然之间开始剧烈地咳嗽的屋子。宽阔的马路似乎也传染上了感冒，跟着一起咳嗽，我看见街上突然之间就聚集了很多从各种建筑物里跑出来的人。一瞬间，一切归于平静。天地万物不再咳嗽了，恢复了他们平时不苟言笑的表情。可是我的眩晕还没能完全消失，那时候我还不知道，那一天是2008年的5月12日，星期一，我也还不知道我莫名其妙的眩晕也是历史的一部分。

西决紧紧地搂着我的肩，他怀中的郑成功居然一直没有清醒——这个孩子真是个有福气的人。西决说："别怕，应该不是什么大地震。"紧接着他又说，"你抱着郑成功，我进去找南音。"

就在此时，地面又开始咳嗽了——迟来的恐惧此时此刻才不容分说地控制我，也控制了街上所有人的脸庞，我魂飞魄散地抱紧了他的胳膊，尖叫道："你不准再进去，要是房子塌了怎么办？"他用力地挣脱我，"你在说什么呀？那里面是南音——"

话音未落，一切又恢复了原状。我们看见南音和苏远智一起跌跌撞撞地冲出来："哥哥，姐姐……"南音清澈的声音有种悲怆的味道。然后她突然转过身，仔细地端详着苏远智的脸，他们彼此深入骨髓地对看了几秒钟，紧紧地抱在一起。我听见苏远智一遍又一遍地说："南音。南音。"

"我现在得马上回学校去看看我的学生们。"西决捏了捏我的胳膊，"你们都不要进去，在这里站一会儿最安全。你马上给三叔他们打电话，我走了。"

"雪碧还在学校里。"我的心突然之间又被提起来。

"放心，我没忘。我先去我的学校，然后就去小学接雪碧。"

西决奔跑的背影消失在街道的尽头处。那一瞬间我心里空落落的，只有下意识地抱紧了郑成功，他幼嫩的、沉睡的呼吸一下一下拂着我的胸口，和我的心跳频率相同。我伸出冰冷的手掌，盖住他毛茸茸的小脑袋，似乎是为了让天上那些震怒的神灵只看到我，不要看到藏在我怀里的他。这是他出生以来头一回，我想要为他做点儿什么。

我是在那个时候听到那个声音的。那个声音说："请问，这家店是不是在招聘服务生？我好像来得不是时候。"

第六章 我遇见一棵树

很久很久以后的后来，我可以在回忆里对自己说："我是在5·12大地震那天看见他的。"尽管那个时候，我的意思是，我第一次看见他的瞬间，我并不知道，刚刚那场让我惊魂未定的摇晃，只不过是发生在千里之外的大灾难的小余韵。我只记得，周围的人群渐渐散去，他们似乎可以确定房子不会再像刚才那样咳嗽了，然后邻近的房屋里传出新闻的声音，我模糊地听见了"地震"的字样。我不知道南音和苏远智去了哪里，西决说要我打电话给三婶，可是我的手机在店里——我是说，在那间我如今已经不能信任它的房子里，我不敢进去拿。我原先以为，只要我付了钱，有一些东西是可以毋庸置疑地被我支配的，人心不行，但是房子可以，店面也可以。可是就在刚才，它们全体背叛了我，只要强大的上苍微笑着推它们一把，它们就顿时拥有了生命，展现着那种报复的恶意的表情。我没有做对不起你们的事情吧？我一边在心里迟钝地提问，一边痴痴地看着那两个悬挂在我的头上，因为是白天所以暗淡的大字：东霓。

然后有人从背后对我说："请问，这家店是不是在招聘服务生？"

我好像来得不是时候。"那个声音坦然、愉快，有一点点莫名其妙。转过身去，我看见一张干净的脸，在午后绝好的阳光下袒露无疑，没有一点儿惊慌的表情，就好像刚才什么都没有发生过。

郑成功的小舌头熟练地舔了舔我胸前的衣服——那是他断奶之后最常见的动作。于是我发现，我的手掌依然紧紧地遮挡着他的小脑袋。事后我常常问自己，那个时候我为什么没有把手从他的脸上拿开——是因为我心有余悸，所以动作迟缓吗？还是因为，我不愿意让这个明亮的陌生人看到他？

我咬了咬嘴唇，对他勉强地一笑："刚刚是地震。"

他惊讶地看着我，然后笑了："真的——我还以为是自己运气不好，突然头晕。"他一脸的无辜，接着说，"我还在纳闷儿，不至于吧，不过是面试一份零工而已，能成就成，成不了换别家，怎么会紧张得像低血糖一样——您一定是——"他犹豫了一下，肯定地说，"您是掌柜的。"

他成功地逗笑了我。慢慢地绽开笑容的时候我还在问自己，不过是个擅长用真挚的表情耍贫嘴的孩子而已，可是为什么我会那么由衷地开心呢？于是我回答他："没错，我就是掌柜的。你现在可以开始上班了。你帮我从里面把我的包拿出来好吗？就在吧台上。"

他重新出现的时候手里拎着两个包，一个是我的来自秀水街的惟妙惟肖的GUCCI，另一个是南音的布包，非常鲜明的色彩，上面盛放着大朵大朵的粉嫩的花儿和一个看上去傻兮兮的小女孩的笑脸。他的表情很苦恼："掌柜的，吧台上有两个包，我不知道哪个是您的。"

"笨。"我轻叱了一句，顺便拉扯了一下南音的背包的带子，"连这点儿眼色都没有，怎么做服务生？你看不出来这种背包应该是很年轻的女孩子背的吗，哪像是我的东西？"

他疑惑地直视着我的眼睛:"您不就是很年轻吗?"他很高,很挺拔,靠近我的时候甚至挡住了射在我眼前的阳光。

"嘴倒是很甜。"我的微笑像水波那样管也管不住地漫延,"以后招呼客人的时候也要这样,是个优点,知道吗? 身份证拿来给我看看。"

他叫冷杉。是一种树的名字。

"很特别的姓。"我说。

"我一直都觉得这个名字太他妈娘娘腔,听上去像个女人,可是——"他有些不好意思,"我妈不准我改名字。她说:'老娘千辛万苦生了你出来,连个名字都没权利决定的话还不如趁早掐死你。'"

南音嘹亮的声音划过了明晃晃的路面,传了过来,我看见她蹲在不远处一棵白杨树的下面,一只手握着手机,另一只手紧紧握着拳头,在膝盖上神经质地摩挲着:"妈妈,妈妈——刚才我打电话回家里为什么不通呢? 我很好,我还以为我们家的房子被震塌了,吓得我腿都发软了——"她突然哭了,像她多年前站在幼儿园门口目送我们离开的时候那么委屈,"妈妈你快点儿给爸爸打电话,他不在公司,在外面,手机也不通——要是正在开车的时候赶上地震怎么办呢? 会被撞死的——"她腾出那只在膝盖上摩挲的手,狠狠地抹了一把挂在下巴上的眼泪。我知道,她其实不只是在哭刚刚的那场地震。苏远智站在她身边,弯下腰,轻轻地摇晃她的肩膀,神色有些尴尬地环视着路上来往的行人,南音的旁若无人总会令身边的人有些不好意思,不过,习惯了就好了。

我的电话也是在这个时候响起来的,来电显示是方靖晖。我长长地深呼吸了一下,然后接起来,自顾自地说:"你儿子好得很,我可以挂了吗?"

他轻轻地笑:"挂吧,听得出来,你也好得很。我就放心了。"

"别假惺惺的了,"我有气无力地说,"你巴不得我死掉,你就什么都得逞了。"

其实我心里真正想说的是,"你还算是有良心。"还有就是,"我不管你是不是在骗我,是不是企图这样一点儿一点儿地感动我好让我和你妥协——你说听到我没事你就可以放心,此时,此刻,我愿意当真。"

几个小时之后我才知道,原来我们龙城经历的那场小小的震荡,和真正的劫难相比,根本就微不足道。也不知道千里之外,有多少人和我一样,在一秒钟之内,只不过是感觉到一种突如其来的眩晕而已,然后黑暗就此降临,再也没机会知道自己其实很健康,根本就没有生病。我们够幸运的人,整日目睹着诸如此类的画面:毁灭、废墟、鲜血残肢、哀号哭泣、流离失所,以及一些原本平凡,在某个瞬间蜕变为圣徒,用自己的命去换别人生存的人……那段时间,三叔和三婶回家的日子总是很早,就连小叔一家也几乎天天在晚餐的时间过来报到,南音也不肯回学校住宿舍了——是那些铺天盖地的关于灾难的画面让我们所有人开始眷恋这种聚集了全家人的晚餐,我们能清晰地看见每一个人的脸;能清楚地听见他们说话的声音;能彼此偷偷地抱怨一句今天的菜似乎咸了点儿——当然是要在三婶不在饭桌边的时候,她每天都迫不及待地坐在客厅里的电视前面,陪着里面那些或者死里逃生,或者失去至亲的人掉眼泪;这样我们就能够确认我们大家都还活着,原来整个家里,每一个人都活着,有时候也是一件了不起的事情。

在这种时候,我偶尔会想起郑岩。其实在大地震那天夜里,我梦见他了。在我的梦里他是以他年轻时候的样子出场的,谢天谢地,不是后来瘫痪了以后那副巨型爬虫的模样——你总算发了慈悲,我在心里轻轻地笑,没有以那副样子光临我的睡梦来恶心我,你用了那么多年的时间来恶心我,那恐怕是你失败的一生里唯一做成功的事情。不过你打错了算盘,我可不是我妈,那么容易就陪着你一起堕落——你还总是折磨她,你都不知道她才是这世上唯一一个不会瞧不起你的人。

龙城震荡的那个瞬间,我妈正在遥远的舅舅家里开心地打麻将,一边教我那个恶毒的舅妈怎么整治她的儿媳妇——完全不知道发生了多大的事情,这很好。

人数增多的关系,家里的晚饭菜单又成了三婶的一件大事。有一天我看见,她耗费好几个小时来煲一锅小小的砂锅汤——那是西决的御用,除了雪碧这个未成年人,我们旁人是没可能分享的。因为西决去献了血,这在三婶看来,必须用一周的时间好好补一下,马虎不得的。可是因为这锅太子的汤,只剩下一个火来做大家的晚餐,显然是不够的。于是三婶又十万火急地把那间新开的离我们家最近的餐馆的外卖叫了来,一边寻找电话号码,一边得意地说:"还好那天路过的时候,我顺手记了他们的电话——南音你看到了,这就是过日子的经验,任何时候都得准备应付突发的状况。"

南音应着:"知道了。"看着这几天里变得异常甜蜜和乖巧的南音,我心里总是有种没法和任何人诉说的歉意。我怎么也忘不了那一天,我想也没想就对西决说:"你不准再进去,万一房子真的塌了怎么办?"若是那天,8.0级地震真的发生在我们龙城呢?我岂不是那么轻易地就在西决和南音之间做了毫不犹豫的选择?任何在心里的辩白、解释、自圆其说都是没用的。我只能用力地甩甩头,笑着对南音说:"兔子,周末跟我去逛街好不好?你看上什么东西,都算我的。"她浑然不觉地故做懂事状:"不要啦,姐,你的店还没开始赚钱呢,你得省一点儿呀。"客厅里模糊地传来三婶和来送外卖的小男孩的对话声:"小伙子,你是哪里人?""四川。"那个声音很腼腆,有点儿不知所措,一听就知道是个刚刚出来打工的雏儿。"那你们家里人不要紧吧?"这次是三叔、三婶还有小叔异口同声的声音。"没事的,我家那个地方不算灾区,村里有人家里的围墙塌了砸死了猪,不过我家还好。""那就好了。"三婶轻松地笑,"拿着,这是饭钱,这个是给你的,你辛苦了。""不要,阿姨。"那个孩子紧张得声音都变了调,"这不行的。""有什么不行?你自己收好,千万别给你们老板看到了没收走,这是阿姨给你的……"

西决微微一笑:"看见没?你就是三婶眼里的那种刻薄老板。""滚。"我冲他翻白眼儿。南音坐在西决身边,随意地摊开一份刚刚送来的《龙城晚报》,突然笑着尖叫一声:"哎呀,姐,你看你看,有个女人因为地震的时候老公先跑出屋子没有管她,要离婚了。""做得好。"我从鼻子里"哼"了一声,"这种男人全都该被骗了当太监。"南音开心地大笑,西决又皱起了眉:"我拜托你,说话嘴巴干净一点儿就那么难吗?"紧接着南音再度尖叫了一声:"哎呀,原来这篇报道是江薏姐姐写的!还写了这么长呢。"南音托着腮想了想,"对的,她临走之前好像是说过的,她要做一个跟别人角度不一样的选题——好像是灾难之后的普通人的心理重建什么的。想写很多人的故事。""狗仔队而已。"我笑,"自己不敢去最危险的第一线,只好在安全些的地方挖点儿花边新闻罢了,那个女人肚子里有几根肠子,我比谁都清楚。"我故意装作没看见南音使劲地冲我使眼色——我当然知道某些人不爱听这种话,可是他非听不可。"哥,"南音讪讪地转过脸,"江薏姐姐去四川快一周了,你想不想她?"

雪碧就在这个时候走进来,胸有成竹地端着两碗汤,表情严肃地搁在桌上,看着西决的眼睛说:"一碗是你的,一碗是我的。"看她的表情,还以为她要和西决歃血为盟。西决用那种"郑老师"式的微笑温暖地看着她,说:"好,谢谢。""你们倒成了好朋友了。"南音在一旁有些不满地嘟哝。

雪碧和西决在突然之间接近,也不过是这几天的事情。西决告诉我,5月12日那天,他在去雪碧的小学的路上还在想,他走得太匆忙,甚至忘记问我,雪碧具体在哪个班级,更要命的是,他发现自己并不知道雪碧到底姓什么。不过,当他隔着小学的栏杆看到操场的时候,就知道什么都不用问了。

操场上站满了人,看上去学校因为害怕地震再发生,把小朋友们从教学楼里疏散了出来。那个小女孩奋力地奔跑,穿过了人群,两条细瘦的小胳膊奋力地划动着,还以为她要在空气中游泳。两个老师从她身后追上来,轻而易举地抓住了她,其中一个老师生气地大声说:"你是哪个班的?怎么这么不听话呢?"她在两个成年人的手臂中间不顾一切地挣扎,虽然像个猎物那样被他们牢牢握在手里,可是她完全没有放弃奔跑。所以她的身体腾了空,校服裙子下面的两条腿像秋千那样在空气里荡来荡去。一只鞋子在脚上摇摇晃晃,都快要掉了。她一边哭,一边喊:"老师,老师,我求求你们,让我回家去,我必须回家去,我家里有弟弟,我弟弟他一个人在家,他不懂得地震是怎么回事,老师我求你们了……"

西决不得不参与到那个怪异的场面里,对那两个老师说:"对不起,老师,我是这个孩子的家长。"后来,雪碧的班主任气喘吁吁地追过来,迎面对着西决就是一通莫名其妙的埋怨:"你们当家长的怎么能这么不负责任呢?把雪碧的弟弟——一个那么小的孩子单独留在家里,害得雪碧一个小孩子着这么大的急,像话吗你们!"——我曾

95

经带着郑成功去学校接雪碧,那个班主任一定是把雪碧嘴里的"弟弟"当成了郑成功。西决也乐得装这个糊涂,礼貌周全地跟老师赔着笑脸——反正这是他最擅长的事情。

西决是这么告诉我的:"走出学校以后我跟她说:'雪碧,别担心,我现在就带着你回去接可乐,我向你保证,他好好的,一点儿事都没有。'你知道,姐,她当时眼泪汪汪地看着我,跟我说:'明天我要带着可乐去上学,我说什么也不能再把他一个人留在家里。'那个时候我看着她紧紧抿着小嘴的样子,心一软,就答应了。"

我火冒三丈地冲他嚷:"谁准你答应她的?跟她一起生活的人是我不是你,我费了多大的劲儿给她立规矩,你倒是会送人情。你他妈怎么就跟美国一样处处装大方充好人,把别人家里搅和得乱七八糟以后就什么都不管了,还一个劲儿地觉得自己挺仗义——好人他妈不是这么当的!"其实,我承认,我是有一点儿妒忌。看着现在的雪碧和西决说话时那种信赖的眼神——我花了两个月的时间,来建立我和她之间的那一点点"自己人"的默契,可是西决只用了不到一分钟就能做到,还比我做得好。我真不明白,吃苦受累的人明明是我,可是被感激的人就成了他——伪善真的那么管用吗?

"姐,这么点儿小事你至于吗?"他苦笑着看着我,然后有些不好意思地转向雪碧,"不过雪碧你想想看,要是你真的带着可乐去上学,被你的同学们看见怎么办,你不怕大家笑你吗?万一被同学弄坏了也不大好……"

"现在你想改主意讨好我已经晚了!"我打断他,"而且答应了人家的事情你想反悔吗?你这样不是教小孩子言而无信吗?"

南音终于忍不住大笑了起来:"天哪,你们俩这种对白,听上去就像是雪碧的爸爸妈妈一样,真受不了你们!"

"不会有那种事的。"雪碧安静地说,"谁要是敢把我的可乐弄坏,我就杀了他。"

一片错愕的寂静中,换了南音像牙疼那样的吸了口气:"Cool——雪碧,你做我偶像吧。"

5月19日,整个国家为那场灾难降了半旗。整个龙城的夜晚都是寂静的。所有的娱乐场所在接下来三天内都沉默地打烊。就这样,我的店在刚刚开业的第一天接到了三日哀悼的通知。原本我以为,所有新闻里讲的事情最终只是存在于新闻里而已,不过这次,显然不是那么回事。

三叔和小叔坐在那个已经荒了很久的棋盘前面,小叔抚摸着肚子说:"都不记得有多久没和你下一盘了,恐怕我手都生了。"黑白的棋盘和散落在沙发上的所有黑白封面的杂志放在一起,显得不像平日里那么突兀和打眼。三叔抬起头,扫了一眼电视屏幕上天安门广场上降半旗的镜头,说:"无论如何,以国家的名义,向一些没名没姓的人志哀,是好事。"小叔粗短的手指捏着一颗棋子,点头道:"谁说不是。历史是谁创造的,我说不准,但是说到底,都是靠我们这些卑微的人生生不息,才能把它延续下来。"雪碧在一边清晰地点评:"听不懂。"三叔有点儿惊讶地呵呵地笑:"我也听不懂。所以说,你们这些文人就是可怕。"小叔的脸立刻红了:"你这就是在骂我了,我算哪门子的文人?"

我看到了,陈嫣坐在餐桌的旁边,眼神静静地停留在脸红的小叔身上,脸上的笑容突然变得柔软,像是一个母亲,在远远地看着自己想要在小伙伴中间出风头却没能成功的孩子。想想看,若是换了我们十七岁的年纪,当陈嫣还是唐若琳的时候,听见小叔在讲台上说出刚刚那句非常有文化的话，眼神里一定除了羞涩的崇拜，就是崇拜的羞涩。岁月就是这样在人的身上滑过去的。其实，不只陈嫣，十七岁的我又何尝不崇拜那个总是妙语如珠的小叔？那时候，我们所有人的世界都只是一个教室那么大，一个站在那个独一无二的讲台上的人很容易就能成为照亮我们的一道光。只是我们都忘记了，他可以轻易地被我们仰视，只不过是因为，我们必须坐着，只有他一个人有权利站着而已。听小叔上课的时候我偶尔也会想想，我若能去大学里念个培养淑女的专业也不错，比如文学、艺术什么的。只可惜，我没有那个命。所以我那时候很讨厌江薏，那个大学教授的女儿。浑身上下充满了一种非常有钱的人家的孩子都未必会有的优越感——那种"我来到这个世界上就是要做和你们不同的事情"的气质。其实她未必是故意的，可这也正是生活残忍的地方——很多人都是不知不觉间，就造了孽。

陈嫣可能是注意到了我的眼神停在她身上。她冲我勉强地微笑了一下："厨房里的汤可能差不多了，你要不要去叫西决出来喝？"我懒懒地回她道："你自己去叫他吧。"然后我压低了嗓音，"现在北北都出生了，你还总这么躲着他不跟他说话，也不算回事。"她沉默，脸上的表情有点儿不自然，我说的百分之百是真心话，不过像她这种心理阴暗的人会怎么揣测，我就不知道了。

南音愉快的小脸从小书房里探出来："姐，电话，是个男的。"

那个"男的"是方靖晖。他的声音一如既往地沉稳："东霓，我就是想提前通知你一声，这两天里，等着接我的律师信吧。"

我不知道该说什么好，耳边"嗡嗡"地响，像是空气不甘于总是被人忽视的命运，所以发出震荡的声音。

他继续道："虽然我有绿卡，不过你别忘了，我的护照还是中国的。所以我们之间的事情，不用那么费劲地跑到美国去解决。官司放在国内打，对你对我都方便些。"

我还是什么都没有说。无意识地盯着面前桌上那台空洞地睁着眼睛的笔记本电脑，南音刚刚忘了关 MSN 的对话框，她和苏远智那些又幼稚又肉麻的情话模糊不清地在我眼睛里涣散着。

"东霓。"他语气仍旧耐心，"你有没有在听我说话？"

"你想干什么？"我不动声色地问。

"我要孩子的抚养权。"他停顿了一下，"现在还可以商量，若你还是拒绝，你就只能当被告了。"

"我还是那句话，"我握紧了听筒，"没有谁不给你孩子的抚养权，只要你把我要的钱给我。"别指望我现在服软，别以为这样我就会低头，方靖晖，你个婊子养的。

"这些话你留着去和法官说好了。"他嘲讽地笑，"我们现在还没离婚，东霓，谁让你不签字？咱们俩的婚姻目前为止在美国在中国都是有效的。所以你是不是准备真的闹到法庭上去离婚？你会吃亏的，东霓，在法官那儿你要求的财产比例完全不合理。我有证据证明我已经把共同财产的一半分给了你，我会去跟法官说我只不过是想要孩子——你觉得法官会同情谁？是一个职业正当、什么记录都清白的植物学博士，还是一个金盆洗手以后只会从男人身上讨生活的歌女？"

我知道我在发抖，一种电波一般的寒战在我的身体里像个绝望的逃犯一样四处流窜着。恍惚间，我以为又要发生地震了。我用空闲的左手紧紧地捏着椅背："郑东霓，"我命令自己，"你给我冷静一点。"我咬牙切齿地说："方靖晖，记住你刚才说的话，我会让你为了那句话付出代价的，别怪我没提醒过你。"

"我跟你说过一百次了，"他语气里居然有种我们生活在一起时候的熟稔甚至是亲昵，"别总是那么幼稚，放狠话谁不会呢？可是你拿什么来让我付代价？你自己掂量吧，毫无准备的事情我不会做——我现在手上有你在龙城的房子的房产证，我还有房地产公司给你的收据，证明你付了全款，我甚至有中国银行的外汇兑换的凭据，你就是在买这个房子的时候把一些美金兑换成了人民币，兑换的金额差不多就是那个房子的价钱，当然还有我在美国的存款证明和我给你汇过钱的银行单据——也就是说，我有足够的证据，证明我们已经分割过了财产。律师说，虽然这些证据还不算完整，但是要法院立案受理，足够了。"

"方靖晖，你算漏了一件事。"我冷笑，"你最早给我那笔钱的时候，我把它汇到了江薏的账上，这也是有凭有据的，我跟她说我是托她帮我保管，后来江薏重新把这笔钱转到我账上的时候，我就把银行的单据都撕掉了——"我深呼吸了一下，头脑渐渐地清晰起来，"还记得江薏吗？你的旧情人。你现在的那些哄小孩的证据，只不过能证明你最早给了江薏一笔钱，谁知道你是不是和你的旧情人旧情复燃呢？不错，我兑了美金买了房子，可是谁能证明我拿来买房子的钱就是你寄给江薏的那笔？幸亏我早早地留了一手……"

"郑东霓，你是不是猪？"他打断我，我甚至能够感觉到他在电话那端微笑着摇头，"谁把钱汇给江薏的？是你。不是我。你是从什么地方把钱汇给江薏的？那笔钱来自你自己在美国花旗银行的账户。你的账户记录上清清楚楚，那笔钱从我的账上转到你那里，你甚至签了字。所有的记录不过可以证明你自己拿了钱之后把它转交给一个朋友保管。这就是你的王牌吗？我早就看透你了。"他慢慢地说，"看似精明其实蠢得要命，你要是真的像你自己以为的那么会算计，我会娶你吗？"

他说得没错。我真蠢，我蠢得无可救药。我千算万算，但是我疏忽了最开始的时候那个最关键的环节。我从他那里拿钱的时候不应该让他转账的,不应该让那笔钱出现在我在美国的银行记录里面,我应该要现金。如果是把现金汇给江薏就好了,那笔钱就完全没有在我手上待过的证据。我为什么没有想到这件事呢?郑东霓,你去死吧,原本是那么好的计划,你怎么能允许自己犯这么低级的错误?

最后,他说:"东霓,对不起,是你逼我这么做的。"

放下电话的时候我才发现,呼吸对于我,变成了一件异常艰难的事情。三叔这个小书房真的很小,小到没法住人。堆满了旧日的书和图纸。听三婶说,给郑岩守灵的那天,几个平时从不来往的亲戚来凑热闹,在这里打了一夜的麻将。我能想象郑岩的灵魂飘浮在半空中,还不忘记弯着腰贪婪地看人家出什么牌的那副下作样子。是巧合吗?我偏偏就在这个房间里输给了那个人渣。不,不对,我只是输了这个回合,我不可以这么快泄气的。让我想一想,让我好好想一想,空气中那种"嗡嗡"的声音越来越清晰了,是你吗? 是你回来看着我吗?你来欣赏我的狼狈相,因为我直到你死也不肯对你低头? 我才不会求你保佑我,你安心地待在你的十八层地狱里吧。等一下,有件事情不对头——方靖晖是怎么拿到我的那些文件的? 我的房产证、我的房地产公司的收据,还有我在中国银行兑换外币的凭证。他有什么机会拿到这些东西? 好吧,他只来过我家里一次,就是那天晚上。我的重要的文件都放在卧室里——那天晚上,在我给他热牛奶的时候,他问过我:"可不可以让我进去看一眼儿子——就看一眼,不会弄醒他。"然后我就让他进卧室去了,他走进去关上了门,前后不过两三分钟而已,他出来的时候眼睛红红的——我当时还在心软,完全没有想到别的地方去。没错,我的那些东西都放在一个文件夹里,就在郑成功的小床旁边的那个抽屉里——我们曾经是同床共枕的人,他知道我通常会把文件放在床头柜里面。

天哪。

我站起身，穿过客厅，经过专心下棋的三叔和小叔，拿了我的车钥匙走了出去。我想一个人静一静，就一会儿。静一静就好了，静一静我就有力气了。我甩甩头，赶走那些"嗡嗡"声。你也一样，好好看着吧，郑岩，我永远不会像你那样允许别人来打断我的脊梁骨。好好看看我这个踩着男人往上爬的女人怎么把我踩过的那些男人踩死在脚底下。踩成泥。请你睁大眼睛看清楚。爸。

第七章 醉卧沙场

我总是在最糟糕的时候，莫名其妙地发现，其实我还是喜欢活着。没错，就是活着。比方说现在，我一个人坐在空荡荡的店里，恶狠狠地打开一罐啤酒，在雪白的泡沫泛滥之前，用我的嘴唇截住它们。它们在我的舌尖上前赴后继地粉身碎骨，那种麻酥酥的破灭，就是活着；比方说刚才，我失魂落魄地冲进了这个属于我的地方，拧亮墙角的一盏灯，一片漆黑之中，江薏送给我的老钢琴幽幽地浮现出来，就好像在那里耐心地等了我好久，我咬着牙注视它，突然无可奈何地一笑，那种酸涩的紧绷着的视觉，就是活着；比方说比刚才再稍微靠前一点儿的刚才，我像是颗燃烧弹那样冲出了三叔家，冲到了楼底下，我让我的车勇敢地在马路上一次次地超过它那些个半死不活的同类，老天做证，我有多么想把方向盘稍微偏上那么一点点，那种强大生猛得没法控制的、想死的欲望，就是活着。

啤酒让我清醒。我闭上眼睛，倾听着它们在喉咙里慢慢滑行的声音，它们不紧不慢地蔓延着，抚慰着我身体里面那些灼热的内脏。一定有办法的，等我脑子更清楚的时候我就能想到办法的。我才不会死呢，该死的人都还活着，我怎么舍得死？现在，喝酒吧。只有这个老钢琴前面的那盏灯开着，我和这道昏暗的光线一起，变成室内这无边际的黑暗的魂魄。我怔怔地看着手指间那根烟，它自得其乐地烧着，有一截灰眼看就要掉下来。我轻轻伸出食指，想把它们弹到地板上，可是就在一刹那间我恍然大悟，于是我急急地端起面前那罐还剩下不到四分之一的啤酒，一口气喝光了它，啤酒里面那些浓烈的气体一直顶到了喉咙上面，然后我才把那截烟灰弹到了空的易拉罐里。真蠢。我笑自己。现在和当年跑场的时候不同了。我自己是这间店的老板，什么都是我的，每一块地砖，每一条木板，要是连我都不爱护它们，我还能指望谁呢？准是这架钢琴、这道光线让我有了错觉，以为自己回到了那个时候，每一天跑完场，和band的家伙们一起喝酒聊天的时候，我都喜欢偷偷地趁人们不注意，把烟灰弹在地板上。像是恶作剧一样，没有胆量当面对那些使劲克扣我们、不肯给我们加薪的老板竖中指，只好做点儿什么表示我恶心他们吧。算是做给自己看。

那时候多年轻，多孩子气，但是多快乐。可就在这个时候，方靖晖的那句话又热辣辣地穿过了我的脑袋："你觉得法官会同情谁？是一个职业正当、什么记录都清白的植物学博士，还是一个金盆洗手以后只会从男人身上讨生活的歌女？"那种熟悉的嗡鸣声又开始肆虐了，掺和着酒精的味道和类似于呕吐物的腥气。我捏紧了拳头，四处寻找着我的手机，我不管，我说过的，我要那个婊子养的男人为这句话付出代价，我现在就要。"方靖晖，你给我听好了。"我不管不顾地说，自认为自己还算是维持着威胁人的时候必需的冷静，"我没有吓唬你，我什么都敢做，我跟你讲我什么都不怕。反正郑成功那个小东西的命是我给的，把我逼急了我带着他一起开煤气⋯⋯不就是这条命吗？我可以不要，我敢，可是你敢不敢？方靖晖你说话呀，你敢不敢？……"眼眶里一阵潮热的刺痛，可是没有眼泪流出来——全都烧干了。我知道，我又做错了，我又没能沉住气，我知道我这样做其实正中他的下怀，我在身处下风的时候应该仔细寻找突破的机会，可是我却又是一咬牙就起来掀翻了棋盘，我又让人家看到了我的气急败坏，又让人家见识了什么叫作输不起——可是谁叫他侮辱我？

隔着上千公里，他无可奈何地笑："东霓，你是不是又喝酒了？去睡吧，等你清醒了再和我说。我要挂了。"于是我也笑了："要是你现在床上有人的话，你应该负责任地转告人家——你说不定带着一身乱七八糟的有毒的基因，问问她有没有勇气帮你生第二个郑成功。"然后我就迫不及待地挂了电话，脸上依然带着微笑。果然，我的手机开始疯狂地响，他终于被我戳到了不能碰的地方，不打算再维持那副冷静的表象，准备跟我对骂了——于是我心满意足地关上了手机，我眼下可没兴趣陪你练习，你又不是不知道，反正对骂起来，总是我赢。

干吗总是摆出那副高高在上的样子？总是那种风度翩翩，专等着欣赏我如何失控的样子？我用力地重新拉开了一罐啤酒，太用力了些，拉环划到了手指。我把脸埋在了胳膊里面，因为突然之间，脖颈似乎罢了工，拒绝再替我支撑着脑袋。我和方靖晖之间总是这样的，谁也别想维持好的风度，谁也别想从头到尾保持得体的表情，因为我们两个人的关系已经是这么龌龊了，任何对于"尊严"或是"教养"的执着都显得可笑。这到底有什么意思？我在心里问自己。就算我早已不可能再回到那个我出生长大的工厂区，因为我几乎绕了半个地球；就算早就告别了嗓子唱到嘶哑的日子，因为我变成了想让当年的自己竖中指的老板；就算早已不用担心半夜回家会被房东骂，因为我住进了一套客厅可以用来打羽毛球的房子里，可是就算这样，又有什么意思？生活的内核永远让人丑态百出——不管你给它穿上多么灿烂夺目的外套。早知如此,当初还奋斗什么?

"掌柜的,这么晚了,你怎么一个人?"

他站在光和黑暗微妙衔接的地方。冷杉。正因为光影的关系,脸上呈现一种黯淡的色泽。我还以为我自己见了鬼,不过,这个鬼看上去还蛮顺眼。依然挺拔,并且,棱角分明。我不确定我是不是又在不由自主地微笑了。

"这么晚了,你为什么会在这儿?"我问。

"因为我住在这条街上。"我知道他注视了一下钢琴上并排着的几个啤酒罐,"我的学校在这儿。我去书店买书,那边有家一直营业到凌晨的书店,真的,就在街口,一直到十二点才关门,有时候甚至更晚,那里面有些书是我们这个专业的,特别难找……"

我无可奈何地打断他:"对不起,你说话一直是这样的吗?你到底知不知道什么事情应该多说几句,什么事情应该一笔带过?"

他愣了一下,随即恍然大悟似的开颜一笑,牙真白:"哦,是这么回事。我刚才说我去书店,然后我就想到你可能会觉得我在撒谎,因为龙城很难找到一家开业到这么晚的书店,所以我就觉得我得多跟你解释两句——"他似乎完全没在意我脸上错愕的表情,"咱们刚才说到哪儿了?对,你问我为什么还在这儿。因为我回来的路上看见店里有灯光,我有点儿不放心。"

"你的意思是说,要真的是小偷来了,你还打算搏斗?"我真想看看他到底是真的少根筋,还是装傻。

结果他诚恳地说:"不一定,看人数多少了,要是只有一两个人,我对付起来应该没什么问题。"

"黄飞鸿。失敬失敬。"我笑道。

"那倒不敢当。"他居然泰然自若地接我的话,"我小时候是学过七年的散打，不对，六年半。其实我的技术也就那么回事，不过掌柜的我告诉你，打架这回事，技术根本是次要的。最关键的是要豁得出去，你不怕死，对方就会怕你。"

我非常冷静地回答他："我刚刚说黄飞鸿，只不过是开个玩笑而已。你在这种情况下，配合我，笑笑就好了。这不过是幽默呀，你难道不懂什么叫幽默吗？"

他又笑了，笑得心无城府："不好意思，真没看出来。"

"好了，"我冲他挥挥手，"走吧，已经很晚了，你再不回宿舍的话，你们老师该骂了。"我习惯性地语气讽刺，忘记了他恐怕听不出来。

"不会的。"他果然是听不出来，"宿舍那边，本科生确实是管得严一点儿，熄了灯就要锁门。不过我们研究生没事，尤其是我们基地班的楼，根本没人管。"

"你说什么？你才多大——已经念过那么多的书了吗？"我大惊失色地看着他。

"我二十二。"他又做出了那副认真坦然的表情，"十六岁上大学，那年考上这边的基地班，就是那种七年制的，一起把四年的本科和三年的硕士读完，掌柜的你知道什么叫基地班吗？我们那届高考的时候……"

"行了，你真的可以走了。"我忙不迭地打断他，以示投降，"我相信你没撒谎，你二十二，你也是货真价实的研究生，很晚了，小朋友，再见。"

"掌柜的，这么晚了，不然我送你回去吧。"见我没有反应，他补充了一句，"你开车来的吗？我有驾照，你放心。"

"我在等我的朋友，行不行？"我真不明白这个人到底是怎么长大的，我和雪碧说话都用不着这么费劲。

老天爷奇迹般地显灵了。也不知为什么,只有在这些微不足道的小事情上,他才愿意帮我。陈嫣站在店门口,犹疑地朝里面望着。我顾不上怀疑她来干什么,惊喜交加地说:"你看,我的朋友来了。"

"掌柜的,再见。"他有点儿不好意思地看了陈嫣一眼,终于消失了。

他的背影一消失,陈嫣就迫不及待地倒抽一口冷气表示惊叹:"天哪,东霓,刚才那个男孩子长得真帅。是你店里的服务生吗?你从哪里找来的?"

"开什么玩笑?"我使劲地瞪了一下眼睛,"眼皮子这么浅。他都能算得上'真帅',你没见过男人吗?"——嫁给初恋情人的女人真是惨,我在心里这么说。

"我比不上你行不行?谁能和你比,有铺天盖地的帅哥排队,什么都见怪不怪。"她也回瞪着我,恍惚间,我们似乎又回到了那些学校里面的日子,不,也不能那么说,那个时候的郑东霓和唐若琳似乎是从来不讲话的。

"那倒是。"我不客气地说,"追过你的男人里面,长得最帅的,恐怕就是西决了吧。你命好苦。"

她不回答,装作没听见,脸上有点儿不悦的神色。正当我刚刚意识到冷场的时候,她抬起头,冲我微微一笑,故作轻松地说:"那又怎么样?公平点儿说,西决算是普通人里面长得不错的,但是刚才那个是真的很好看。"

发生了什么?她居然对我的刻薄回应了宽厚的微笑?难不成是想找我借钱?算了,强做出来的诚意也是诚意,不情愿的和平终究还是和平,何必要求那么多呢?"你找我有事?"我知道我的语气不由自主变得柔软了。

"没有。"她摇头,"你接完电话以后整个人的神色都不对了,傻子才看不出来。我本来想给你打个电话。可是觉得打电话问你发生了什么事情好像有点儿别扭，我就想来这儿看看，你多半会到这儿来的，就算找不到你也无所谓，这两天晚上的空气很好，散散步也是好的。"她停顿了一下，补充道，"你小叔这个学期接了一个活儿，每周有两三个晚上到一间夜校给人代课，离这儿大概两站公车，是辅导成人高考，我想过来等他一起回去。"

"实话实说就那么难吗？不过是过来查岗的，想看看他是不是下了课就回家——还搞得好像很关心我的样子。"我一边冷笑，一边把一罐啤酒蹾在她面前，"那就等吧。不过我丑话可说在前头，你以后想把我这儿当成是查岗的据点，可以。但是从我正式营业那天起，你吃了什么喝了什么，都和别的顾客一样的价钱，我们店里不给怨妇打折。"

"呸。"她斜了我一眼，"东霓，你真的没事？"

"没有。"我把脸稍微扭了一下，转向阴影的那一边。

"其实我挺佩服你的，东霓。你可能不信。"陈嫣慢慢拉开了拉环，她喝酒的样子真有趣，小心翼翼的，像是在喝功夫茶，若在平时，我一定会在心里恶毒地嘲笑这副故意做出来的"良家妇女"的贤淑劲儿，可是今天，我没有。她接着说："你是我认识的人里最能吃苦的。"

"不敢当。彼此彼此。你也不是等闲之辈。十几年心里都只想着一个男人，在我眼里没什么比这个更苦。"我抚摸着一绺垂在脸颊上的头发。

我们一起笑了，互相看着对方的脸，看到彼此的眼睛里面去，不知为什么，越笑越开心。就算我睡一觉醒来就会重新看不上她，就算我明天早上就会重新兴致勃勃地跟南音讲她的坏话，可是眼下，我是由衷的开心。有一种就像是拥有独立生命的喜悦常常不分场合地找到我,像太阳总在我们看不见它的时候升起来那样,这喜悦也总是猝不及防地就把我推到光天化日之下,让我在某个瞬间可以和任何人化干戈为玉帛。与谅解无关,与宽容无关,我只不过是快乐。

陈嫣的脸颊渐渐地红晕,眼睛里像是含着泪。我们说了很多平日绝对不会说的话。甚至开始下赌注,赌南音和苏远智什么时候会完蛋。她说一定是三年之内,我说未必。"南音是个疯丫头。"开心果壳在她手指尖清脆地响,"今天一吃完晚饭她就钻到西决屋里去了……他们俩也不知道怎么就有那么多话说,整个晚上,一开始南音好像还在哭,可是就在我出门的时候,又听见他们俩一起笑,笑得声音好大,都吓了我一跳。然后三叔都在客厅里说:'你们差不多点儿吧,哪有点儿哀悼日的样子?'"她脸色略微尴尬了,为了她的口误,在她还是西决的女朋友的时候,她的确也是这么称呼三叔的。于是她只好自己岔过去:"幸亏今天北北在她外婆家,不然一定又要被吵醒了。"她无可奈何地摇头,眼神随着"北北"两个字顿时变得柔软了十分之一秒,随即又恢复正常,精确得令人叹为观止,这也是"良家妇女"们的特长吧,总之,我不行。

"不用猜。准是南音又去找西决要钱,当然,她自己会说是去借——她的苏远智回广州了,她又坐不住了,想偷偷跑去找他。我就不明白了,"我甩甩头发,"一提起苏远智,那个小丫头浑身的骨头都在痒。一个女孩子,这么不懂得端着些,还不是被人家吃定了。"越说越气,气得我只好再狠狠喝一口酒。

"这话一听就是给男人宠坏了的女人说的。"陈嫣不以为然地表示轻蔑,"东霓,我就不信你这辈子从来没有过忘记了要怎么端着的时候——除非你没真正喜欢过任何人。"

我不置可否,问她:"跟我说实话,你有没有特别烦北北的时候,烦到你根本就后悔生了她?"

"没有。"她斩钉截铁,"特别心烦的时候当然有,可是从来没有后悔生她。"

"那你做得比我好。"我苦笑。

外面的卷闸门又在簌簌地响。江蕙踩着门口斑驳的一点点光。"居然是你们俩?"她语气讶异。我从她的声音里听出一种陌生的东西。

陈嫣尖叫了一声:"你什么时候回来的呀?"

她不紧不慢地靠近我们,慢慢地坐到一张桌子上:"今天早晨。本来想好好在家睡一天,可是总做噩梦,梦见房子在晃,梦见好多浑身是血的人拉着我的胳膊。"她似乎不想再继续这个话题,仰起脸,对我粲然一笑。陈嫣非常熟练地坐到她身边抚摸她的脊背——这又是另一个打死我也做不出的动作。我只是默默地推给她一罐啤酒:"无论如何,我们三个人碰一杯。就算是为了大地震,也为了,我们都能好好活着。"

江蕙点点头:"为了劫后余生,我今天才知道,不管有没有灾难,其实我们所有的人,都不过是劫后余生。"她的表情有种奇怪的清冷,一周不见,她瘦了。可是这突如其来的苍白和消瘦却莫名其妙地凸现了她脸上的骨骼。有种清冽的凄艳。

陈嫣悄悄用胳膊肘碰了碰我的手臂,她这些自然而然的小动作总是能让我火冒三丈,然后她凑过来在我耳边轻轻说:"你看,江蕙其实不化妆的时候更漂亮,对不对?"

"漂亮什么呀,你究竟是眼皮子浅,还是审美观扭曲?"我故意大声说。

"喂,你不要欺人太甚,郑东霓。"江蕙轻轻往我肩膀上打了一拳,"高中的时候没办法,你的风头太劲,压得别人都看不见我们,我也只好忍气吞声了,可是我上大学的时候也大小算是、算是系花那个级别的好不好啊?"

"鬼扯。你们学校男生那么多,是个女的就被叫系花,别以为我不知道你们学校什么状况,你是要欺负我没念过大学吗?"笑容就在这一瞬间凝固在我的脸上,因为我想起来,关于江薏那个大学的很多事,都是方靖晖告诉我的——他曾是她的学长。甚至就连方靖晖这个人,都是江薏介绍给我认识的。

"公道话还是要由我来说。"陈嫣插了进来,"江薏你也不要冒充弱势群体。高中的时候,咱们班基本上百分之六十的男生都是郑东霓的跟班,百分之三十的男生都成天围着江薏,留给我们其他女孩子的就只有剩下的百分之十,你们俩都属于那种不知民间疾苦的类型,都知足些吧。"

"你的意思是说——"江薏坏笑着,"你是因为资源匮乏,所以不得已只好去勾引老师?"

"你再胡说我掐死你!"陈嫣笑着扑过来对着江薏一通揉搓,"唐若琳要杀人啦——"我在一旁起哄。

江薏尖叫着:"哎呀你看,你自己看,都要给我划出血来了。你个疯女人。"

在我清楚明白、轻轻松松地喊出"唐若琳"的时候,我就知道了,我正在度过一个一生难以忘怀的夜晚。

那天我们说了很多话,聊了很多过去的事情。她们俩要我给她们唱王菲的歌,我打死都不肯。江薏突然间耍赖一样抱着脑袋说:"老天爷,20世纪90年代的那些歌都是多么好听呀。我真恨2000年以后这个世界上发生的所有事。"我和陈嫣都笑她。再然后,西决就来了。他微笑着站在离我们两张桌子的地方,不靠近我们。像是怕毁掉了生动地流淌在我们三个女人之间的那些来自旧日的空气。

江薏静静地转过脸去,西决看着她的脸庞从暗处渐渐移向光线,对她一笑。很奇怪,那几秒钟,我们四个人居然那么安静。我和陈嫣知趣地变成了把舞台让给男女主角的布景。接着,西决说:"回来了怎么不给我打电话?"可是眼神里全是喜悦。

江薏突然间站了起来,走到西决跟前去,紧紧地抱住他,好用力,脊背似乎都跟着颤抖了。西决的眼神有些尴尬地掠过我和陈嫣,陈嫣赶忙把脸转过去,表情让我明白了什么叫"如坐针毡"。江薏突然热切地捧住了西决的脸庞,低声说:"前天,在宾馆,我赶上一场快要6.0级的余震。我还以为我再也见不到你了。"

西决的手掌轻轻地托住了她的脑袋,微笑着说:"怎么可能?"然后他的手指自然而然地滑到了她的脸上,两个大拇指刚好接住两行缓慢滑行的泪。

"想不想我?"江薏问。

西决说:"你自己知道。"

"我是故意不接你那些电话的。我故意不告诉你我要去四川采访。"江薏看着他,"谁叫你总是不拿我当回事?谁叫你总是怀疑我和我以前的老公……"

西决终于成功做到了无视两名观众的存在:"我不太会说话,不像你那么会表达。你别逼我。"

我是真的坐不住了。陈嫣显然和我想法一致。我们互相递了个眼色,站起来准备悄悄地退场。可是就在这个时候,江薏突然转过脸:"谁都别走。都坐下。"眼睛里那种不管不顾的蛮横让我想起很多年前,她对着静悄悄的教室大声地嚷:"站起来呀,都站起来呀,你们难不成还真的怕她?"

"东霓和若琳都在这儿,她们既是你的亲人,也是我的朋友,"江薏说,"现在我就要你当着她们跟我说,你到底要不要娶我?"

"天哪。"陈嫣低声地叹气,"我招谁惹谁了?让我来做这种证人。"我看得出,她的脸上有一种难以觉察的失落。

西决沉默了片刻,然后重新抱紧她。在她耳朵边上说:"明天就去结婚,行吗?你喜欢早晨,还是下午?"

虽然我看不见江薏的脸,但是我知道她在如释重负地哭。

突然之间,有个念头在我心里雪亮地一闪,开始只是一道闪电,到后来,渐渐地燃烧起来了,很多的画面在我脑子里渐渐地拼贴。方靖晖,我的房间,我床头柜里的文件夹,然后,江薏。那天方靖晖真的可以趁进我的房间看孩子的那两分钟,就把所有文件拿走吗?不对,我忘记了,我前天还用过我的房产证办另外一件事情,也就是说,那些文件并没有被偷走,它们最多是被拿去复印然后寄给了方靖晖。经常出入我家的人不多的,西决、南音、雪碧,连郑成功也算上吧,我脑子里甚至都清点了可乐那张棕灰色的小脸,那么谁又能够经常出入我家并且有可能帮助方靖晖呢?

只能是你,江薏。我太了解你,你是做得出这种事的人。我在椅子下面撕扯着自己的裙摆,是为了让我的脸上继续维持不动声色的表情。那些突如其来的喜悦快要离开了,在灌溉了这个辛酸并且愉快的夜晚之后,就要离开了。在我错愕地见证了你崭新的婚约之后,就要离开了。现在我用尽全身力气攥紧了这个晚上残留的那最后一滴温柔,这最后一滴温柔可以成全我做到所有我认为对的事,可以让我又幸福又痛苦地在心里问你最后一次:"江薏,是你吗?"

第八章 姐弟

郑成功的一周岁生日到来的时候，我们最终没有用上三叔的朋友送的酒店优惠券，因为地震的关系，那家酒店筹备了一场赈灾募捐的活动，一切商业优惠活动都跟着取消或者延期。三婶在家里做了一顿长寿面，全家人算是一起过了郑成功的生日和北北的百天——北北的百天最终还是提前几天庆祝了，不过这次，陈嫣一点儿反对的意见也没有。两个小家伙一个穿蓝色，一个穿粉红色，和一大堆玩偶气球一起拍了张滑稽的合照。北北一脸茫然，郑成功则丝毫不看镜头，眼睛全神贯注地盯着三婶为了装饰照片才摆在他身旁的金鱼缸，然后，胸有成竹地抓起可乐，把那只熊头朝下脚朝上地塞了进去。就在雪碧的尖叫声响彻整个客厅的时候，小叔恰到好处地按了快门儿，抓住了这个瞬间。三婶和陈嫣一边笑，一边抢救可乐以及清理犯罪现场，南音在旁边欢乐地哄哄。在众人的喧闹中，郑成功突然仰起脸，他的眼睛就自然而然地对上了我的，然后他对我一笑。那个转瞬即逝的笑容让我怀疑，他完全知道自己刚才做了什么。"当心我揍你。"我冲他瞪起了眼睛。

小家伙，虽然那么狼狈，可是我和你也撑够了一年呢，辛苦了，我们都很了不起。

"你终于学会怎么淘气了，郑成功。"西决笑着，不由分说地把他从地板上拎起来，他奋力挣扎着，又开始像只小猫打喷嚏那样笑。"告诉她。"西决摇晃着郑成功的小手，指着我的方向，"有舅舅在，谁敢揍你就先过我这关。"我无可奈何地笑骂道："能不能成熟点儿，不要那么幼稚呢？"一不留神就使用了某人说话常用的语气。

然后夏天就来了，南音偶尔到我这里过夜的时候，那些花花绿绿的裙子总是东一件西一件地丢满了我的屋子："兔子，问你件事。"某个心事重重的深夜里，我伸手敲了敲旁边枕头上南音的脑袋，"你手里那把我家的钥匙，你最近给过别人没有？""没……"她打着哈欠，睡眼惺忪地回答。"再想想，有没有哪怕是一回，什么人用什么借口从你那儿借我的钥匙？""有一回。"她在枕头上晃晃小脑袋，"我妈跟我拿过。因为那天要下雨了，打你电话没人接，我妈就跟我拿你的钥匙去你家看看窗户关没关。""猪脑子。"我长长地叹了口气，"那不都是三四个月以前的事儿了吗？我问你最近，宝贝儿，你懂什么叫最近吗？""那就真的没有了。"她看上去很费力地思索着，看来西决说得有道理，这个丫头的智商确实不怎么高，"你问这个做什么呀，姐？""没事。"我翻身关掉了床头灯，"就是觉得，我家的钥匙除了我自己之外，就只有你和西决有，你总是丢三落四的，提醒你一下，当心点儿总是好的。""那倒是。"她非常有自知之明地开颜一笑，"什么事情交给哥哥都不会有问题的，我就不行。"一片黑暗中，她自然看不到我脸上浮起的冷笑，江薏若是想从西决那里搞到我的钥匙，还不是易如反掌？

在家里，西决的婚事变成了比奥运会重要得多的话题。那么好的逼婚之夜过后,西决当然没有如他所说,第二天就去和江薏结婚,但是,他们已经对家里人正式宣布了要结婚的消息。三叔和三婶自然是开心——客观地讲,江薏怎么说也比陈嫣拿得出手。三叔总是反复重复着一句话:"怎么都好,只要你自己喜欢,怎么都好。"也不知道他到底是指婚礼的日子,还是指新娘人选。都说人逢喜事精神爽,我看西决也就那么回事,总是对所有人的意见报以礼貌的微笑,问他究竟决定了什么日子没有,也总是说要么秋天,要么冬天——跟没说一样。我就是看不惯他这副死相——你当是政客开记者招待会啊,还来这套外交辞令做什么——是想显得自己很有分量很重要吗?有能耐当年怎么就没胆子出去闯荡混出点儿名堂来?到头来也只会跟自己家里人摆这种谱儿。当然我也看不惯那个开始常常出现在三叔家里的江薏,这个女人最近皮肤和气色都好得吓人,进进出出都带着一脸明晃晃的微笑,说话的时候可笑地端着语气,就连和我打电话,都是一口一个"我老公"——我呸,又不是第一次结婚了,做出这种待嫁新娘的纯情样给谁看?有一回,她问我:"哎,你给我讲讲好不好,我老公他十几岁的时候,有没有早恋过?"我故作惊讶状:"我总共不过见过你老公两三次而已,我怎么知道他有没有早——啊,原来你说的是西决,我一时没反应过来,我还以为你在讲你前夫。"

当然我也看不惯小叔那副如释重负的样子——好吧,我坦白一点儿,这个夏天里,我什么都看不惯——他总是比谁都热心地在饭桌上主动跟大家谈起关于西决婚事的一切,生怕大家不知道他是多么开心地看到西决这个因为他而变得滚烫的山芋终于有人接了手。小叔,我心里暗暗地叹气,一把年纪的人了,怎么就不知道淡定一点儿呢?好歹装一下啊。"你们想过去哪里蜜月旅行吗?"小叔殷勤地问,"要是你们打算秋天冬天的时候结婚,那么往南边走合适,去些亚热带的地方也是好的。""泰国！"南音非常热心地接话，"泰国那些什么岛什么岛的不是很好玩吗？网上贴的那些图片都美死了。"江薏对小叔灿烂地一笑，然后非常恰当地把脸转向身边的西决，做出一副交给一家之主表态的样子——我倒真想看看她这副温婉的表象能维持多久，西决非常受用地回答："我们眼下还没想这些。"我当下灵机一动，看着江薏说："其实海南就蛮好的，比如三亚，反正西决也没去过。"她回答道："可是我前不久刚刚去了一次海南出差，所以我还是想去些我们俩都没去过的地方。""是吗？"我知道我的心脏很不争气地狂跳了两下，"你什么时候去的海南呀？你没和我说过。""就是在4月底的时候，我们去那边访问一个什么房地产论坛，说白了就是一票人去海边玩儿玩儿，我跟你说过的，你忘记了。"她不动声色。4月底，这个时间是对的，那正是一个她可以见到方靖晖的时间。"那真遗憾。"小叔又不失时机地接了话，"其实我觉得东霓说得对，要是你们真能到三亚去也是好的。没必要把钱都扔到外国去。""可是泰国能看人妖，三亚没有啊。"南音非常着急地抿着小嘴。陈嫣就在这个时候站了起来，对小叔说："要不要我再去厨房帮你盛点儿饭来？""噢，好，别太多。"陈嫣的眼睛越过了手上的瓷碗，和我有意无意地对看了一下。我当然知道她不想继续这个话题。近来我和陈嫣莫名其妙地接近了，甚至快要站到同一条线上去——怕是因为，在这个家里，只有我们俩不欢迎这场即将到来的喜事，尽管不是出于同样的原因。

　　方靖晖那封虚张声势的律师信，其实是在两个月以后才寄到的，要我在收到信后三十天里投降，否则就怎样怎样……我没有仔细阅读就丢进了垃圾桶。后来又觉得不解恨，从垃圾桶里捡出来把它撕成几十个小碎片以后重新丢回去。

　　"东霓，你觉得江薏那个女孩子会不会太厉害了些？"某个傍晚，三婶一边摆碗筷,一边跟我聊天,"我不是觉得她不好,就是因为她太懂事太会说话了,我才有点儿担心——可能是我自己想太多了,我怕这个女孩子太有主意心气太高,将来未必能和西决踏实地过日子。"她看着我,温柔地笑,脸上那种担忧让我又一次地想到,三婶身上有种东西是我一辈子也不会拥有的。"三婶你别操那么多的心啦,那是西决自己的事儿,他要是镇不住江薏的话就活该被江薏镇住,不然还能怎么样呢?"我懒洋洋地说。三婶笑着摇头:"又不是孙悟空除妖怪,还镇得住镇不住,我就是喜欢听你说话,逗人开心。""本来就是这么回事。两个人在一起永远是一个人镇住另一个人,谁见过真正平起平坐的?我和方靖晖就是因为谁也镇不住谁才过不下去。"接着我好奇地问,"三婶,你和三叔,我看是你镇住他,对不对?"三婶又是笑着摇头:"你说得不是没有道理,东霓,不过也不是那么简单的,你还年轻,所以你才会这么想。"这个时候郑成功的小脚开始奋力地踩我的大腿,三婶惊呼道:"哎呀,东霓,我都跟你说过了,现在天气这么热,孩子怎么还穿着5月份的衣服呀……"和三婶聊天的时候总是如此,不管在说多么严肃的主题,她都有办法转移到最细小的琐事上面。

"今年阴历的七月十五,咱们得去给你们的爷爷奶奶扫墓。顺便告诉他们,西决要结婚了,这是大事。"三婶幽幽地叹了口气。

奶奶,小的时候你总是和我说,他是弟弟,我是姐姐,我要照顾他。现在他要结婚了,或者说,他就要往火坑里跳了。因为有个心机很重的女人眼看着就要得到他,你的毛毛就要落到一个不择手段但是又真的很可爱的女人手里去任人摆布。你的毛毛其实一点儿长进都没有。他总是不自量力,以为自己什么都受得了,但是唯一擅长的事情不过是咬碎了牙往肚子里咽。奶奶,你告诉我,我该怎么做?

南音的房间房门半掩,我看见她捧着电话分机,娇滴滴地说:"你说呀，你想我了没有？我不信，那你接电话的时候语气干吗那么冷淡？别狡辩，你就是冷淡，那你现在告诉我你爱我，大声说……我才不管你身边有人呢……"我真的受不了了，大声冲着她的房间道："大小姐，拜托你把门关上行吗？这么热的天气，我们旁人打冷战的滋味一点儿都不好受的！"

她置若罔闻，当我是空气。

就没有一件事情是顺心的，包括雪碧。她小学总算是毕业了，我最终还是拜托了江薏——她家的一个亲戚把雪碧塞进了一所口碑还算不错的中学——没有办法，我眼下还必须和江薏维持着一团和气的局面，谁叫我总是用得着她。假期里，为了开学分班，学校组织了一次新生考试，作文的题目是要他们写一个人。我家雪碧于是写:《我的弟弟》。

"我的名字叫雪碧，所以我的弟弟叫可乐。弟弟的名字是我给他起的。因为弟弟刚刚来到这个世界上的时候，我们的妈妈就走了，后来我们的爸爸也去了很远的外地工作，把我和弟弟一起留在外婆家。走的时候他们都忘记了给弟弟起名字，所以只好我来起。外婆说:'雪碧现在是大孩子了，都会给弟弟起名字了。'

"弟弟今年三岁了。他有一双很黑很亮的眼睛，不过有点儿小。那双小眼睛在他的大脑袋上一闪一闪的，看上去很敢（'憨厚'的'憨'她还不会写，写成了'敢'），很好欺负。再加上弟弟说话总是慢慢的，会说的词也很少，语调有点儿像蜡笔小新，可爱极了。外婆说跟别人家的小孩比起来，弟弟有些笨。他总是学不会数数，教他认字也教不会。所以我们没有送弟弟去幼儿园，外婆说像弟弟这样的笨孩子，能吃能睡就是最大的福气，用不着去念书了，也不用指望他有什么出息。可是我觉得弟弟一点儿也不笨，他只不过是脑子转得有一点点慢而已。虽然有很多事情他都学不会，可是弟弟最懂得相信我和外婆，相信所有对他好的人。

"那是我上五年级的时候，有一天，外婆到我小姨家里去了，告诉我说大概吃晚饭的时候回来。我早上出门上学的时候就告诉弟弟：'外婆出门，可乐你要乖，别吵别闹，坐在这里等着姐姐回来，姐姐下午四点就会放学回家，你记住了吗？'他很用力地点点头，弟弟不管做什么动作都是很用力的，看上去特别好玩。可是那天下午我们放学晚了，而且，我忘记了答应过弟弟要早点儿回家。放学以后我去同学家玩了，直到傍晚的时候才回去。走在巷子里面听见邻居在看《新闻联播》，才想起来弟弟一定已经等我很久了，那个时候我心里好后悔，我很害怕弟弟会一个人在家里哭。我拼命地跑回去，打开门一看，外婆还没有回来，家里很安静，弟弟自己乖乖地坐在我们俩的小床上，安静极了，两只小手很听话地放在肚子旁边，黑黑的小眼睛湿漉漉的，看着窗子外面的天空。我这才想起来一件事，弟弟不会看表。他不知道到底要怎么样才算是四点，他也不懂得外面的天空暗下来就表示四点已经过去很久了。他答应了我会等我，他就一直地等。那个时候我心里很难过，因为我觉得我好像是骗了弟弟。我把弟弟抱起来，把他的小脸贴在我的脸上。然后弟弟对我笑了，他根本不知道我已经迟到了很久，但是他知道我一定会回来的，所以他不会哭，也不会害怕，哪怕是怎么等也等不到我说的四点。

"从那以后，我就总是在心里面跟自己说，我一定要做到所有答应过弟弟的事情。就算有些事情弟弟永远都不明白，我也不可以不守信用。现在，我们离开了外婆，来到了姑姑家。姑姑家很好，比我们家大得多，也漂亮得多，可是弟弟只剩下我了。我要对弟弟好，因为我爱弟弟，也因为在这个新家里，弟弟只能相信我。"

我看到这篇倒霉的作文的时候正好在店里，和三四个服务生一起准备开门。雪碧兴冲冲地跑来找我，告诉我她考得不错，这篇作文拿了从未得过的高分。可是看着看着，我就完全不敢相信自己的眼睛了，只好握紧拳头砸了砸沸腾的脑袋："你开什么玩笑啊！"我难以置信地冲她嚷，"你平时在家里自己和那只熊过家家也就算了，你考试还要编得这么有鼻子有眼的，你觉得很好玩是不是？还没开学呢，你所有的老师都知道了你有个脑筋不好用的弟弟，她是看你可怜才给你这个分数你懂不懂？这下你在你们学校说不定都要红了，我看你到时候怎么圆谎。""我没撒谎。"雪碧固执地瞪着我，"不信你仔细看一遍，我从头到尾都没说过弟弟是人类。""可是你说了弟弟会说话，还说什么不会很多词但是语调像蜡笔小新……老天爷。"我眼前闪过了她拿着那只熊给南音表演木偶戏的片段，"所有正常的人类都会以为他是个活人，等到大家知道你嘴里的弟弟不过是个没有生命的布娃娃的时候，要么觉得你神经有问题，要么都会笑你撒谎……""弟弟不是没生命的，你才没有生命呢！"她小脸憋得通红。我惊愕地停顿了一下，这怕是她头一回这么激烈地顶撞我："你知不知道你在和大人说话？不可以这么没礼貌的！"我本来还想说"别忘了你现在在花谁的钱在依靠谁活着"，可是终究觉得这么说就太没有风度了。"可是你不能因为弟弟是玩具熊就说弟弟没有生命。"她语气软了些，仍旧直直地盯着我的眼睛，"我写的事情是真的发生过的，那天我回家晚了，弟弟就是一直一直坐在那里等着我。我没有瞎编。""他本来就是个没生命的玩具熊,他根本就不是在等你,你把他放在哪里他就会一直在哪里待着,因为他不会走不会跑,这是所有的正常人类都知道的事情……""不对,我不管别人怎么说,弟弟就是活着的,就算他不会走不会跑他也是在等我!""你好有种哦,雪碧。"我自己都快要笑出来了,"你的意思是所有的人都是错的,只有你一个人是对的?""我没有那么说,我的意思是所有的人都是对的,我一个人就算不一样,也可以是对的。"

"你是跟我抬杠,还是真的脑子有问题啊?"我困惑地看着她倔强的脸。

"反正弟弟就是有生命的。"

"都跟你说过了,有没有生命这回事,标准不是你说了算的。"我不耐烦地把她的考卷丢在桌上。

"那么到底是谁说了算的? 凭什么我说了就不算?"

这个时候我们俩都被身后突如其来的一个声音吓了一大跳。那个阴魂不散的冷杉不知道从哪个角落里冒出来,手里托着满满一摞碟子,大声地说:"说得好呀,雪碧你太厉害了,这是本体论,你明白吗? 我是说你刚刚问的那个问题……"

我火冒三丈地转过脸去:"这儿没你什么事儿,干活儿去!"

"知道了。"他一脸无辜,还忘不了回头和惊喜地望着他的雪碧交换一下眼神。

"冷杉,冷杉你过来帮忙呀——"角落里那三个服务小妹此起彼伏地嚷,正式开张了以后我才发现,这个冷杉我算是用对了,只要他来上班,店里那些小丫头个个都像打了鸡血那般神采奕奕、如沐春风的,总喜欢在他眼前晃来晃去——这种兴奋自然而然地影响了她们和客人说话时候的表情和语气,所以我亲爱的顾客们总是说:"这家店的服务态度不错。"真不明白,如今这个社会不是要比我二十岁左右的时候开放很多，或者说下流很多吗？为什么这群小姑娘个个都像没见过男人似的……我成天跟她们说："不懂得端着一点儿的女人通通不是上品，尤其像你们这些本来就资质平庸的姑娘，若是还不知道稍微有点儿架子，看在男人眼里更是多添一分贱。"可是有什么用？全当是耳旁风，还总是嬉皮笑脸地跟我说："东霓姐，现在时代不同了。"就好像我是从晚清过来的。更可恨的是，那个叫茜茜的家伙为了卖乖讨好我，还冲她们说："你们也不能那么说，东霓姐那么有经验，你们不听老人言，吃亏在眼前。"我倒抽了一口冷气，非常冷静地看着她："你他妈说谁是老人？没错我今年三十岁了，那又怎么样？碍着你什么了？你今年几岁？你得意个屁啊！你的三十岁转眼就来了，到那个时候我看你还有没有脸说别人是老人。"她满脸通红，不知所措地望着我，身边那几个姑娘全都讪讪地对望了一眼，脸上露出的都是看好戏的神色。我转过脸去冲她们道："干活儿去吧，那么多杯子都还没洗呢，我老人家一把老骨头，全靠你们这些八九点钟的太阳来做体力活儿了！"

一时冲动之下，我真想炒了那个茜茜，可是静下心来想想，还是算了。她干活儿还算踏实。再加上，她家里还有个总是跟她伸手要钱的老爸。话说回来，这个倒霉的夏天里唯一一件顺利的事情，就是我好不容易开张的店，生意还不错。

"姐姐，我们过五分钟就到了——"电话里南音中气十足的声音足够让我耳膜穿孔，"一共有十六个人，我们是专门来帮你热场子的！"

暑假到了，她的夫君回到了龙城。她近水楼台地选了我这里做据点，说是要和高中同学聚会。其实谁还看不出来她那点儿小心思——她要扬眉吐气地向过去的老同学们正式宣布她重新收回了对苏远智的主权。我坐在吧台后面，看着我家南音很有风度地照应完了这个，也不冷落那个，还非常尽职尽责地偶尔换换位子以便和几撮不同的人都能聊天——不错，我家郑小兔越来越出息了。相形之下，苏远智要安静得多，沉默地扮演"战利品"的角色。他显然有点儿不适应那个总是在他面前装傻撒娇的南音突然之间变得如此得体。

西决在他们爆发出一阵惊天动地的哄笑声的时候，坐到了我的身边。

"风水轮流转，也轮到咱们南音抖起来了。"我对他说，"昨天我还建议她把那个什么端木也一并约来，真可惜，不然场面更好看。"

"你们这些女人都是唯恐天下不乱。"

"我听见'端木'那个姓就火大——转什么转，又不是武侠小说。"我瞟了他一眼。

"这个店开起来，你会不会太累？"他显然是没兴趣点评武侠小说一般的姓氏。

"不然能怎么样？"我叹了口气，"还好三婶肯帮忙，我每次把郑成功放在她那里她都看成是理所当然的。其实越是这样，我越不好意思——可是我又能怎么办？"

"辛苦你了。"他淡淡地说。

"多谢关心。"我冲他做鬼脸。这个时候，我们都听见了南音和冷杉的欢呼，南音尖叫道："哎呀，冷大帅哥，怎么是你啊……不会吧，你到我姐姐这里来端盘子，我姐姐面子真大！"

"那个雪碧还要在你这儿住多久？"他完全不理会满室的喧嚣，"你一个人哪照顾得过来这么多人？她父母到底干什么去了？"

"你今天怎么那么多问题啊？"我摇晃着面前的杯子，不看他。

"我都不知道能替你做什么。"他对我一笑，"我原来以为雪碧只是在你这里暂时待一段而已。所以我原来想着，我晚一点儿结婚，至少等雪碧走了以后再办婚礼。这样在雪碧还在这儿的时候，我还能有多点儿的时间帮你的忙。"

"算了吧。"我慢慢地注视着他的脸，"你管好你自己就行了。至于什么时候结婚，不是我说你，你哪能做得了江薏的主，她不过是在我们家人面前给你面子而已，到时候她有的是办法让你听她的。我早就告诉你你惹上麻烦了，你还不信。"

他垂下眼睛，盯着自己手上的钥匙看："那个方……方……"经过一秒钟困难的搜索，终于说出来，"那个方热带没有再来为难你吧？"

我乐不可支地拍了一下他的脑袋："没有，我能应付得来，你放心好了。"

"东莞姐，"茜茜拿着南音他们那两桌的单子过来，"算上刚才写的那两张，一共有四张了，放在一起吧？"

"行。待会儿你算账的时候记得给他们打八折。"我从她手里接过那两张单，准备仔细看一遍。

"开什么玩笑？"西决惊讶地说，"南音已经告诉所有人今天晚上你请客了，她也是头一回在你这里招待朋友，你让人过去算账该多难看。"

"我不管。我说了可以来我这里，我可没说我做东。"我冲他翻白眼儿，"咱们家的大小姐也别总是不食人间烟火好不好？她要撑面子我管不着，我没道理开这个先例陪她玩——八折已经是客气的了。"

"你看南音今天多开心，你也知道她为什么要叫这些人来，她对钱本来就没什么概念——你不能让她在这种时候丢这个面子。"他冲我瞪眼睛，"都算我的好不好？我这个当老师的埋单也是应该的。不过你千万别让南音知道，不然她肯定跟你急。"

"也不知道这个死丫头是什么命。"我恨恨地说,"你能罩她一辈子吗?"

"哥哥 —— 哥哥 —— 郑老师 ——"像是心电感应,南音的声音特别及时地响起来,"过来嘛,这么多暗恋你的女同学都想跟你叙旧呢……"

"你快点儿过去吧。"我把他往吧台外面推,"省得她大呼小叫的把别人都吓跑了。"

然后我一个人悄悄地绕到厨房,从后门走了出去。我们店的后门冲着一条很僻静的巷子,把门关在身后,稍微走几步,一切喧哗的声音就都听不见了。因为僻静的巷子一向都是日出而作,日落而息的。

今晚的月亮,很好。

虽然我从来不觉得那种光秃秃的、就像张煎饼那样拍在天空上的所谓"满月"有什么好看的,但是今晚的月亮非常安静,圆得一点儿都不嚣张,所以,很好。

手机在我潮湿的手心里紧紧地攥着,我对着它发了一会儿呆,终于下了决心,还是拨了号码。

"方靖晖,方靖晖,你不要装死,我知道你在,别用答录机应付我……"我的声音在一片寂静中听上去居然清冽得很,不知不觉地,就低了下来。我让自己的脊背靠在阴凉的砖墙上,我不知道那些砖头和砖头的缝隙间的青苔究竟生长了多少年,但是我突然间觉得,有它们不动声色地在旁边注视着我,我不害怕泄露所有的软弱。

"方靖晖,为什么你要这样对我?你告诉我,你为什么要这样对我?那个时候我不只是为了去美国才愿意和你结婚的。我只不过是不想那么快要孩子,可是你说这个孩子你一定要留着他,全都是因为你……你从来都没有真的相信过我,你从来都觉得我是在利用你……方靖晖，你根本就不会懂我吃过多少苦。我一个人漂洋过海，我离家那么远，你瞧不起我……"眼泪猝不及防地倾泻而出，我语无伦次，自己都不大清楚我究竟在说什么，"你为什么要这样逼我？你胃疼的时候我整夜整夜地陪着你熬过去你都忘了吗？是不是你以为那些都是假的？是不是你以为那些都只不过是为了绿卡？没错，我这辈子的耻辱已经那么多了，可是那并不代表你可以随便再捅我一刀……"

电话那边只有呼吸声。然后他很勉强地说："别这样，你用这套方法骗过我很多次，你别以为……你别以为……妈的，东霓，别哭。我求你别哭好吗？我受不了。你问问你自己，我们两个变成今天这样，是谁先挑起来的？是谁先把谁当成仇人的？你知不知道你自己在做什么呀，东霓？"

"我不知道。我就是不知道我现在到底在做什么。"我发誓，这句话是真正地发自内心，百分之百。

"那你回家，好不好？我们就当什么都没发生过，你，我，还有孩子，我们三个人一起……"

"不好。"我斩钉截铁地抹了一把眼泪，"那根本就不是我的家，那都是你一厢情愿幻想出来的家。跟我没关系。"

"东霓，人不能太贪心。你根本就不知道自己想要什么。"

"我至少知道我不想要什么。"所有的眼泪都争先恐后地凝聚在下巴上面，不过不要紧，夜色很重，没人看得见，"方靖晖，你最近好吗？"

"很好。就是工作忙，我很想孩子。"他短促地笑了笑，"有时候，也想想你。"

"江薏跟我说，你现在住的地方特别漂亮，打开窗子就能看见海。"

我抽噎着,心里求老天爷保佑我这句话不会捅什么娄子。

"哪儿有那么夸张,别听她的,不过是一起吃了顿饭而已,她哪里去过我住的地方? 真的想看见海,还得走上二十几分钟呢。"他语气轻柔,就好像是在和一个小孩子说话。

这么说,我真的猜对了,他们的确是见过面,就在江薏出差的时候。

"好,再见。"我已经不记得上一次跟他如此和平地说"再见"是什么时候了。

然后我看见冷杉的脸浮现在苍白的月光下面,他其实已经在那儿站了很久了,我知道的。他轻轻地问我:"掌柜的,你还好吗?"

第九章 夏夜的微笑

他早就在那里看着我，我知道的。我不在乎，也不怕他听到我的电话——以他的智商，估计没有能力推断出我究竟是在和什么人讲话。我深呼吸的时候，不由自主地抬起头，让月光洗洗我哭花了的脸。周遭是寂静的。我故意加重了呼吸的声音，用来提醒他这种寂静需要打破。我知道，他有点儿害怕靠近我。

他只是往前走了几步，可是还是不肯讲话。似乎连手都没地方放。算了吧。我在心里对自己叹口气，这个人的傻气还真不是装的。我转过脸看看他，没有对他笑——我是故意这么做的，他眼下还没资格让我挂着眼泪对他笑。"有没有纸巾啊？"我问他。他在听到我问话的那个瞬间，是眼睛先给我回应的，不过就是尴尬得说不出话来，"没，没有。"像是犯了错。然后像是怕挨骂那样，急急忙忙地用一句话堵我的嘴："掌柜的，你，你别哭……咱们店的生意，一定会越来越好的。"

"借你吉言。"我恶狠狠地说。

"月亮真好啊——"他慌乱地调转过脑袋去，滑稽地抒情，"哎？掌柜的，中秋节不是还没有到吗？"

我一时没有明白他的问题，胡乱地说："我不知道现在到底是阴历的几月，不过不是十五，就是十六……十五的月亮十六圆，你没听过这句话？"

他用力地摇摇头，疑惑地看着我："十五的月亮……不是指八月十五，中秋节吗？"

"老天爷呀——"我尖叫了起来，"你居然不知道月亮是每个月都会圆两天的吗——不是只有八月十五才看得见圆月亮！"

"我一直以为，月亮每年只能圆一回……"他大惊失色，"原来可以圆这么多回啊……这么说看见满月也没什么稀奇的，那我们为什么还要过八月十五呢？每年都说赏月，搞得我还以为错过了那天就得等上一年……"

我已经听不清楚他下面说的话了，因为耳朵里充斥的全是自己成串的笑声——其实我很讨厌这么疯的大笑，因为这样很容易生鱼尾纹，因为那让我自己显得很蠢——可是当我整个身体被汹涌而至的笑颠簸得快要散架的时候，我连郑成功的疾病都忘记了："老天爷，我真的不行了，要死了——你是怎么活到二十几岁的？你不还是硕士吗——你也太有娱乐精神了吧……"我好不容易直起身子，用两根拇指揉着酸疼的腮帮子，"我笑得脸疼，你真有本事。"这小巷的尽头处有户人家的灯昏黄地亮了，也不知道是不是被我吵醒的。

"掌柜的，咱们还是进去吧，不然太扰邻了。"他眼睛里还是有些微的尴尬，不过笑容却是自然了很多。

"我在厨房后面的隔间里藏了很好的酒，要不要尝尝？"我被自己突如其来的好主意搅得兴奋不已，说话的声音都要和路灯一块儿在黑夜里飘起来了。

厨房后面藏了一扇门，里面那个窄小的空间被我用来堆放很多乱七八糟的东西，也存着一些酒。我熟练地踩着一只三条腿的椅子坐到一堆落满尘埃的箱子上，坐在这里，正好能透过高处的小窗看到月亮。"来，你也坐上来。"我一边招呼他，一边寻找着我的存货。

"掌柜的，那些箱子上全是土……你的裙子那么好看，很贵的吧？"他有些惊讶地冲我笑。

"让你上来你就上来，哪来那么多废话？"我拎出来一瓶在他眼前晃晃，"坐上来呀，看看这瓶，是我一个朋友从法国给我带来的，说是波尔多那边的好东西。我昨天晚上打开来尝了一点点——其实我也不懂好坏，但是颜色真的很好看。"

他很轻巧地撑着一件破烂的柜子，像是翻双杠那样，坐到了我身边，当他的手臂用力地撑住整个身体的重量时，我才看出来，他的肩膀很结实，很好看。他仔细看了看酒瓶的瓶身："掌柜的，"他像个发现了什么秘密的孩子，"这个酒不是法国的，瓶子上面的标签是意大利文，不是法文，你被骗了……"

"小王八蛋你哄谁呢……"我突然意识到我又说了很糙的话，不过不能让他看出来我有点儿不好意思，"你现在又聪明了？连月亮每个月圆一次都不知道，还好意思说你认识意大利文……"

"我现在已经知道了月亮是每个月都要圆一次的。"他很努力地争辩着，"我是意大利的球迷，所以我才自己去学了一点儿……我讲得不好，可是我还是能分出来是不是意大利文，这个酒瓶上说的，这瓶酒的产区是意大利南部的一个省，真的不是法国……我知道这个省的名字也是因为我知道他们那里有什么俱乐部，意甲我每年都看的——虽然现在不如前些年那么有意思了，我还是每个赛季都追……"

"够了！"我笑着打断他，"出来混，你得学会不要总是把自己的事情那么具体地讲给别人听，你得学会看人家脸色，知道人家想听什么不想听什么，明白吗？念那么多的书有什么用？还是这么傻气的话谁都能拿你当猴子耍。"

"噢。"他很茫然地看着我，"你是说，你不想听我说球……真遗憾，我本来还想告诉你我最喜欢的俱乐部和球星呢，其实打算说完这句就换话题的。"他脸上浮起来的真诚的失落简直好玩儿死了，就像个五六岁的孩子。

"好好好……怕你了行不行？"我笑着哄他，"告诉我你喜欢的俱乐部和球星好了，你看我多给你面子啊，我对我儿子都没这么耐心，就算是我小的时候，要是我弟弟说话很烦人，我也是直截了当地挥一拳头给他。"

"还是算了。"他有点儿不好意思地笑，"掌柜的，你今年多少岁了？"

"喂——"我冲他瞪眼睛，"我就不信，茜茜那帮小三八没跟你嚼过舌头，我多少岁你早就知道了吧？"

"不是。"他挠了挠后脑勺，"我觉得她们瞎说，你看上去最多二十五，她们非要说你三十……不亲眼看看你的身份证我不会信。不过我妈妈也和你一样，长得特别年轻，人家都说她像我姐姐。"

"你一定要拿你妈妈来和我比较吗？"我给了他一拳，"念书多的人都像你这么缺心眼儿吗？你说说看，干吗来当服务生？你不是高才生吗？"我戏谑地斜睨着他的侧脸。

"因为我把整个学期的奖学金都弄丢了，我家是外地的，五一的时候回去一趟，就在龙城火车站被人偷了钱包。必须找份工作。"他回答得非常自然，"我不想告诉我老妈，因为你不知道我老妈唠叨起人来很可怕，所以我还是自己想办法算了，我从上大学起就在拿奖学金，没跟她拿过一分钱。"他骄傲地仰起下巴，看着我，我在心里慢慢地叹了口气。

"你家里很穷啊？"我问他。我是向他学习，才用这么直接的方式问话。

"那倒不是。"他坦然得很，"不过从小我们家只有我和妈妈两个人。我妈挺辛苦的……我小的时候我妈在监狱当医生，我在幼儿园里全托，周末别人都回家了，我只好跟着我妈到监狱去住她的宿舍……"

"天哪。"我心里想，这个家简直比我家还要出格。

"我还记得每到周末的时候，有几个特别有文化的犯人给其他犯人上课，其中一个，原本是个工程师，因为设计房子的时候出了错，房子塌了，死了好几个人，他才进监狱的。后来他放出来了，找不到工作，我妈就请他来给我当家教，就是跟着他，我才发现我很喜欢数学的。"

我也分不清楚，此时此刻，让我们看见彼此的轮廓的，到底是月光，还是外面的路灯。飞蛾们都悠然地飘了过来，凝聚在光晕里，那光的边缘轻薄得就像一层尘埃。都说飞蛾是自己找死，可是我根本就不觉得它们活过。因为它们慢慢地、慢慢地靠近光的时候，就已经很镇定，镇定得不像有七情六欲的生命，而像是魂灵。

"冷杉，王菲有一首很老的歌，叫《扑火》，你们这个岁数的小孩儿，一定不知道。"

他非常配合地摇了摇头。

"想听吗？"不等他回答，我就自顾自地唱起来，"爱到飞蛾扑火，是种堕落，谁喜欢天天把折磨当享受？可是为情奉献，让我觉得，自己是骄傲的、伟大的……"[①]唱完这句我突然停下了，好久没有开嗓子，自己都觉得怪怪的，我笑笑，对他说："这首歌是在唱一个蠢女人。"

"掌柜的唱得真好呀！"他忘形地鼓掌，那动静简直要把身子底下

[①] 《扑火》：姚若龙作词，陈小霞作曲，王菲演唱。

的箱子压塌了。

"轻点儿,弄碎了我的酒你赔啊……"这些红酒都是我要拿去卖钱的,稍微兑点儿水,再加进去些汽水果汁,拜托小叔帮我起几个好听的名字,就是我们店的招牌鸡尾酒了。

一种不同于月光的橙色的光涌了进来,让我突如其来地把冷杉的脸看得更清楚,然后我才知道,这隔间的门被人打开了。西决站在门口,有一半边脸是昏暗的,剩下的那半边脸上一点儿表情都没有。他说:"找了半天,原来你在这儿。"

"雪碧,我现在要出门一趟。"我一边在餐桌上成堆的一次性餐盒、塑料袋,还有账单中辛苦地寻找车钥匙,一边嘱咐她,"我现在要出去办点儿事,然后直接去店里,你帮我在家看着小弟弟,别出门好吗?"

"西决叔叔说,今天好像要来带小弟弟打预防针。"雪碧把可乐放在膝盖上,静静地说。

"那么你可以跟着去。不对,"我突然想到一件事,"你不能出门。我昨天答应过冷杉,他今天可以来家里看球……他们宿舍的网络坏了,可是今天这场他特别想看,家里得有人应门。"我似乎是心虚地解释着。

"姑姑,床单该换了。"

"真的?那么你换吧,辛苦你了。"好不容易找到了车钥匙,可是手机又消失了。

"可是家里已经没有干净的床单了。"雪碧托着腮,一边捏可乐的脸,让那只熊也歪着脑袋,做出苦恼的表情。

"该死。"我叹了口气,"要不你给南音打个电话,她现在应该在苏远智家里。要她送两条干净的过来,今天没空,明天再洗好了……"

一边说，一边出了门。

我真的不明白，陈嫣为什么就总是可以把家里收拾得窗明几净、井井有条，她每天到底要花多少时间在这上面——所以我总是安慰自己，她家的房子比我家小很多，打扫起来自然方便。

"有何贵干啊？"她一边摇晃着北北的小摇篮，一边懒懒地问我。

"我不跟你兜圈子，陈嫣。"我坐了下来，抓起面前的水杯，贪婪地灌下去。

"你那么有本事，还用得到我？"她狐疑地看着我，仿佛她不用这种酸酸的语气说话就会死。

"帮我个忙。"我笃定地看着她，"现在我的前夫，准确地说，是我还没离婚的老公要和我抢郑成功。他想和我打官司，要从我这里拿走郑成功的抚养权，你明白吗？"

"那我又能为你做什么呢？"陈嫣糊涂地看着我。

"这件事情你帮不上忙，不过我得告诉你，我身边有个内鬼。懂吗？"

"又不是谍战剧。"她嘟囔着。

"这个内鬼不是别人，是江薏。她从我这里偷走了一些对方靖晖，就是热带植物有利的文件，你知道这意味着什么吗？其实江薏和方靖晖大学的时候是谈过恋爱的——鬼知道他们什么时候、因为什么又搅和到一起去了。"我用力地说。

"你有证据吗？"陈嫣听得入了神。

"直接的证据，没有，但是现在我知道了，江薏前段时间去过海南，见过方靖晖，这正好发生在方靖晖威胁我要上法庭之前，我觉得，已经够了。我直接去问她，她怎么会认呢？"

"可是，可是她到底是怎么想的……江薏马上要嫁给西决了啊，她怎么会……怎么会……没有理由啊。"

"鬼知道她想干什么。"我死死地盯住她,"我在努力地找证据,搜集江薏又和方靖晖勾结到一起的证据,等我一旦找到证据了,我就可以给法庭看,我就可以告诉法官方靖晖自己的私生活都这么一塌糊涂,不能来和我争抚养权。"

"可是……可是……"陈嬷咬着嘴唇,一副手足无措的样子,"要是你和方靖晖闹到法庭上去,万一你还真的能证明他们俩关系不正常,那西决呢?这个婚还结不结了?东莞你能不能再想想,冷静些……"

"你在说什么呀!"我冲她嚷,"都到这种时候了,我管得着西决结不结婚吗?陈嬷,我的儿子要被人抢走了,换了是你,有人要从你身边把北北抢走,你怎么办?你会不会拼命,会不会不择手段?"我知道,提起北北,就戳到了她的死穴。

"我当然会。"她毋庸置疑地握紧了拳头。

"这不就对了嘛……"我长长地叹气,"陈嬷你想想,如果江薏真的和方靖晖搞到了一起,你愿意让她嫁给西决吗?你愿意这么诡计多端水性杨花的女人变成我们家的人吗?"

"话这么说是没错,道理我都懂。"她避开我的眼睛,拳头捏紧,再放开,又捏紧了,似乎是在做指关节运动,"可是西决太可怜了……"她无力地笑笑,不知笑给谁看。

"算了吧,这句话谁都能说,只有你不行。"我冷笑。

"我知道。可是我是真心盼着西决能幸福,要是江薏的事情真像你说的那样,他岂不是……岂不是,我都不敢想。"

"陈嬷,所以我才拜托你。"我用力抓住她的双手,"一旦我拿到了证据,不用多久以后就可以的……我第一时间通知你,找个合适的机会,你来告诉西决,你说话比别人管用,他其实非常相信你。"

"开什么玩笑！"她像是被烫着了那样甩掉我，"这种事情让我去做，你自己怎么不做？我才不要，我死都不干。"

"他会怀疑是我搞鬼的！"脱口而出的时候我知道自己说错话了。

"搞什么鬼？"她皱眉头。

"我的意思是说，我说话他根本听不进去，想来想去，我只能拜托你了，在合适的时候，告诉他，就说我为了抢回孩子不得已才这么做……让他们在三叔三婶开始操办婚礼之前分手，这样到时候不至于丢太大的人，我也是觉得，只有这样能把大家的损失减小到最低，你说我还能怎么办呢？"

"西决怎么那么倒霉啊？喜欢谁不好，偏偏就是江薏，江薏到底是脑子进水了还是怎么的？脚踩两只船，图什么呀……"陈嫣自言自语，红了眼眶。

"你这样的女人当然理解不了她。"我抚了一下她的肩膀——不得已，我必须用她喜欢的方式跟她表达情感，尽管这种方式让我头皮发麻，"她看准了西决可靠，所以想嫁，可是对她江薏来说，这不够。"

"我不懂，也懒得懂。"陈嫣忧伤地看着里间的房门，那是北北的摇篮所在的房间，"东霓，我也求你了，这件事情我不想参与，我什么都不知道，你就当什么都没跟我说。"

"真是被你气死了。"我无奈地把自己瘫在靠背上，"我是要害他吗？你怎么搞得就像是……"

客厅里的电话丁零零地响起来，陈嫣像是救火那样地扑上去，"喂？"她压低了嗓门儿，有些不满，"干吗这个时候打电话来呀？北北在午睡，你吵醒她怎么办……"我饶有趣味地看着她的表情，想象电话那头小叔唯唯诺诺的样子。可是紧跟着，她的表情变了，"那怎么办？我不能离开家，得有人看着北北，东霓现在就在我们家，让她马上回去吧。"

"出事情了东霓。"她握着电话,脸色很古怪。

"别吓我。"我愣愣地说。

"你现在得赶紧回家去……是你三叔,他好像是生病了。其实郑老师说得也不是那么清楚。"

顾不上嘲笑她居然还管小叔叫"郑老师"了,我不作声地站起来往门外跑,身后传来她焦急的声音,"你知道情况以后一定要快点儿打电话给我,东霓——"

三叔半躺在卧室的床上,身上还穿着上班时候的衬衣,"你跑回来做什么呀?"他冲我故作镇定地笑,"南音她妈就是大惊小怪,还要把你们大家都招来,真是担不得一点儿事儿。"

"算了吧,还不是你自己不当心自己的身体。"小叔在一边接话,"还好是体检出来有问题,不然还不知道要拖到什么时候,有什么不舒服的也不知道跟家里人说。"

三叔无奈地挥了挥手,"真没什么不舒服……我从很年轻的时候就有这个毛病,胃疼,有时候觉得胃酸,消化不太好——那时候都是你们的奶奶给我抓点儿中药就能好,最近一段时间多少有点儿犯老毛病,可是和过去也没什么区别呀,我就没在意……"

"什么叫没在意!"三婶从客厅里冲到房间来,脸上通红,手里还拿着电话簿,"既然最近都觉得不舒服了为什么不说呢?你现在能和年轻的时候一样吗?消化不好和胃里面有阴影能是一回事吗?你不爱惜自己也得想想南音,你得为南音好好活着!"我很少见到三婶这么大声地讲话,可以说,从来没有。

"那难道是我自己愿意得病的啊?"三叔也冲着三婶瞪起了眼睛。

"这是什么话，这是什么话……"小叔手忙脚乱地挡在他们两个人中间，还是以"老鹰捉小鸡"里面"母鸡"的姿势，似乎怕他们俩打起来，"现在哪是吵架的时候，医院的结论都还没出来，我们不要动不动就拿'死活'来自己吓唬自己！"

"好啦，三婶——"我努力把自己的嗓子捏起来一点儿，做出一副息事宁人的样子，一边拍三婶的肩膀，一边把她往门外拉，"你是太着急了，三婶，来，我们出来，喝杯水，不管怎么讲三叔是胃有毛病对吧，那么晚上一定要吃得清淡点儿，我来帮你的忙……"像哄小孩一样把她弄出了房间，小叔暗暗地看我一眼，对我点点头。

三婶径直走进厨房里面，在靠墙放着的小餐桌旁边，颓然地坐下，眼睛直直地盯着吊柜，我发现了，好像厨房是个能令她安心的地方。"三婶，到底怎么回事啊？胃里面有阴影是什么意思呢？"

"是常规体检，B超测出来胃里面有个阴影，人家医生说，明天早上过去做胃镜，说不定还要做什么胃液还是黏膜的化验……"她苍白的手托着额头，"我刚刚打电话问了我认识的一个医生，胃里面的阴影，有可能是炎症，有可能是囊肿，还有可能，还有可能，就是最坏的……不过那个医生倒是跟我说，就算是最坏的，现在也极有可能是早期，可以治的。"她非常用力地强调"早期"两个字，我听着很刺耳，不知道为什么，她连讲出"癌"那个字都不敢，却那么用力地说"早期"。我知道人生最艰难的时刻莫过于抱着一点儿希望往绝境上走。我还知道，虽然我不懂什么狗屁医学，早期的癌也还是癌，就像有自尊的妓女不管怎么样也还是妓女，没什么大区别的。"不会的！不会是癌症，三婶！"我用力地按着她的双肩，甩甩头。

"哎呀，你小声点儿！"三婶大惊失色，几乎要跳起来了，"别那么大声音啊，给你三叔听见了怎么办？"

"好好好。"我深深地看着她的眼睛,看着她瞳仁里倒映着的我,"我是说,一定不会是什么大事的,老天爷不会那么不公平,要是奶奶还在,她就一定会说,我们家的人没有做过坏事情,不会那么倒霉的,先是二叔,然后是我爸爸,已经够了,不可能还要轮到三叔的,三婶,你信我,我有预感,不可能的。"说着说着,心里就一股凄凉,奶奶,家里已经有两个人过去陪你们了还不够吗? 一定是爷爷的鬼主意,一定是他想要三叔过去——你得拦着他,就算他是爷爷也没权利这么任性的,奶奶你向着我们,对不对?

"你也觉得不可能对吧?"三婶的眼睛突然就亮了,"巧了,刚才我的第一反应也是觉得不可能是、是那个。"没道理的直觉的不谋而合也被她当成了论据,当然,两个人"没道理"到一块儿去了,就自然有些道理,她一定是这么想的。

"听我说,三婶,"我用力地微笑了一下,"别慌,实在不行我们多找几家医院,多检查几次,然后我去拜托熟人帮着找个好大夫,江薏认得一些医院的人,陈嫣也可以帮着问问我们那届的同学里有谁在医院工作,我店里有个很熟的客人就是人民医院的医生,还留给过我他的名片呢,我会把能找的人都找一遍的,现在我们能做到的就只有这些了,是不是?"

她点点头,"东霓,还有,明天做完检查,你陪我去庙里上炷香。听说检查完了还得等一两天才能出结果——你说说看,这一两天,该怎么熬过去啊。万一结果是坏的,往下的日子,又该怎么熬过去啊。这个人真是不让人省心,二十几年了都是让我担惊受怕。"她骤然间愤怒起来,"一定是一直就在跟我撒谎,他中午在公司里肯定没好好吃饭,而且是长年累月地不好好吃——你说他怎么能这样,怎么这么不负责任呢,他以为糟蹋自己的身体是他一个人的事儿吗? 男人为什么长到多大都是孩子？我、我和他离婚算了……"她突然间住了口，一言不发地望着我的脸。她知道自己说了过分的话，却不知怎么圆场。

我也不知怎么圆场，只好静静地回望过去。其实我知道她不是真的想要离婚，她只是想要逃离这巨大的、活生生的恐惧。

沉默了片刻，她的脸颊突然扭曲了，鼻头和眼皮在一秒钟之内变得通红，然后，眼泪汹涌而出："东霓，"面部不能控制的震颤让她闭上了眼睛，"我害怕。"

我转过身去关上门，然后紧紧地拥抱她。她颤抖成了一条泛着浪花的河流，后背上起伏的骨头颠簸着划着我的手心。我轻轻地把我自己的额头抵在她的额头上，她的眼泪也弄湿了我的脸。"三婶，"我轻轻地说，"我也怕。怕得不得了。"

"不一样。"她短促的说话声冲破了重重叠叠的呜咽，听上去像是一声奇怪的喘息，"那是不一样的。"

"可是你不会知道，你和三叔，对我来说意味着什么。"我轻轻地笑了，眼眶里一阵热浪，"其实是因为有你们俩，我才不害怕活在这世上。"

"东霓——"她一把把我搂在怀里，大哭，好像疑似胃癌的人是我。

"三婶，好了。"我一边轻轻拍她的肩，一边从她怀里挣脱出来，"我们不要哭来哭去的，现在还没到哭的时候。来，你现在做饭好不好？转移一下注意力……弄个汤吧，三叔现在最需要的就是好消化也暖胃的东西，这个你擅长，打起精神来呀，三叔一会儿看到你眼睛红了，心里会不好受的。"

"好。"她奋力地用手背抹自己的脸，似乎在用全身的力气，遏止"哭泣"这生猛的东西从自己的身体里跳脱出来。

"我现在就去打电话。"说话间，听到门响，传来西决和南音说话的声音。

"东霓,"三婶在哗哗的水龙头的声音里转过脸,"是我刚才叫西决去找南音回来的,不过我已经告诉了所有人,先别跟她说你三叔的事情,等有了结果,我们再告诉她。"

"至于吗……三婶……"我惊讶地深呼吸,"她都这么大了,又不是小时候。"

"我怕她知道了以后哭哭啼啼的,我看了心里更乱。东霓,就这样说定了。"

南音把背包胡乱甩在客厅的地板上,冲到洗手间去洗手,经过三叔三婶的卧室的时候她惊愕地说:"爸? 你干吗躺着呀? 感冒啦?"

"没有。"我听到三叔在笑,"就是刚才看报纸,睡着了。"

"爸,我今天买到了一张很好看的影碟,晚上吃完了饭我们一起看好不好? 你、我,还有哥哥。"小叔在一旁说:"只要南音一回来,家里就这么热闹。"

我在一旁不由自主地苦笑,原来成全一个简单的人,需要这么多人一起撒谎。西决给我递了个眼色,于是我跟着他走到了他的房间里,掩上了门。

"明天我和三婶一起陪三叔到医院去。"他利落地打开了窗户,又点上了烟。

"别抽了。"我烦躁地说,"已经有了一个得胃癌的,你还想再得肺癌吗?"

"乌鸦嘴。"他骂我,"现在还没有结果呢,不要咒三叔。"

"明天我也要去医院。"我仰起脸。

"别。"他把打火机扔到半空中,让它像跳水运动员那样三周跳,再落回手心里,"医院里全是细菌,你万一带回去点儿什么,传染给郑成功怎么办?他抵抗力本来就弱。对了,郑成功在哪儿?不会又是和雪碧在一起吧,你就不能用心一点儿照顾他吗?……"

客厅里传出来娱乐节目主持人的声音,然后是南音肆无忌惮的笑声。我撇了撇嘴:"真不知道,她还能再这样开心多久。"

西决淡淡地说:"别小看南音,你真以为她不知道三叔的事情?"看着我的表情,他点头,"没错,是我告诉她的。三婶不让我说,但是我觉得南音有权利知情。"

"那怎么……怎么……"我吃惊地晃了晃脑袋,那个家伙的笑声还在继续着,听不出来一点儿假的痕迹。

"我早就跟你说过,别小看南音。正因为她明白大家不希望她知道,所以她才装不知道。刚才在外面她已经大哭过一场了,我跟她说:'南音,回家以后该怎么做你明白吗?'她说她明白。你瞧人家南音在这点上比你强得多,她会装糊涂。"他看着我,慢慢地笑了,"你呢,你是真糊涂。"

"去死吧。"我瞪了他一眼,"没时间和你吵。对了,今天晚上我不去店里了,我得在这儿陪着三婶说说话。你没看见她刚才的样子。"我叹了口气,"结婚真他妈无聊,得为了一个原本不相干的人这么牵肠挂肚。"

"也不一定,因人而异。"他又是一笑,我知道他在讽刺我。

我不理他,抓起电话拨了过去,"冷杉,是我。你还在哦……我家里有点儿事情,今天晚上我就不去店里了,你帮我好好照应着,行吗?辛苦了。"

"好呀,掌柜的,"他在那边愉快地说,"你放心吧,我不能和你说了,肯德基送外卖的来了,我和你家雪碧就是有缘,吃东西都能吃到一块儿去。"

"我要是发现我们家东西少了就要你的小命。"我努力地让自己说话维持正常的语气,努力地像平时一样开玩笑,似乎只要我足够冷静了,三叔得的就一定不是癌症。我不知道这是什么逻辑,可是我信这个。

西决的眼睛深深地注视着我,手上的烟灰攒了一大截,都没有磕掉。

"世界上有种东西叫烟灰缸。"我拎起桌上的烟灰缸给他,这样就可以名正言顺地不看他的脸。

"那个冷杉,你的伙计,在你家吗?"他问。

"是,在我家。"我咬了咬嘴唇,那种最熟悉的烦躁又卷土重来了,"在我家又怎么样?你在审犯人吗?"

第十章 我听说

雪碧兴奋地打开门："姑姑，姑姑，小弟弟好像是会说话了！"郑成功歪着脑袋端坐在沙发里面，舌头又伸了出来，那样子很古怪，从他的脸上我总是看不出他到底在表达什么，其实我也不确定他究竟有没有东西可以"表达"。"怎么可能？"我无奈地笑笑，拍拍雪碧的脑袋，"医生说他起码要到四岁才会讲话，他和一般人不一样的。"

"可是他刚才真的说了呀——"雪碧有点儿困惑地强调着，"我在和可乐说话，结果小弟弟就在旁边叫我'姐姐'，反正他的声音听起来真的很像是'姐姐'。"

"碰巧而已。"我苦笑着摇摇头，然后甩掉鞋子把郑成功拎起来放在膝盖上，他的小手立刻凑上来全力以赴地撕扯我的纽扣，"坏孩子，"我轻轻地拧了他一把，他毫不在意地继续虐待我的纽扣，"和你爸爸一样厚脸皮。"我看着他的眼睛，却突然之间，对他笑了。我弯下身子在他的脸蛋儿上响亮地亲了一下——其实有的时候，你也让我快乐，小浑蛋。

"雪碧，亲爱的。"我仰起脸长长地叹气，"帮我去冰箱里拿罐啤酒来好吗？辛苦了，谢谢。"其实我在犹豫着要不要把三叔的事情告诉她，还是算了，不为别的，我很累，我懒得说那么多话。

"姑姑，你不觉得家里变样了吗？"雪碧一边把啤酒递给我，一边愉快地问。

"沙发靠垫的套子没了。"我环顾了一下四周，把脸转向郑成功无辜的小脸，"说，是你在上面撒尿了吗？"

"我们做了大扫除。"雪碧得意扬扬地歪着脑袋，细长的手指微微跷着，"把家里攒的那些床单被罩什么的全都洗了，也包括靠垫，还包括小弟弟摇篮里面的垫子呢。冷杉哥哥还把冰箱里那些过期的东西都扔掉了……"她突然有点儿羞涩地笑笑，"姑姑，我觉得冷杉哥哥有点儿像卡卡，我不是说长相——是笑起来的样子。"

"你还知道卡卡？懂得真不少。"我嘲弄地笑。

"是他自己问我他和卡卡长得像不像的，我对着电视上看了看，真的有点儿。"

"不要脸的家伙。"我想象着冷杉那副沾沾自喜的傻样子，啤酒果然争气地呛到了我，一两滴冰凉的泡沫溅在郑成功的脸上，他冲我龇牙咧嘴地表示不满。可是电话却不争气地响了，我只能手忙脚乱地一边拿着电话，一边用下巴轻轻地蹭掉小家伙脸上的水迹。然后他就对我笑了。我才想起来这是南音经常对他做的动作。

"东霓，"江薏的声音很轻，好像懒得使力气讲话，"我想见见你，现在。"

我身子重重地一颤："是不是……是不是你认识的那些医生朋友说，我三叔凶多吉少？"

"怎么可能啊？"她笑，"什么检查都还没有做，医生是不会随便说话的。你放心好了，我已经联系了当初给我爸爸做过手术的医生，他跟我们家关系一直很好，会照应三叔的。"

"那么小姐，你到底想和我说什么？"我坏坏地笑，"是你发现西决跟别人睡了，还是你自己跟别人睡了？"

"我要去你家，我现在就要和你说话，等着我。"她居然没有理会我的揶揄，就这样把电话挂了。

"好吧，小坏蛋。"我丢下电话，把郑成功抻起来，抓着他的双臂，让他摇摇晃晃地踩在我的大腿上，"妈妈得和别人聊天，你得去睡觉了——十五分钟你睡得着吗，郑成功？"然后我突然想，总是这样"郑成功""郑成功"地叫太费事了，应该给他起个小名。"叫什么好呢？"我看着他像是神游太空的茫然表情，叹了口气，"你除了吃饱喝足困了睡觉之外还懂得什么呀？嗯？你懂什么？不如就叫你'饱饱'好了，'吃饱'的'饱'，我看挺合适的，你喜不喜欢这个名字呀？"

他细细的小眼睛以一个绝妙的角度瞟了我一眼，似乎是在表示轻蔑。我被逗笑了，摇晃着他的小手："你不喜欢，那好，我决定了，从今天起你的小名就叫'饱饱'，我才不管你愿意不愿意呢。"可是就在说笑间，悲从中来，其实这件事情早就该做的，可是在他刚刚出生的那段时间，为他做任何事对我来说都是酷刑。现在我却能从当日的刑罚中找到一点儿乐趣了，什么都没有改变，仅仅是因为，我习惯了。心就在想到这里的时候灰了一下，觉得整个人都跟着荒颓了。

我把他抱进小床里，用湿毛巾胡乱地在他脸上和手上抹了几把。他嘟着嘴躲闪着我的手，可当我转身的时候，他就立刻尖锐地大哭。"干吗？"我不耐烦地转过身去拍了拍他鼓鼓的肚皮，我的手一接触到他的身体，他就立刻安静了，我的手刚刚离开，哭声就又响了起来。"妈的你耍我啊！"我恶狠狠地把他抱起来，死死地瞪他，他眼角挂着两滴泪，心满意足地把脑袋放在我的胸口处，斜斜地瞟了我一眼，用力地吮吸着手指,他在长牙。

江薏来的时候,这家伙依然像个壁虎那样赖在我身上,做怡然自得状。脑袋冲着江薏的方向一转,再把大拇指从嘴里拿出来,算是跟客人打过招呼了。"也不知道为什么,今天晚上他特别兴奋,不愿意睡觉。"我跟江薏解释着,"没事的,想说什么你就说,你可以无视他。"

"你真了不起。"江薏看着我微笑。

"这有什么,你也有这一天……"我看到她的眼神明显地飘了一下,顿时意识到了一些事,"你和西决吵架了?"

她摇摇头,盯着手里的玻璃杯:"你有没有听说过《东方一周》这本杂志? 很出名很出名,和《城市画报》差不多。"

"狗眼看人低。"我骂她,"你以为我们卖唱的就只能听说过《东周刊》?"

"我现在有了一个去他们那儿上班的机会,在北京,过去以后每个月的收入会是现在的三倍。我也是今天才刚刚拿到确定的消息的。"她也甩掉了鞋子,并拢了蜷曲的膝盖,把它们牢牢地裹在裙摆里。

"那就赶紧去啊,你还在犹豫什么?"我推了她一把。

"可是西决怎么办?"她皱了皱眉头,"你以为我不想去啊?"

我默然不语。我已经知道了最终她会选择什么。我也知道西决会选择什么。我还知道她其实和我一样清楚,只不过她眼下不想揭穿真相。

"我今天本来想跟西决说这件事,可是他接起电话来就和我说三叔的胃,"江薏笑笑,眼睛像是在眺望很远的地方,"我就说不出口了。我不知道他会不会放弃他在龙城的工作,也不知道他肯不肯离开这儿和我一起走,三叔生病了,现在说这些真的不是时候。"

我深呼吸了一下,郑成功小小的身体配合着我的呼吸,来了一个缓慢的起伏:"这个我真的不好说什么,西决这个人,你知道的,当年我费了多大的力气帮他在新加坡找学校,他都不肯跟着我走——好像我是要让他去送死。就算是三叔的身体没有任何问题,只是虚惊一场,我都不敢保证他愿意离开龙城。"

"我也知道,到了北京,他没那么容易找到一份现在这么稳定的工作。"江薏垂下眼睛,轻轻地拨弄着郑成功停留在空气中的小手,"我想他不会愿意换职业的,他舍不得学生们。"

"他是没出息。"我断然说。

"话也不能那么说,东霓。"她有点儿尴尬地咬着下嘴唇。

"不然怎么说?"我白了她一眼,"没出息就是没出息,你可以喜欢一个没出息的男人,说不定你就是因为他没出息所以才喜欢他,可是你没必要美化他。"

"他是淡泊名利。"江薏还在垂死挣扎。

"他是软弱。"我冷笑道,"他根本就不敢去拼去抢,所以只好找一大堆借口,装着不在乎。"

"东霓,"江薏笑了,笑得很柔软,"你呀,你不能永远从你的立场来判断所有人,因为不是每个人都和你一样的。真奇怪,你们姐弟俩明明感情那么深,可是为什么你提起西决来,就没有一句好话呢?"她困惑地摇头。然后往后一仰,不由分说地瘫在我的沙发上,"东霓,我的头真的疼死了,让我睡在你这儿好不好?"

"好。"我回答,当然我还有一句话没说出来——反正方靖晖给你的任务你已经完成,我这里,也没有什么可偷的了。

她转过脸,对我嫣然一笑:"从现在起,我真的得向老天爷祈祷,保佑你们三叔——如果他的病真的情况不好,西决就绝对不可能跟着我走了。"

我无言以对，此时此刻，我是真心地同情她，不撒谎。

"喂，东霓，"她一只手托着脸颊，眼神在灯光里迷蒙了起来——真见鬼，有的女人就是在心里受煎熬的时候看着漂亮——"不管最后结果怎么样，你相信我的对不对？我是真的真的舍不得西决。"

"完了。"我注视着她，"你已经开始说'舍不得'了。"

那天夜里江薏就在客厅里呆坐着，我抱了一床被子出来给她，然后留她一个人在那儿了——其实我还有一个多余的房间，只不过那里面没有床，而且，那个房间里放着一样非常重要的东西，不到万不得已，我不会让任何人睡在那儿。我关上门，就完全感觉不到客厅里的灯光了。江薏一直很静，我也一直没有睡着。一闭上眼睛，就总是闪着三婶那张流泪的脸。窗帘后面的天空颜色渐渐变浅了，我觉得自己神志清醒地沿着黑暗的滑梯，跌落到睡眠的沙滩上。那个梦又来了。我不知道有多少人像我一样，总是醒着做梦。身体动不了，眼睁睁地看着一双手慢慢地靠近我，再靠近我，然后靠近到我已经看不见它们，再然后我的呼吸就没了，我用力地挣扎着，我血红的肺和心脏跟着我一起无能为力地沸腾着，可是没有用，我和"氧气"之间永远只隔着一道透明的玻璃。

多少年了，每当关于"窒息"的梦来临时，我都是告诉自己：这不是真的，我马上就要醒了，耐心点儿亲爱的，真的马上就要醒了。可是这一次我懒得再挣扎，算了，不呼吸就不呼吸，有什么大不了的？是梦又怎样，不是又怎样？稍微忍耐一会儿，说不定我就永远用不着呼吸了。死就死，谁怕谁？

身体就这样突如其来地轻盈了起来，氧气又神奇地冲撞着我体内那些孱弱的器官——它简直就像是我生命里的好运气一样，说来就来，想走就走。接着我就看见了郑岩的背影。我知道是他，远远的，我就知道。他穿着工厂里的工作服,即使后来他失业了,他也会常常穿着它去喝酒打牌。我的双脚迈不开,整个人变成了一棵不会自己移动的树。只能看着他转过身来,慢慢地靠近我。

"那天我等了你很久,你都没来。"他静静地说。

我知道,他指的是他的葬礼。我没有话回答他,我只是觉得,他死了以后的样子比他活着的时候好很多,看上去比较有尊严一点儿。

然后他又自顾自地笑了一下:"其实没什么大不了的,不来就不来吧,也不是什么光荣的事情。"他的表情居然有些羞涩了。

"我能问你一个问题吗?"我终于能够抬起头,直视他的脸。

"问吧。"他一副很随意的样子,双手插在兜里,慢慢地坐在台阶上。——我在什么地方啊,台阶又是从哪里来的?管他呢,这是梦。

"可是你能保证和我说实话吗?我们难得见一面。"我把头一偏,看见了远处苍灰色的天空,"我小的时候,你和我妈,是不是有一回想要掐死我?告诉我,是不是真的有这回事?"

他沉默,脸上泛着尴尬的、似笑非笑的表情:"你怎么可能记得这件事?那时候你才两岁。"

"这么说,是真的。"我也轻轻地笑,却不知道在嘲笑谁,"我不确定,可是我总是梦见有人在掐我的脖子。有时候,喘不上气的时候,还能听见尖叫和吵闹的声音。"

"不是我做的,是王彩霞。"—— 王彩霞是我妈妈的名字,这名字很像一个逝去的岁月里的钢铁西施。他慢慢地说,语气肯定,"那天你睡在小床里面,我看见她在那里,掐着你的脖子,是我跑过去把你抢下来,你的小脸都憋紫了,哇哇地哭,王彩霞也哭,她说要是你死了我们俩就能像过去那样好好地过日子了。你说她居然说这种话,欠不欠揍?"

"你不骗我？"

"不骗。"他的眼睛混浊，瞳仁都不是黑色的，是种沉淀了很多年的茶垢的颜色，"小犊子——我救过你一命。"

然后我就醒来了。翻身坐起来的瞬间很艰难，就好像在游泳池里待久了，撑着池边上岸的瞬间——身子重得还不如粉身碎骨了好。天快亮了，郑成功在小床里面悠然自得地把头摆到了另一侧，继续酣睡。我梦游一样地打开门，江薏在满屋子的晨光中，仰起了脸。

"你起这么早？"她的笑容很脆弱。

"你怎么不睡？"我笑不出来。心脏还在狂跳着，也不是狂跳，准确地说，是那种明明脚踩着平地，却觉得自己在荡秋千的错觉。一阵阵失重的感觉从胸口那里不容分说地蔓延。

"要不要喝咖啡啊？我给你煮？"我问她，她摇头。

"茶呢？"她还是摇头。

"不然，果汁？"我其实根本不在乎她回答什么，我只是想弄出一点儿声响，只是想找一件不相干的事情做做，好让我忘了刚才那个梦。

"我给西决留言了，今天他只要一打开电脑就能看见……"她躲在被子后面，把自己弄成了球体，"我今天什么都不做，我等着。我等着他来和我联络，不管发生什么事情我都认了。"她嘴角微微地翘了翘，"你说我到底要怎么办？我努力了这些年，好不容易才有今天。"

"虽然西决是我弟弟，但是——"我用力地凝视着她的眼睛，慢慢地说，"但是作为朋友，说真的，女人更要自私一点儿。你看我三婶，多好的女人，我知道别人都羡慕我们家有一个这样的三婶，可是你愿意做她吗？我知道你不行，我也不行，你我都是那种，都是那种要欠别人的人，不是三婶那样被人欠的女人。所以还是做自己吧，各人有各人生来要做的事情，没有办法的。"

"东霓，你对我最好。有时候吧，我觉得你就像我姐姐。"她停顿了一下，我知道她要哭了。

那天下午，我家门口的对讲机莫名其妙地响起来，我还以为是店里出了什么突发的事情。却没想到，是三叔。

"三叔你快坐，我这儿乱七八糟的。"我顶着一头的发卷，手忙脚乱地收拾散落在客厅地板上的报纸和杂志。

"那些乱七八糟的检查真是折腾人。"三叔迟疑地坐下来，"小家伙睡了？"

"对，午睡。"我一边往茶杯里装茶叶，"他午睡很久的，一时半会儿不会醒，雪碧也去游泳了，所以有事儿你尽管说。"

"没有事情，就是想来你这儿坐坐。"三叔笑笑，环顾着四周，"我没怎么来过你这里，这房子真不错。东霓，几个孩子里，最不容易的就是你。"

我拿不准这到底算不算夸我，只好说："去做胃镜的时候要喝那个白色的玩意儿，很恶心对不对？"

他急匆匆地点点头，嘴里却说："东霓，南音她什么都不懂，你要答应我，照顾她。"

我想我听懂了他的意思。我仰起脸，看着他的眼睛："不答应。三叔，你可怜可怜我，我要照顾的人已经够多了，南音是你女儿，你照顾，你不能这么不负责任。"

"别跟我抬杠。"他正色，可是眼睛在笑，"我是说，凡事都有万一。"

"没有万一。"我狠狠地甩了甩头，"三叔，你不要自己吓自己。你这么……"

"别骗我，东霓。"三叔笑笑，"其实我刚才已经偷偷地问过西决了，我要他跟我说实话 —— 你知道我现在简直没法跟南音她妈说话，一说她就要哭 —— 可是西决跟我说了，医生说，我胃里的确是长了东西，但是究竟是不是癌症，眼下还不好说，等最后的检查结果出来，如果还不能判断的话，就只能做手术，把那个东西切下来，再去做病理切片。"

我沉默不语，西决这个家伙，真是气死人了，为什么就永远学不会撒谎？

我把茶杯注满了水，用力地放在他面前，一个字一个字地强调着："三叔，这是滇红，暖胃的。"

"还有用吗？"他忧伤地看着我。

"不准说丧气的话。"我居然不由分说地使用了命令的语气。

三叔居然笑出了声音，一边拍我的脑袋，一边说："这种语气真像你奶奶。"

"你还记得我帮你偷奶奶的东西的事情吗？"我也跟着笑了，"别告诉我你忘了，那个时候你要跟人一起炒股，可是全家人都反对，尤其是奶奶和三婶，所以没人肯借给你本钱，你就来跟我说，奶奶有几个玉镯子很值钱，估计一个能卖上几万，你要我帮你把奶奶抽屉里那几个镯子换成假的 —— 对了你还答应我说事成之后奖励我张学友演唱会的门票，可是到今天张学友已经变成大叔了你都没有兑现，那时候我才上初中啊三叔，我后来变坏了你也要负责任的⋯⋯"

三叔的手原本已经握住了茶杯，但是因为笑得手抖，只好又把手缩了回来："这种丢人现眼的事情就不要提了，可是当时我有什么办法？他们都不相信我能赚，全家上上下下，除了你，就没有第二个人有办法做到那件事，不找你，找谁？"

"还是我对你好吧三叔？"我抹掉了眼角笑出来的一点点泪珠，"奶奶好可怜，直到最后都不知道那几个镯子是假的，我们真坏。可是三叔——"我对他用力地微笑，"多亏了你。要不是你做的这件坏事情，我们所有人，我们这个家是不会有今天这样的生活的——可能在另外一些人眼里我们拥有的根本不算什么，可是对我来说，三叔，你就是我见过的所有男人里，最了不起的。"

"那件坏事是咱们俩一起做的。"三叔拍了拍我的脑袋，"你也了不起。东霓你就是太聪明太胆大了，其实这也不是什么好事，下次一定要找个忠厚老实的男人过日子，要踏实一点儿过日子，知道了没有？"

"你是说，下次要找个容易上当受骗的男人结婚，我翻译得对不对？"我笑看着他面色平静的脸。

三叔也狡黠地一笑，仔细想想那是他年轻的时候脸上经常会有的表情，他说："就是这个意思没错。虽然直接说出来是不大好，可是我怎么可能向着那些老实人，不向着我侄女？"

我们又一起大笑了起来。也不知道为什么，灾难来临的时候，如果有人共享的话，其实人们是很容易在灾难的缝隙里挣扎出一点点绚烂的欢乐的。我们夸张着往昔的好时光，使劲儿地想让自己笑得更厉害一点儿——无非是在用这种方式提醒自己：真正的厄运就要来了，大战之前，总要积蓄一点儿力量。

"我有两件事要告诉你。"三叔正色道，"别打断我，这不是说泄气的话，如果这一次我能过关，你就当我什么都没说——第一件事，东霓，其实这么多年以来，我最后悔的就是那个时候看着你去新加坡——"他挥挥手制止了想要插话的我，"那时候我刚刚真正辞职出来做公司，所有的存款都拿了出来，一开始拉不到什么客户，就连当时住的房子都押给了银行，家里还有西决上高中，南音上小学，爷爷的身体也不好，总得住院……是真的一时拿不出什么钱来替你交大学的学费。可是这么多年我真后悔，尤其是在你刚刚去新加坡不到一年的时候，公司就开始赚钱了，那个时候，每做成一笔生意我都在心里说，要是能早一点儿拉到这个客户该多好，哪怕早半年，就算你爸爸妈妈没有能力，我都可以供你去念大学。"

"三叔你在说什么呀？"我硬生生地切断了他的话，其实是想切断我心里涌上来的那一阵庞大的凄凉，"我没有去念大学是因为我一点儿都不喜欢读书，根本不是钱的问题，是你自己想太多了。"

"好好好，不提这个了。"三叔连忙说，我猜他是看到了我一瞬间红了的眼眶，"那现在说第二件事情。你听仔细些，我只交代给你……"

"不听。"我赌气一样地说，"干吗好端端地告诉我那么多事啊？你去交代给西决嘛，他才是唯一的男孩子，有什么传家之宝武林秘籍的都得给他才对呀。"

三叔丝毫不理会我的胡搅蛮缠，他只是说："这件事情很大，连你三婶都不知道。"

"你外面还有一个女人，还有别的孩子？"我瞪大了眼睛。

他还是不理会我，他只是说："这件事情是关于西决的。"

简单点儿说，这也并不是一件复杂的事。那个时候，我还只是个刚上幼儿园的小丫头，那个时候，我的爷爷、奶奶、爸爸，还有我的二叔、二婶他们都还活着——我现在已经无法想象他们都活着出现在我面前会是一副什么样子了，他们一定曾经围着牙牙学语的我，或真心或假意地赞美我可爱，半认真半玩笑地比较我到底长得更像谁，但那实在是太久以前的事了，我没什么印象了。有一天，我纤细瘦弱的二婶的肚子突然像气球一样地鼓了起来，爷爷嘴上不说，心里却比谁都盼望那是个小弟弟。就在那一年夏天,爷爷第一次中风——当然那一次并非他的大限,可是当时大家都不知道这个,他们被医院的病危通知吓坏了,守在爷爷的病房外面等待——不知是等待好运还是噩耗。他一直都是有时候清醒,有时候昏迷。昏睡中他似乎是回到了更久以前的过去,他反复说着梦话,似乎是在交代奶奶什么事情:"明天他们要揪斗我了,别让孩子们出来……"

就是在那样的一段时间里,我的二婶被推进了爷爷楼上的产房。是早产。情况不好。挣扎了很久,生了一个女孩子,可是这个女孩子只活了两个小时就死了。因为——三叔说,她的脑袋根本就没有长全,天灵盖儿没有关上,样子很可怕。我想,他们一定都在庆幸这个小女孩没有在人世停留多久——这话说来残忍,可是我们的爷爷一定没有办法忍受看到一个头上有洞的孙女。等在产房外面的人有四个:奶奶、我爸、二叔,还有三叔。剩下的人都在楼下守着爷爷。就在这个时候,同一间产房又推进去一个年轻的女孩子,等候她生产的只有一个同样年轻的男人。他背靠着医院混浊的墙,凝视着我们这一家人:开心,焦急,挨了当头一棒,不知所措地看着护士怀里那个冷却的、头上开着洞的小家伙的尸体……他像看戏一样专心,就连他自己的儿子被护士抱出来,都没顾得上瞧一眼。

三叔缓慢地说:"确实是他自己走上来问我们,要不要一个健康的男孩子。我当时都不明白他的意思。"然后三叔笑笑,"你知道我那个时候还不认识你三婶,一个女朋友都没交过——我什么都不懂。后来你奶奶说,她从一开始就看出来了那两个人不是夫妻,这个孩子一定是私生子。我也不知道她是怎么看出来的。其实我们当时脑子都乱了,刚生下来的小女孩死了,你爷爷在楼下熬着,我们都知道绝对不能让你爷爷知道这件事,不然就等于是送他去死,可是到底要怎么隐瞒……其实东霓，当时我真后悔，我后悔没有和你妈妈跟小叔一起待在楼下你爷爷的病房里，这样我也可以眼不见心不烦了。那个人就那么走过来对你奶奶说：'我这个男孩子，你们要不要？要的话，你们拿走他。'也不知道为什么，我记得特别清楚，他没说'抱走他'，他说的是'拿走他'，这种小事情为什么会记得这么清楚呢？"

我们的奶奶，准确点儿说，二十七年前的奶奶脸色很平静，她没有问这个年轻男人任何问题。也许她觉得没什么好问的，痴男怨女的风月债说来说去不过是那么点儿情节；也许她根本就不想知道。那个男人说："你们刚才说的话我都听见了，你们家里有个病重的老人，一个健康的男孩子说不准能救他一命；我们没办法留着这个孩子，把他拿走，你们也算是救了我，我相信你们会对这个孩子好的。"奶奶转过脸，看了看她那几个站成一排的不知所措的儿子，说："老大，你怎么看？"我爸语无伦次地说他不知道。我的二叔整个人都还停顿在失去女儿的哀伤里，至于我的三叔，更是一个无辜的观众。奶奶说："那么我就做主了。这件事情只有我们几个人知道，不准告诉任何人，我们把这件事情带进棺材里。老大，你不准告诉你媳妇，听懂没？老三你也一样，不管你将来娶谁，她都不能知道这个。"接着奶奶对那个年轻人说："别告诉我你叫什么，孩子的妈妈叫什么，你们是谁从哪儿来干什么的我们都不想知道。"然后奶奶把自己身上的钱全都掏了出来，让我爸他们也把口袋掏空了，一共有八十五块钱，奶奶把这八十五块钱交给那个年轻人："这不是买孩子的钱，就算是我们给孩子妈妈的营养费。"

后来的事情就简单了。医院那天值班的助产和护士帮了点儿忙，他们把那个死去的女婴登记到了那对年轻男女的名下，于是那个男婴就成了我们家的人。他就是西决，三叔说，这个名字是奶奶起的，奶奶没什么文化,她只是觉得,这个小男孩代表着一个很重大很重大的决定。爷爷在蒙眬中听见了他的啼哭声,听见了我奶奶在他的耳朵边上介绍:"这是你的孙子。"可能那哭声像道闪电一样,就在十分之一秒内,照亮了我爷爷摇摇欲坠的生,照亮了我爷爷忽明忽暗的死,照亮了他所有那些残存在身体里的苦难和柔软,是否如此我也不得而知,只不过爷爷第二天就奇迹般地好转了——在那之后他一直忍受着他破败的、漏洞百出的身体,他咬着牙度过一次又一次的险境,又活了整整二十一年,恐怕这只能理解为:他强迫自己活着,他命令自己活着,不然他对不起上天的恩赐,他要看着他的小天使长大,长高,长成一个挺拔的男人。

可是爷爷到死都不知道,这个定价八十五块钱的小天使不只是上天的馈赠,这里面,还有我奶奶的份儿。

"三叔,"我觉得指尖发麻,忍受着越来越重的窒息的感觉,我问他,"那个女孩,那个生下来就死掉的女孩,是我的妹妹吧?她有没有名字啊?"

"有。"三叔点头,"她叫西扬,飞扬的扬,是你二叔起的。"

"活了三十年。"我嘲笑自己,"我居然不知道家里还有一个名叫郑西扬的人。"

"后来就这样过了十年,"三叔把手臂交叉在胸口,"西决一点点大了,人也聪明,我都觉得我已经忘了他不是你二叔亲生的孩子。可是就有那么一天,我早上去单位上班,随便打开《龙城日报》,看见上面有个寻人启事,说寻找1981年8月2日中午11点在龙城人民医院产房门口那一家人,还特别描述了一个老太太和她的三个儿子。这个广告很怪,我的同事们还都在议论。可是我当时心里就慌了,我知道这个登广告的人一定是西决的亲生父母,我就出去给你爸还有你二叔他们打了电话,你爸说我们晚上聚在一起商量对策——可是就在那天下午,你二叔就走了——心脏病,我们都不知道,他那时候那么年轻怎么会有心脏病,你爸爸说,一定是长年累月地提心吊胆,熬出来的。谁知道?"三叔端起杯子,喝干了有些冷掉的滇红,"剩下的事情你就知道了,先是你二叔,然后是你二婶,再然后西决变成了我的孩子。那个时候家里发生那么大的事情,我们也就没有心思再管那则寻人启事了,后来,那则启事不再见报了,也没再有别的动静,一晃,这么多年又过去了。"

"三叔,"我舔了一下干裂的嘴唇,"真了不起,这么大的事情,这些年你每天看着西决在你眼前晃来晃去,你居然吃得下睡得着,你厉害。"

"我习惯了。"他长长地叹息,"我原来以为只要我活一天,我就守一天这个秘密。后来有一天我才发现,除了我以外,知道这个秘密的人,都不在了。现在我不知道我自己——所以我想还是应该有一个人知道这件事,要是我的身体没有问题,我说过了你就当我今天没来。万一我真的……若是西决的亲生父母有一天找来了,我说万一,家里至少有个人明白发生了什么——你奶奶说过的,他们当初一定也有不得已的地方,我本来想告诉你三婶,可是她那个人什么事儿都要挂在脸上,你不同,你更有主意,更会决断,等我什么都看不见了的时候,一切都由你来决定,告诉不告诉你三婶,让不让西决本人知道,万一有人来找他要怎么应付,都是你的事,我眼不见心不烦。"他沉吟了片刻,"还有,无论如何,你也好,西决也好,帮我撑一撑我那个公司,至少撑到南音真正可以独立为止……东霓,我把这个家交给你了。"

知道秘密的人终究会死,可是三叔决定让秘密活下去,于是,他选择了我。

"我还以为……"僵硬的微笑让我的脸颊感到一点儿怪异的痒,"我一直以为,我不是这个家的孩子——但是,但是,居然是西决,开什么玩笑啊?"

"那都是你爸爸乱说。"三叔毋庸置疑地挥了一下手臂,"他没事儿找事儿,他需要个借口整你妈妈——你怎么可能不是这个家的孩子?!你不知道,你小的时候长得和你姑姑一模一样,是,你们有个姑姑,是我的妹妹,你小叔的姐姐,可惜她只活了八岁……我是想说,直到八岁,你都特别特别像她,你是大了以后才越来越像你妈妈——所以那些乱七八糟的说法我从来都没有相信过。东霓,孩子哭了……"

我如梦初醒地跳起来。觉得脑子里异常地清醒,清醒到周遭的所有事物都在不动声色地发出一种微小的震动的声音。"三叔,"走到卧房的门口我突然回过头,"你这么相信我,那我也有件事情想要告诉你。"我费力地笑笑,"不过我现在不说。我要等你的身体没问题了再告诉你,不管是确诊没事,还是手术以后,反正三叔,你记得,你得加油,医生要你怎么治你都要听话——你还没有听我的故事呢。"没有来得及看到他脸上的表情,我就转过身去,用最后一点儿力气和精神撑着自己讲完一句正常的话,"不早了,三叔我送你回家吧,然后我就要去店里了。"跟着我走到房间里,把门关在身后,我知道自己的身体像一根崩断了的弦,还知道自己泪如雨下。

你傻不傻,西决?蠢货,西决。谢谢你,西决,谢谢。

第十一章 美美

那几天我只要醒着,就在店里。从开张,到打烊——有时候我把郑成功也带来,因为三叔马上就要做手术了,只有打开他的胃,医生才能判断那片阴影究竟是否凶险,所以这种时候我不想再让三婶为了我的事情操心了。我可以把他的学步车固定在吧台后面的一角——反正他也学不会走路,最多只是勉强站立一下而已,给他一个玩意儿,有时候是赠送给顾客的钥匙链,有时候是一个空了的放糖的小铁盒,他都能津津有味地玩儿上好半天。我坐在高脚凳上面静静地俯视他,总会突然觉得他是一株隐藏在灯光森林里的小蘑菇,完全看不见吧台的城墙后面那些晃动着的脸,客人们的笑声或者低语对他而言不过是刮过头顶的风。

我知道茜茜她们这两天很不舒服,我从早到晚都在那里戳着,让她们不好溜号,其实她们多虑了,因为我绝大部分的时间都在发呆,神志根本就是涣散的。我只是想尽量减少去三叔家的次数,我不想看见西决。但事情总是这样的,怕什么就来什么。有天夜里,他一个人来了,隔着吧台,郑成功非常热情地从学步车里抬起头,在收银机器的响声里对舅舅一笑。"别带他来这种地方，空气不好。"西决说，"我可以每天到你那里去看着他，直到你回家。""谢了。"我故作轻松地说，"雪碧也慢慢大了，大晚上的总是和你这个岁数的男人同处一室不大好……""乱讲些什么！"他抬高了一点儿音量，"就这么定了。明天晚饭以后我就到你家去。"他语气里真的有了点儿恼怒，于是我便不再作声了，我本来想明知故问："每天晚上到我那里去，你不去见江薏吗？"——但终究还是咽回去了。那是一种很奇妙的压力，听三叔说了那件事情以后，我常常会突然觉得，我没有了像过去那样肆无忌惮地嘲弄他的权利。更过分的是，我不再嘲笑这个眼下变得很怕他的自己——似乎这怕是理所应当的。

我知道他和江薏正在冷战中。不用从他嘴里套细节了，反正每天凌晨江薏都会打来电话告诉我。她总是很急切地问："东霓，他今天有没有跟你说什么？他真的什么也没说？"我当然不会告诉她，西决来这里跟我要酒。我给了他一个瓶子和一个杯子，跟他说："想喝多少，就喝多少。"他喝完一杯以后，突然对我笑了，他说："今天是我生日。我二十七了。"

"该死。"我用拳头砸了一下脑袋，"三婶这两天是因为三叔的病，心里太乱才会忘记的，不然她早就要张罗着做长寿面……"我很心虚地替三婶解释，其实也是替我自己解释。"我知道。"他淡淡地笑笑。可能因为我不敢抬起头仔细看他的脸，一时间没有注意他喝了多少杯。

"其实——"我犹豫着，选择着措辞，"你跟江薏一起去北京挺好的。她碰上的是个很不容易的机会，你也……多替她想想。别太担心三叔的事儿，我都想好了，要是三叔真的是癌症，我就给雪碧在中学办寄宿，然后带着郑成功住在三婶这里，总是能帮很多忙的，你不用再想那么多了。"

他默不作声,又是浅浅地笑了一下,似乎是笑给玻璃杯上自己那个夸张的影子看。

"你不要总觉得自己一个人扛着就什么问题都能解决。"我轻轻叹气,"需要什么你得直截了当地说。"

"我不愿意离开你们,也不愿意离开现在的学校和学生们。"他没有表情。

"我要是江薏的话,听见你这么说也会寒心的。"我下意识地滑动着鼠标,让 excel 里面的账目一行行没心没肺地从我眼前滑过去,"她现在有那么好的一个机会,你的意思是要和你结婚就一定得放弃吗?这有点儿自私吧?"

"我没有叫她放弃!你别听她的一面之词。"他烦躁地仰起头,冲我瞪眼睛,其实在我面前,他很少这么——这么像一个"弟弟"。

"那你到底是什么态度呢?"我简直要被他这副恼火的样子逗笑了。

"我让她先自己一个人去。"他又给自己倒了满满一杯,"婚礼的事儿暂时缓缓,但是我没说分手,走一步看一步吧。"——"走一步看一步"是他的口头禅。

"西决,"其实我想说"该死"或者"白痴啊你",但是我忍住了,"这不是解决问题的办法——这岂不是等于告诉她,你打算就这么拖着拖着,直到最后拖不下去了无疾而终吗?你要是真的不愿意离开家离开龙城,长痛不如短痛,跟她说清楚,散了就好了。"

他对我奇怪地笑了一下:"我舍不得她。"然后我发现他面前的瓶子已经喝掉了五分之四,更糟糕的是,我发现我刚给他的那瓶不是啤酒,是烈性酒。可是现在来不及了,我知道,当他脸上开始露出这样的笑容时,他就醉了。小的时候他常常对我这么笑,比如说当他拿到了一件很喜欢的玩具,他的笑容就总是又幸福又有些不敢相信这是真的——童年时我看到他这样的笑容就很火大,我就总是在他这样笑着的时候过去狠狠地掐他一把,或者把他推倒,他就那样专注地看着我,眼睛里盛满了困惑,明明眼里已经没有笑意了,但是脸上还维持着笑容,似乎是一时间不能相信在他自己这么快乐的时候,扑面而来的却是恶意。

西决的性情终究是沉静的,就连醉了,都醉得不聒噪。他只是比较容易笑。似乎我说什么他都开心。突然之间,他看着我,很认真地看着我的眼睛,微笑着低声说:"姐,我就是想找到一个女人,把我看得比什么都重要,为了我什么都愿意做。这是不可能的吧?唯一的一个为了我什么都可以做的女人,应该是我妈,要是我妈也做不到的话,就别痴心妄想,别再把希望寄托在任何人身上了,对不对?可是我就是想去找,就是觉得万一这个不可能存在的人就是让我碰上了呢,我管不住自己,姐,你说怎么才能彻底断了这个念头?"然后他身子一歪,脸颊直直地贴在冰凉的桌面上,睡着了。我惊讶地轻轻摸了摸他的额头、他的鬓角,我的手指就像这柔软的灯光一样,缓慢地、小心翼翼地蔓延过了他的耳朵,他的耳郭还是软软的,和小时候一样。那个时候奶奶总是开玩笑说,耳郭这么软的男孩子长大了会怕老婆。他就很恼怒地在大家的笑声中对所有人摆出威胁的表情,以为他细嫩的小牙齿咬紧了,人家就会怕他。

小的时候有段时间我常常欺负他。我很认真地恨过他一阵子。因为在我上小学之前,我住在奶奶家——那是我童年里最快乐的一段时光。可是后来,在西决两三岁的时候,二婶得了急性肝炎还是什么病,爷爷就一定要西决跟他们住在一起,怕小孩子被传染,奶奶没有精力照顾我们俩,可是又没法逆了爷爷的意思——结局当然是我被送回了我父母的身边,回到我自己的家过那种任何一样家具器物随时随地都有可能在我眼前粉碎的日子。那时候我小,我不懂得恨爷爷,只知道恨西决。我有很多办法欺负他,当然是在大人们看不见的时候。比如我偷偷撕掉他心爱的小画书,然后告诉奶奶是他自己撕的;比如经常在烦躁的时候没来由地骂他是"猪"——在那个年龄他无论如何也反抗不了另一个比他长三岁的孩子,但问题是他根本就没想过要反抗,他总是一转眼就忘记了,然后重新笑着跟在我身后,像向日葵那样仰着小脸儿,一遍又一遍地叫我"美美姐姐"——那时候我们不是东霓和西决,我们是美美和毛毛。

美美一个人在院子里跳橡皮筋,那是某个童年时代的下午,美美的影子投在地上,被明亮的阳光拉得和大人一样长。然后她就看见毛毛乖乖地站在树下的阴影里面望着她,她就招手叫他过来帮忙架皮筋,一端绑在树上,另一端套在他的腰上,毛毛非常严肃地立正站好,两只小手伸得展展地贴在腿上,认真得就好像那是个仪式,美美背对着他开始跳了,一边跳一边念着古怪的歌谣,突然一转身,发现毛毛居然像个没生命的雕像一样矗立着,连眼睛都不敢眨,不知为什么他这种没有表情的表情彻底地惹怒了美美。美美停下来冲他嚷:"笨蛋,都告诉你了不要乱动,你怎么不听话呢?"毛毛不说话,他只是用力地挺直了脊背,挺得连小肚子都凸了出来,紧紧地抿了抿小嘴。美美转过身子又念了几句歌谣:"小皮球,香蕉梨,马兰开花二十一……"跟着她又停了下来,转过身子径直走到毛毛跟前,"死猪,我叫你不要动不要晃,你个笨蛋!"还嫌不解气,她伸出小手使劲揪了一下毛毛的头发。毛毛的身躯跟着她的胳膊狠狠地晃了一下,毛毛含着眼泪,依然挺直了腰板:"我没有动。"他的声音很小,但是很勇敢。美美愣了一下,她恨毛毛这样倔强地说"没有",她恨毛毛为什么总是如此听话地忍受她，她恨毛毛那么笨拙地站直，连大气也不敢出地帮她架皮筋，她也恨毛毛到了这个时候还不会说一句："我不要和你玩儿了。"——其实这种复杂的恨意一直持续了很多年，直到今日，三十岁的美美仍然不能明白这到底是怎么回事。美美只是觉得小小的胸膛快要憋闷到爆炸了，她必须做点儿什么。于是她冲回了屋子里去，再冲了出来。她不再理会毛毛，她开始用力地跳出那些在毛毛眼里很繁复的花样，或许太用力了些，皮筋很剧烈地晃动着，柔弱无骨，就像狂风下面的柳条。就在这个时候，她猝不及防地从口袋里拿出一把小剪刀——她刚才跑回屋里为的就是这个，她一边跑到树底下，痛快地给了橡皮筋一剪子，一边胜利地喊着："都告诉你了不要动！"可是这声音无比欢喜，像是在炫耀。

橡皮筋在断裂的那一瞬间活了过来，似乎因为这突如其来的断裂，终于可以释放出它深藏着的暴戾的魂魄。它呼啸着逃离了树干，几乎飞了起来，所有的柔软都变成了杀气，全体扑向了毛毛，一阵清脆的响声，橡皮筋像是在毛毛的身体上爆炸了，它终于元气散尽，重新变成柔若无骨的一摊，堆积在毛毛的脚下。毛毛的身上多出来了一道道鲜红的印记，从鼻梁，到下巴，再到锁骨下面，手背上似乎也有。他们都吓呆了。他们凝望着彼此的时候美美没有忘记把小剪刀悄悄地塞进口袋。毛毛放声大哭的时候美美也跟着哭了，她也没想到会是这样的，她一边哭，一边喊："我告诉你不要动吧，我告诉你不要晃——你看皮筋断了吧，现在好了吧——"她看到奶奶闻声而来的时候哭得更惨了，张开双臂朝奶奶跑过去——还好出来的不是爷爷，"奶奶，奶奶……"她委屈地抽噎，"橡皮筋断了，橡皮筋飞起来啦——"奶奶急急忙忙地把他们俩搂在怀里，仔细地看着毛毛的脸庞，"没事，没事，害怕了是不是？是橡皮筋不结实，不怪姐姐，也不怪毛毛，乖，没有伤着眼睛就好——"一边说，一边用她苍老的手用力地摩挲毛毛的小脑袋。

毛毛哭了一会儿，被奶奶带去房间里抹药了，美美隔着墙能隐约听见毛毛抽鼻子的声音。然后毛毛又摇摇摆摆地走出来。他的鼻头和眼皮都还是红通通的，可是他对美美笑了，他跑上来轻轻抓住美美的手，他说："姐姐。"就好像什么都没有发生过。那时候美美没有拒绝他，她也轻轻地把毛毛的手握在了手心里。其实她知道，不管再怎么讨厌毛毛，她也还是需要他的，她比谁都需要他。

我怎么可能跟江薏解释这些？我怎么可能和任何人说明白这个？

店里的客人只剩下了两三个，郑成功也在小篮子里睡着了。他的小篮子安然地停泊在杯盘狼藉的中央，小小的脸蛋儿像洁净的花瓣。我到后面去拿了一条刚刚洗净烘干的桌布，绕到西决身后，轻轻地盖在他身上。因为他睡着的地方正好对着空调，他露在T恤外面的胳膊真凉呀。我仔细地披着那条桌布，让它把西决的双臂严严实实地包裹在里面。桌布上面还隐隐散着烘干机里带出来的热气。环顾四周，别人都在忙，应该没有人注意我，我飞快地弯下身子，用我胸口轻轻地贴了一下他的脊背，脸颊蹭到了他的头发，有洗发水的气味。"暖和吧？"我在心里轻轻地问。我不是问西决，是问毛毛。

"掌柜的，都这么晚了——"我不知道是不是我的脸色这些天太难看了，这些天店里都没什么人来主动和我讲话。除了他，冷杉。

"都这么晚了，"他怀里抱着满满一纸箱的咖啡豆，"客人也不多了，你不如先回去吧，小家伙都睡着了。"

"那么他怎么办啊？"我看了看伏在那里酣睡的西决。

"这样吧，我帮你把他弄到你车上去，我送你们回去。"他把怀里的箱子放下，轻轻地把西决摇晃了几下，然后在西决的耳边不知说了点儿什么,西决居然很听话地跟着他站起身来。"这就对了。"冷杉难得摆出一副"大人"的语气,"真好,现在往右转,你的酒还没喝完呢,怎么能睡呢? 我这就带你去喝 —— 右边,右边有那么多好酒。"

"真有你的。"我坐在副驾上眺望着远处的路灯,转过脸来看着他的侧面,"怎么想出来的呀?'右边有那么多好酒'。"

"我经常这样哄喝醉了的人上床睡觉。也不是每次都灵,不过总的来说,管用的。"他不看我,自顾自地笑笑。

"男生宿舍里常有喝醉的人吧?"我漫不经心地问,其实没打算让他接话。

"是我妈妈。"他迟疑了一下,还是回答了,我忘了他不大懂得怎么回避不想说的话题,"我是说,经常喝醉的人是我妈妈。"

"没看出来。"我笑,"我还以为你是好人家的孩子呢。"

"她是好人,"他居然很认真,"就是比较喜欢玩儿。我妈一个人把我带大,她也不是不想结婚,可是她总是交不到像样的男朋友,虽然她是我妈,可是 ——"他羞涩地看了看我,不好意思地笑了,"可能我妈在这方面多少有点儿笨吧,人家说什么她都相信,一开心了就要和人家掏心掏肺 —— 吃亏的次数那么多也还是不会变得聪明一点儿,没办法,后来就养成了一个人喝酒的习惯。"车子慢了下来,远处的红灯像只独眼的异兽,不紧不慢地凝望着它拦截下来的成群结队的昆虫。

"你妈妈年轻的时候,很漂亮吧?"我淡淡地问,西决沉重的呼吸声从后座上传了过来。

"哎? 你怎么知道?"他惊愕地看着我。我原本想说"因为人家都说儿子长得像妈妈",可是最终还是没说。

"因为源源不断地结交到坏男人的女人,很多都很漂亮。"

"她现在也很漂亮。"冷杉的手握紧了方向盘,胳膊上的肌肉隐约地凸出来,"我小的时候她特别爱跳舞,带着我跑遍了我们那里大大小小的场子。想邀请她跳舞的人总是得排队轮候。她说我还不到一岁的时候她就带着我去舞场了,那时候我坐都坐不稳,她就拿了一根布条把我绑在舞场的椅子上。就这样跳了好多年,后来她不在监狱上班了,参加了一个什么业余比赛,在我们那里就出了名,后来就成了专职的国标舞的老师,我最喜欢看她跳伦巴。"他说这些的时候和平时的样子不同,脸上并没有微笑,可是语气里有。前面那辆车不知为什么突然减了速,他的眼睛因为集中而闪亮了一下,整个侧影似乎都被那一点点闪亮笼罩了,脸上就自然而然地浮起来一点点恰到好处的淡漠。男人就是聚精会神的时候最好看,也不是男人吧,任何人都是。

"你一定是你妈妈最大的骄傲,对不对?"再这样侧着头盯着他看的话,我的脖子就要扭了,因此我收回了目光,让它像只漫不经心的蜻蜓那样随便停留在什么地方。

"还好吧。"他笑了。

"我羡慕她。"我语气干涩,"你小的时候她很辛苦,可是终究有觉得值得的那一天。可是我呢,郑成功就算长大了,也还是什么都不懂,我永远都不能像你妈妈那样,把他炫耀给别人看。"

"可是他长大以后,会把你这么漂亮能干的妈妈当成骄傲,去和那些正常健康的人炫耀,掌柜的,你说对不对?"

我愣了半晌,百感交集地笑了:"你说得对,冷杉,人要往好的方向看,塞翁失马,焉知非福? 我得向你学习。"

他困惑地扫了我一眼:"你说什么? 那是句成语吗?"

"塞翁失马,焉知非福?"我瞪大眼睛盯着他,"你是说,你的人生里从来没有听过这句话?"

他无辜地摇头:"掌柜的,和我说话你能尽量少说成语吗? 我不大懂这些……当然了，简单的成语我还是知道的，比如……"

"你只能听懂像'兴高采烈'这种难度的成语，别的就不行了对吗？"我尽量按捺着马上就要冲破喉咙的笑。

"可是……"他又被新的问题困扰住了，"'兴高采烈'能算得上是成语吗？"

"怎么不算？"我逗他。

"好像不算的，不是所有四个字的词都能算成语，对吧，掌柜的？不然的话，你妈个×，也是四个字，也是成语了。"

我失控的笑声吵醒了怀里的郑成功，他若有所思地看着我，似乎是在欣赏我的前仰后合。我都没有注意到我家的公寓楼已经缓缓地对着我的脸推了过来，然后，车子就熄火了。

"掌柜的……"安全带松开的声音类似一声关节的脆响，"我能不能问你一个问题？"

"好啊。"我又在四处寻找着手机。

"你会不会介意，你的男朋友比你小？"他转过脸，挺直的鼻梁两旁洒下来一点儿阴影，遮盖住了他的眼神。

"小多少啊？"我的眼睛在别处停顿了一秒钟，慢慢地落在他的脸上。

"比如说，和我一样大。"

三叔一路被推进手术室的时候，我们三个人一直在用力地对他挥手——我、西决还有南音，我们一起挥手的样子就好像三叔是要远行——呸，怎么说这么晦气的话？我的意思是，我们就当这只不过是在火车站或者飞机场而已。三叔的脸上顿时露出一种近似于羞赧的神情，看上去比实际年龄小了好几岁。三婶静静地坐在那里，我凑过去抓住她的手,可是被她挣脱了。我对南音使了个眼色,想要她对三婶说几句安慰的话,可是她看上去似乎是不好意思,一言不发地坐在三婶的另一侧,企图把她的脑袋塞进三婶怀里。

"南音。"三婶的声音软得近乎哀求,"别碰妈妈,让妈妈自己待会儿。"

她的身体已经变成一个敏感易碎的容器。她只能近乎神经质地避免任何意义上的震荡,用来维持一种只有她自己才能体会到的平衡。南音懂事地看着她的脸,慢慢地叹了口气。现如今的南音,越来越会叹气了,逐渐掌握了个中精髓,也不知道是不是好事情。三叔的手术日期定下来的那天晚上,他们才把事情原原本本地告诉了南音。南音非常配合地做出一副真的是刚刚才知道的样子,含着眼泪过去用力地拥抱三叔,娴熟地用她耍赖的语气说:"一定不会有事的,我说不会就不会,真的,爸爸,坏事发生之前我心里都会特别慌,可是这次一点儿感觉都没有,你要相信我的第六感。"

被我们忽略的电视屏幕上,奥运会开幕式的焰火花团锦簇地蒸腾,北京的夜空变成了一只巨大的、尽情开屏的孔雀。

西决和雪碧肩并肩坐在我们对面的另一张长椅上。西决轻轻地说:"三婶,我去医院门口给你买杯豆浆好吗? 你早上什么都没吃。"三婶摇摇头:"算了,吃不下去硬吃的话,会反胃的。"有种细微的战栗隐隐掠过了她的脸,我想那是因为她不小心说出来的"胃"字让她不舒服。苏远智站在离我们不远的一根柱子下面,非常知趣地不靠近我们。我发现,南音时不时丢给他的目光都是长久而又黏稠的。西决转向了雪碧:"饿不饿?"雪碧有点儿不好意思,迟疑了一下,还是用力点了点头。

江薏的短信来了:"我临时要去一下外地,下午回来,手术完了你马上通知我结果。"这样的短信只发给我,却不发给西决——我想他们这几日来的沟通效果如何,一目了然了。手术室的门突然开了,那一刹那我觉得这根本就不真实。西决反应得最快,立刻站起身来迎了上去,"大夫。"那个形色匆匆的大夫轻轻把手举在半空中毋庸置疑地一挥,"手术还没结束,我只是送切片样本出来。"

那两扇手术室的门把三婶的眼神不由分说地揪了起来,即使是它们重新关上了,三婶的眼神却也不曾放下。似乎从她胸腔里面经过的无辜的氧气已经被"惊吓"折磨成了一阵狂暴的风,她的目光变成了孱弱的玻璃,被这狂风冲撞得"哐哐"地响。"东霓,"她不看我,径直问,"孩子呢?"我说:"三婶你放心,陈嫣今天带着他们俩,他和北北。"三婶机械地点点头,其实她只是需要和人说些不相干的话,来试着把整个人放回原处。

手术室上方的灯似乎灭了吧。真该死,它怎么就不像电视剧里面那般醒目呢?连明灭都那么不明显,这怎么能营造出那种宣判生杀予夺的威严啊? 这个时候我看见三叔被推了出来,我迟钝地跟着大家迎了上去,感觉自己呆滞地看着躺在那张带着轮子的床上、双目紧闭的三叔。那个是三叔吗? 看着不像。为什么躺在医院里双目紧闭的人们总是跟我脑袋里的图像不大一样呢? 你是谁? 是你吗? 你又来做什么? 拜托你放过我吧,你离三叔远一点儿……我狠狠地一甩头,却恰好听见医生说:"手术很成功,已经确定了,不是癌症,那个瘤子是良性的,全部切掉了,剩下的事情就是好好调养……"

我最先听见的是南音的欢呼声:"妈妈,妈妈,你看我说什么了,我就说爸爸没事的,我就知道一定没事的!"她忘形地当着全家人的面紧紧地抱住了苏远智,不过此时此刻,没人骂她。然后她跳跃着跟每个人热烈地拥抱,她紧紧地把我们每一个人搂在怀里,一边热烈地自言自语:"太好了,太好了,这下我今天晚上就可以踏踏实实地看奥运会,我可以像平时一样给闺密们打电话,我可以在半夜睡不着的时候高高兴兴地起来泡方便面,我可以和以前一样晚睡晚起,和以前一样在考试前一晚上熬夜啃书,和以前一样想逛街就逛街想买衣服就买衣服,和以前一样跟老公吵架闹脾气,因为我爸爸没事我爸爸不会死!什么都没有变,什么都用不着改变,什么都可以回到原来的样子,谢谢老天爷,我爱老天爷一辈子……"

她饱满的身体猝不及防地撞到了我的怀中,她整个人就像一块磁铁一样,牢牢地把"幸福"这样看不见摸不着的东西吸附在她周围的空气里。"姐姐,姐姐,"她声音颤抖地缠绕着我的脖颈,"我明天请你吃饭,你记着,一定是我来请……"接着她又扑向了西决,"哥,借我钱好不好?我要请所有人吃饭!哥哥我爱你!"

你当然应该感谢老天爷。我不知道我的脸上挂着的是什么样的表情,我甚至忘记了控制自己的脸庞。你当然应该爱你的老天爷一辈子,因为他根本就只属于你一个人。为什么你永远那么幸福?为什么你什么都可以拥有?为什么老天爷都不愿意亲手毁掉一些他给你的什么东西?为什么?为什么所有的惊喜都是你的?为什么你随便打开一个盒子里面都是礼物可是我什么都没有?为什么……该死,直截了当地说出来有什么要紧,为什么你的爸爸就能够虚惊一场转危为安?为什么你就连人世间最庸常的生离死别都躲得过?

郑东霓你一定是疯了。

我缓缓地坐了下来,脊背贴着墙壁的时候才感觉到那些争先恐后的冷汗。我抓起雪碧放在那里的纯净水的瓶子,拧开,贪婪地喝下去,似乎一饮而尽变成了我人生必须终结的任务。"你哪里不舒服?"西决走过来抓住了我的肩膀。"没有。"我勉强地对他笑,"可能是刚才太紧张,一下子松懈下来,有点儿晕。""那我先送你回家好了。""不要,哪有那么娇气啊?"我烦躁地甩开他的手,"我不要你管我。"

走廊的尽头小叔满头大汗地跑过来,正好撞上了这个欢腾的场面,一边跑一边擦汗:"对不起对不起,今天真怪,出租车那么难叫,就没有一辆是空的⋯⋯"三婶大声地说:"早就叫你去考驾照,你就是不听,活该!"她的那句"活该"讲得中气十足抑扬顿挫,把所有的欣喜跟紧张都放在里面了。"不是啊。"小叔重重地坐下来,椅子甚至微微颤了一下,"我们家那条街没事的,我不是要到老城区钢厂那里去接大嫂吗——从大嫂家里出来以后死活叫不到一辆车,真是急死我了。"

他说什么?

我妈慢慢地出现在众人的视线里,她不像小叔那样跑,走得不紧不慢,气色看上去几乎是红光满面的。不过身上穿的那件碎花衬衣不知道是从哪个废品收购站里捡来的——丢死人了,给她的钱都用到什么地方去了?非常巧的是,她就在这个时候从鼻子里"哼"了一声,看看我,说:"你为什么老是要这样打扮呢?端庄点儿多好,三十岁的人了,不能总看着像只野狐狸。"我腾地站了起来,不,不是想和她吵,没那个力气,我只是想离她远点儿,当她在我身边坐下的时候胳膊蹭到了我的,那种皮肤的接触让我的脊背上汗毛直竖。

"他没事,没事。"三婶温润地对我妈笑,"大热的天,还让你跑一趟。"

"我就知道应该没事。"我妈胸有成竹,"他是好人,好人会有好报的。"

真有见地,我同意,和三叔比起来你的老公的确该死。她猝不及防地拽了一下我的衣角,也跟着我站了起来。三婶他们都起身往病房那里走,在大家三三两两地从我们眼前经过的时候,她凑到我的耳边,低声说:"我刚才看到你爸了。你没看见吗? 刚开始在手术室那两扇门旁边,现在他到了楼梯的拐角 —— 他担心你三叔。"

我厌恶地侧过脸看着她日渐混浊的瞳孔:"你出门的时候刷没刷牙,怎么一股大蒜味儿?"然后我朝着走廊的尽头,逃命似的跑。

当你迅速地移动的时候,楼梯的台阶就变成了一沓魔术师手里伸缩自如的扑克牌。每一级台阶都越来越薄了,薄得你几乎忽略了它们的存在。我竭尽全力地跑,我知道自己可以搭电梯,可是那部电梯太不怀好意了,我按了无数下,都快要把那个倒着的三角形按碎了,它就是停留在"11"这个数字上,拒绝往下挪 —— 所以我还是跑吧。真见鬼,是因为天气太热了吗? 我没做梦,为什么那种窒息的感觉又上来了? 我一路飞奔的时候不知道撞到了多少人,有人在我身后骂我:"有鬼追着你吗?"真的有,你信不信?

终于挨过了那些无穷无尽就像咒语一样的台阶。大厅里的人熙熙攘攘,都长得那么丑,都是一脸完全不在乎自己很丑的漠然的表情。阳光明晃晃地穿越了巨大的玻璃天窗,再无所顾忌地泼洒到每个人的脚底下。水磨石的地板泛着光 —— 都是太阳泼下来的吧? 踩上去好像很烫。有一股力量就在这个时候牵住了我的手臂:"掌柜的,你要去哪儿?"

他不停地摇晃着我,我的身体终于不再像个氢气球那样跃跃欲试地想要飞起来,地面终于变回了平时的地面,不再是那片无数险恶的陌生人的倒影组成的沼泽地,我也终于重新感觉到了自己的双脚牢牢地被地面吸在那里。冷杉的眼神焦灼地撞到了我的胸口上,这可怜的孩子不知道该说什么好,他只是一遍又一遍地问我:"掌柜的,你到底怎么了?"

后来我们来到了病房大楼外面的花坛,我坐在大理石拼贴的花坛边上，出神地盯着自己脚下的影子："你是不是不舒服？"他蹲下身子看着我的脸，他牛仔裤上两个磨白的膝盖就要碰到我的了。我轻轻地摇头："没有，可能是太热了，刚才有点儿晕，现在好了。你为什么会在这儿？"他的手犹豫了片刻，还是放在了自己的膝头："我、我来等你。""等我做什么？"我有气无力地笑笑。"我听茜茜她们说的，她们说你们家有人今天要做手术，她们说你昨天晚上告诉她们了，可是昨天晚上我没有当班，所以不知道。"他注视着我。"你还是没有回答我的问题呀，我是问你来找我做什么？"他像是要宣布什么重大决定那样，说："我也不知道，我就是想看看你。这个医院这么大，我找了好久也找不到，我本来也没抱太大的希望……结果我就真的看见你了。"他的两条手臂在金碧辉煌的夏日的阳光下面，看上去就像是凝固的，饱满得像是要把皮肤撑得裂开来——我小的时候，我爸爸也有这样完美的胳膊。

"笨死了。"我轻轻地拍了拍他的脑袋，板寸头硬硬地戳着我的手心，"不会打我的手机啊？"他笑了："我想过要打，可是我怕你会不高兴。"紧接着他像是害臊一样迅速地站起来跑向了远处，自由得就好像他是置身于一片广袤的原野上，我知道周围有好几个人都在注视他奔跑的背影，过了一会儿他又跑回来了，手上拿着一瓶水，还有一包没拆封的纸巾："给你，掌柜的，天这么热。"我笑着拆开，抽了一张给他："傻瓜——都跑出一头的汗了，也不知道自己拿一张。"他还是那种不好意思的笑容，"不是，掌柜的，我没想到，我一般都是用衣服直接擦的。"

接着他就在我身边坐了下来。这样他似乎就可以顺理成章地不看我的脸。

"掌柜的，"他慢慢地说，"你家里做手术的人，情况是不是，是不是不大好？你脸色这么难看——不过你也别……"

"猜错了。"我笑着打断他,"我们家那个做手术的人很好,没有危险了。"

"噢。"他又灿烂地笑了起来,"那就好。那我们去庆祝好不好?今天晚上我要上班,明天,明天我们去看电影?"

"冷杉。"我仰起脸,认真地看着他,"你那天和我说的话,还是忘了吧。你是一时冲动,我知道的。"我转过脸去,他的呼吸声就在我的耳边起伏着,既然他不作声,那么我只好继续了,"我知道你好,可是其实你只不过是想图新鲜而已——恐怕连你自己都不知道。新鲜劲儿总有过去的一天,可是过去了以后,我们两个人都还是活生生的,到那时候就晚了,就只能做仇人了。你懂吗?男人和女人成了仇人以后很可怕,我不愿意跟你做仇人,你这么可爱,我也没法想象你在我手里学会怎么恨别人。你该去找个合适的女孩子,和你年龄差不多,就像茜茜她们那个岁数……"紧接着我又摇了摇头,"不对,店里的这些女孩子也不适合你,你和她们最终不是一路人,你说不定会害了她们。去学校里找个念书的女孩子吧,对了,就像我家南音这样的,其实要不是因为我们南音现在不自由,我真想撮合你们俩,你们俩站在一起,才是真正的金童玉女呢。冷杉你别不说话,你听得懂我的意思吗?"

他只是用力地摇头,摇了半天,才吐出来一句:"我就是喜欢你,我不喜欢茜茜她们,我也不喜欢你们家南音,这碍着谁了?"

"你怎么不明白?"我忍无可忍,"你真是个小孩子。"

"我不是!"他大声说,他的眼睛真黑,深得像是能把人吸进去。

"你要我说多少次你才能懂呀?"我叹口气,终于说,"你一定要我把最难堪的话说出来吗?那好吧,我配不上你,行不行?"我暗暗地咬紧了牙,然后又嘲笑自己,说真话有那么难堪吗?

"不准你这么说!"他怒冲冲地看着我,然后似乎是不知道该把两只手臂放在什么地方,狠狠地搂住了我,像是和我有仇,快要把我的脊柱弄断了,"我就是觉得你好,你比谁都好,我要和你在一起,要和你们在一起,除了你,还有小雪碧、郑成功和可乐——我就是要做他们三个人的爸爸!"

"冷杉,"我心里弥漫上来一种悲凉,"你妈妈会伤心的。要是她知道你喜欢的是一个和她年轻时候很像的女人,她会伤心的。"

"乱讲!"他的心脏跳得真有力量,就像他的人一样,竭尽全力,不懂得怎么留后路,"我妈妈才不会自己看不起自己,你也不准自己看不起自己,让我抱抱你,我就抱一会儿……"他的声音越来越低了,就在我耳朵边上回响,"第一次看见你的时候我就喜欢你,我也不知道为什么,其实我那天本来是准备去应聘当家教的,然后我就是在路上看见你从那间店里出来,我看到门前贴着一个招聘的牌子,我那时候也不敢确定你就是那里的老板,可是我想,管他呢,不管怎么样我得去和你说说话……我等这一天等了好久了,你什么也不知道。"

我听见一阵由远而近的、孩子们的嬉笑声。越过他的肩膀,我就看见了那三四个孩子——他们的脊椎有病,需要矫正,所以他们每个人都戴着一个巨大的金属矫正器,那矫正器就像个鸟笼一样,笼罩着他们的上半身,从头顶直到腰际。"他们在谈恋爱!"其中一个整个身体都歪斜的小女孩欢呼着,她居然拥有这么完美的声音。然后他们又笑闹着往另一个方向跑远了,套着他们的鸟笼彼此碰撞着,像风铃那样叮叮当当地响。

这世上怎么会有那么多让人不知该说什么好的残缺?可是我面前的这个人,我怀里的这个人,他那么美。我闭上了眼睛,管他呢,可能,可能老天爷是看见南音已经拥有太多的礼物了,所以情急之下,就把一个原本要送给南音的礼物丢给了我,是天意吧,一定是的。

第十二章 男孩遇见野玫瑰

三叔出院的那天，天气好得很。立秋之后，龙城的傍晚就总是凉爽，凉爽得让人觉得这个城市是自己厌倦了夏天，所以抗了老天爷的旨，自顾自地在每一个傍晚径直往前走，走到了秋天的领地里面，不理会那种越前进周遭就越寂静的荒凉。可是到了正午，又突然间胆怯了，急匆匆地把气温飙到一个令人费解的高度上，心虚地往每一条大道上浪费地泼着明晃晃的阳光，像是自己又后悔了，要弥补昨晚犯下的错。

我把车从停车场开出来，停在医院外面，就在这时冷杉的电话打了进来："做什么？我三叔他们马上就要出来了，我不能跟你讲太久。"我知道我和他说话的时候，语调不由自主地变得很轻。"没什么，我这就挂。"他笑笑，还是那副很傻气的样子，含糊不清地说，"我就是想你了。""是不是刚睡醒啊？"我含着笑，"小猪。""我凌晨五点才回来，刚睡下去没多久，就梦见你了。""你昨晚上干什么去了？"我不动声色。"我在实验室……"他还是心无城府的样子，"有个数据不对头，我们导师昨天发脾气了，说：'结果出不来你们就把奖学金通通交回来。'""真的？""真的，我们那个导师是出了名的变态。""可是现在不是在放暑假吗？""给导师干活儿哪有什么寒暑假呀，亲爱的——"对的，我想起来，方靖晖那个时候也是这样，常常得搭上假期给导师的论文做苦力，回家以后连诅咒导师的语气都如出一辙。"喂，你们导师手底下，有漂亮的女生吗？"我一边在心里骂自己，一边还是问了。"没有。"他斩钉截铁，"都是些歪瓜裂枣，走到马路上嫌污染环境。"听到我笑了，他又打了个长长的哈欠，"困死了，睡一觉起来还得去店里呢，我能不能辞职啊？我现在去店里上班她们都笑我，我不好意思……""不准。"我打断他，"对了，你们宿舍没有空调，可怜的，这么热的天。不然你就去我那里睡。""算了，我……"他坏坏地笑，"我想晚上过去。""还是再说吧。雪碧那孩子从她外婆那儿回来了，这个小家伙鬼得很。"这个时候我看见了三叔他们的身影，有一个骑着自行车的小男孩很莽撞地从角落里冲出来，直直地冲着南音过去了，三叔非常敏捷地一错身，把南音挡在了自己身后，那个小男孩慌乱地跳下来，自行车倒在地上，隔着车窗，我听不见响声。不错呢，三叔看上去恢复得真好。

但是三婶却奋勇地扑了过去，那架势真的是把我吓了一跳，我从没见过三婶在大庭广众之下有这种反应，脸都红了，上去就要揪人家小男孩的衣领，硬是被西决从中间挡开了。我见状赶紧按响了喇叭，南音拽着三婶的胳膊，把她往车的方向带。最近不知道为什么，一向温婉的三婶变成了一只母老虎——在医院里的时候，总是为了很小的事情和三叔、南音甚至是小叔发飙，比如汤的温度不够，比如三叔没按照她的要求马上睡觉而是在看报纸……就连西决都不能幸免，有一次因为手机关了没接到她的电话而挨了一顿暴风骤雨。南音有一次困惑地对我说："妈妈是不是到更年期了？"可奇怪的是，她从没有这样对我，和我说话还是一如既往地柔声细气，可能是因为她从心里没有把我看成是和西决、南音一样的孩子吧，想到这里我暗暗地叹了口气。

大家上车的时候，三婶脸上的怒气还是没有消退，三叔神色尴尬地笑道："你看你，至于吗？人家也不过是个十二三岁的孩子，吓着人家……"三婶大声地说："小孩子就不应该骑着自行车满大街乱跑，出了事情算谁的？也不知道是什么父母，对自己家孩子不负责任，连点儿社会公德都没有！""这不是没出什么事儿吗？"三叔继续赔笑，"你看南音好好的，别那么大惊小怪的。""你脑子有问题啊！"三婶的音量猛然提升了好几个八度，我清楚地看见身边的西决正在扣安全带的手被震得颤了一下，"我是担心南音吗？你自己心里有没有点儿数啊？人家谁都像你一样肚子上有个还没拆线的伤口吗？谁都像你一样有个打开过再关上的胃吗？还硬要往那个自行车上凑，你还有那个本事吗？撞到了怎么办？伤口又裂开了怎么办？你真以为这只是你自己一个人的事儿啊？我求你了，你长点儿脑子行不行？"一阵短暂的沉寂中，南音困惑地接了话："妈妈，你不讲道理。"可是那寂静还在持续着，三婶似乎没有要把苗头转向南音的意思，我诧异地转过头去看后座，发现三婶在发呆，紧跟着，转过身来抱紧了三叔的胳膊，把脸死死地贴在他肩膀上，压抑的呜咽的声音断断续续地传出来，三婶低声地、用力地说："你把我吓死了，你知道吗？你把我吓死了。"

南音迟疑地咬了咬大拇指，然后果断地把脸转到车窗外面，视线和我撞上了以后，我们悄悄地相视窃笑。三叔神色更加尴尬地低下了头，轻轻拍着三婶的手背，悄声说："你这是干什么？别吓着孩子们。""三叔，"看着西决一直在前座默不作声，打圆场的人非得是我了，"你说你这次化险为夷，是不是该破点儿财请我们大家吃饭啊，等你伤口拆了线好不好？"我笑道。"好，当然，应该的。"三叔几乎是感激地看了我一眼，随即对南音说，"到时候你把苏远智也叫来。"三婶抬起了头，抹了一把眼泪，果断地说："不准叫他。看见他我就心烦。"

"好。"三叔夸张地说，"不叫他，不叫。"一边说，一边暗暗地给南音递眼色。

我转过头去，为了避免碰触到三叔的眼睛。我遵守了诺言，在几天前告诉了他我那个时候不去念大学的原因。三叔愣了半晌，脸上露出艰难忍受什么的表情，当时我后悔了，我想万一伤口上新缝的线裂开了可怎么办才好，正在这个时候三叔伸出手，对着我的脑袋重重地一拍。"三叔，你慢着点儿。"我笑道。他又从另外一个侧面给了我的脑袋一下："不怪你，东霓，要怪就得怪你的爸妈……"言语间，他脸上浮起一种悠远的哀伤，像是在尽力眺望着什么人渐行渐远的背影。

从上车，到现在，西决没说过一句话。他最近就是这么沉默寡言。有一天三婶跟我说，她觉得西决脸上的某些表情越来越酷似我死去的二叔。我嘴里答应着，心里暗暗地笑。江薏下周就要起程，这就是西决变得如此安静的原因。和他独处的时候，我也不知道该说什么好，所以只能陪着他沉默。我从墨镜下面偷眼看看他，他专注地望着挂在前反镜上的中国结，不知在想什么。"喂。"我悄声道，"过几天江薏要走，你去不去送？"——想来想去，也只有这个问题看来普通，其实有陷阱。果然，话一出口，后座上那三个人顿时安静了。

"去送。"他没有表情，"为什么不去？"

还是老样子。我在心里轻轻地冷笑。就连一句"你滚蛋吧"都说不出来。"她这次走了，"南音在后面清脆地说，"是不是就不会再回来啦？""可是，"三婶有些不满，"我听陈妈说过，是她自己很主动地要和我们西决结婚的。怎么一转眼又要去北京了？为了前程也真是舍得，现在的女孩子为什么就不重感情呢……"三叔无可奈何地打断她，"你就别跟着嚼舌头了，不管怎么说这次我住院人家江薏也跑前跑后帮了不少的忙。"三婶不为所动，"那不一样。一码归一码。"紧接着她又像是自言自语那样神往地憧憬着，"现在你的手术也做完了，接下来我最重要的事情就是托人给西决介绍个女朋友，自己谈恋爱还是不行的，效率太低，我就不信，我们西决什么地方差了？要什么有什么，怎么会找不到满意的——"我在前座看不到她的脸，不过我估计她眼光一转看到了南音，于是火气又蹿了上来，"你什么时候能跟人家江薏学学，把工作把前途放在第一位啊？你要真的有江薏的魄力我也就不替你担心了，别人家的孩子现在都操心着考研究生或者找工作，你倒好，除了谈恋爱你还会什么？什么时候你能有点儿出息啊！"——完全忘记了她刚才还指责江薏不重感情。

西决依然是一脸平静地坐在那儿。就好像大家正在谈论的是陌生人。

我在犹豫要不要告诉他，江薏这几天打电话给我的时候，总是哭。其实她并不像三婶说的那么舍得。不过还是不用多嘴了，我想他心里有数。手机又开始惹人厌地聒噪了，看了看来电显示，是方靖晖。我嫌恶地把电话关掉，世界顿时清静得令人惊喜。

其实，我们昨晚通过电话。他还是那副死样子："郑东霓，友情提示一下，四十五天很快就要到了。"

我非常冷静地没有立刻和他恶言相向，因为——因为当时冷杉就坐在外面的客厅里。我不能让他看见那种丢脸的事情。

"就算你现在把小家伙带走，你一个人在海南怎么照顾他？"我慢慢地说，不由自主地压低了声音。

"奇怪，"他说，"今天居然没有一上来就说脏话。"

"我在跟你说正经的。"我叹了口气，"你上次不是说工作很忙吗？你们男人哪儿懂得带孩子需要多少时间和精神啊，不是那么容易的。"这话说得有点儿心虚，因为就算跟着我，郑成功也依然过着乱七八糟的生活。

"东霓，"他笑道，"知道吗？刚才你跟我说话的口气，特别像个真正的妻子。"

"我本来就……"我自己打住了，为了转移这种尴尬，故意不耐烦地说，"说真的，你想过把他接过去以后，要怎么办吗？"

"不劳你费心。我会把他送到我爸妈家里去。他们会好好地照顾小家伙——我爸爸就是医生，你还记得吗？"

"不记得了。"我是故意那么说，其实我记得，他那时候总是很骄傲地告诉我他爸爸怎么用电锯打开人的天灵盖儿。那些过去的日子，我偶尔也还是会怀念的。"但是，"我把电话线紧紧地缠绕在手指上，"郑成功这样的孩子，是很大的负担，你爸爸妈妈真的想好了吗？"

"因为他是我们家的孩子，所以我的父母什么都愿意。"他笑笑，"你偷偷带着他逃跑的时候，我本来正在给我父母办手续，让他们去美国探亲，看看小家伙，也看看你。"

"方靖晖，你到今天都还不明白。"我压低了声音，不可以和他吵，我自己知道我吵架时候的表情有多么狰狞，"这就是我没办法和你生活的原因。你活得太荒唐，你根本不知道别人在想什么。郑成功刚刚出生的时候我每天满脑子都是死，除了死我什么念头都没有，方靖晖你知道那是什么滋味吗？"一阵混浊的热浪顶到了我的喉咙上，我强迫自己把它压下去，"可是你呢，你忙着在所有人面前演戏，忙着扮演乐观的爸爸，在医生面前，在邻居们面前，在社工面前……然后你还要把你爸妈千里迢迢地叫来看你演，你多坚强，多不容易，你多爱孩子，多不在乎他的缺陷，那么我成了什么？我亲耳听见过的，你和那个又肥又有狐臭的社工说：'我妻子现在状态不好，不想跟人讲话，我道歉，不过小天使很好，胃口一直不错，都是我来给他冲奶粉的……'那个社工怕是到现在都觉得你是个美剧里面走下来的伟大的Daddy，可是这让我恶心。我不是你雇来的演员，方靖晖，你愿意自娱自乐我管不着，可是我不陪着你做戏总行吧？"

"我已经尽我所能为你、为你们做到最好了，我不明白你还要什么。"他压制着想要跟我发火的冲动，我听得出来。

"这个孩子是我们的短处，可是这不是我们的错。你为什么就是不能坦然一点儿？为什么你一定要骗自己？为什么你就得要求我和你一样那么卑躬屈膝地活着？"我用力甩了甩头，"不和你吵，没有意思。"

"好，我们不吵，"他做深呼吸，"不吵。我其实只是想跟你说，我下个礼拜会比较空闲，我打算去龙城几天，就算是离了婚我也有权利探视孩子吧？何况现在……"

"或者这样，"我慢慢地说，"我下个礼拜带着他去海南看你。好不好？我去住酒店，先让他试着和你待几天，看他能不能习惯——你总不能一下把他带到那么远的地方去，得给他一点儿时间让他跟你熟悉啊。"

他似乎难以置信："东霓，谢谢你。"

放下他的电话以后，我发了一会儿呆，又拨通了另外一个号码，"喂？Peter哥，还记得我吗，我是东……我是美美。"在新加坡唱歌的时候，我告诉所有人，我叫美美，"就知道你不可能忘了我。我听说你现在做大酒店的大堂经理，厉害哦……我去你那边玩几天，照顾你生意好不好？哎呀，能发什么财呀，开个小店勉强糊口而已，不过偶尔想度个假还是走得起的……别开玩笑啦，我的孩子都过完一周岁生日了……怎么样，我去住，给不给折扣的？谢谢你噢，对呀，老朋友了，两间标准间，不，一间标准间，一间大床房……好好好，我到时候具体跟他联络，你把电话号码发到我手机上好吗……哈哈，等我到了以后请你喝茶，你有空也来龙城玩嘛……"

放下电话的瞬间，听见外面传来冷杉和郑成功的笑声，冷杉不知道在用什么方式逗他，今年夏天，郑成功笑的声音越来越好听了。我总是惊讶于冷杉对小孩子的耐心。他可以和雪碧为了一些无聊的事情聊很久的天，他也可以津津有味地和郑成功玩上两三个小时——起初我以为他是装的，后来觉得，如果真是装的，那未免装得太像了。有一天我看到他的背包里装了一包豆子，我问他这是做什么用的，他煞有介事地说是雪碧拜托他带来的——雪碧认为可乐缺一个睡觉用的枕头，所以她打算自己动手给可乐缝一个。后来我去问雪碧为什么不告诉我，雪碧说："这样的小事，有朋友帮忙就够了，不用告诉大人。"——言外之意，冷杉不算是"大人"。

有的时候我一觉醒来，会发现冷杉俯在我身旁看着我，睡意蒙眬中突然就觉得撞到了什么让我不得不清醒的东西，然后才发现，是他的眼睛。他像个孩子那样仔细地、毫不躲闪地端详着一样让他惊喜的礼物。"看什么看？"我故意这么说，"吓死人了。"他笑了。然后笑着说："你好看。真的好看。""傻不傻。"我把手伸进他的头发里面，暖烘烘的，"该理发了。""我要你给我剪。"他像是挑衅一样用一只手撑着脑袋。"开什么玩笑啊？"我用力地戳他坚硬的头盖骨，"我哪里会剪？"刹那间我想起来我跟他说过一件很久以前的趣事，刚刚到新加坡的时候，那边的理发店很贵，可是我们都还没能拿到头一个月的薪水，我就试着帮另外一个一起唱歌的男孩子剪头发，结果剪得一塌糊涂，他有一段时间只好把整头的头发推光了，抱着把吉他在台上声嘶力竭地唱伍佰的歌——因为那种形象不大适合走柔情路线了，也就是在那段时间他发现了自己还是热爱摇滚。几年以后，在北京，他邀请我去一个酒吧里看他演出，他和我开玩笑说，是我改变了他的人生。

"什么脑子啊？"我轻轻抚摸着冷杉的脸庞，"怎么我说什么你都记得？""你是我的女人，当然要给我剪头发。"他粗鲁的神情就像个学大人说话的孩子。"哎？"我突然想起一件事情，"你过去是不是从来没有女朋友？""有啊，我第一个女朋友是上初中的时候，是她追我。"他得意扬扬。"我的意思是说，她是你第一个女人吗？"他愣了一下，"你是问，我跟她……有没有……就像我和你这样？""对。我就是这个意思。"他又一次成功地逗笑了我。"没有。"他眼睛里掠过一丝羞涩，"你是第一个。""天哪。"我深深地叹气。突然间觉得胸口处那些坚硬的骨头顿时化成了温水，在阳光下面泛着细细的波纹，喂，你们都变成了水谁来保护我的心脏呢？ 管他呢，我一把抱紧了冷杉，这种时候谁还在乎心脏怎么样？ 他灼热的脸庞就在这儿，一起一伏的呼吸细细地牵扯着我身体最深处一个说不清的地方："冷杉，你有没有听说过，在有些地方，要是一个妓女遇上了一个客人是童男，第二天早上，她要反过来给这个男孩子一个红包。因为对于她们来讲，这是最好的彩头。"我亲吻一下他的额头，"我也应该给你一个红包，宝贝儿。"可是他突然就生气了，他扳着我的肩膀，用力地说："不许你那么说，你怎么总是要这样贬低自己呢？"我用指尖慢慢地划着他的鼻梁，"好，不说了。我答应你，给你剪头发。"

这个时候郑成功突然在外面哭了起来，我熟练地走出去把他抱进房间。"火星人怎么了？"冷杉疑惑地凑过来看他。"没事，他饿了。"果然，郑成功一找到他的食物就立刻安静了下来，奋力地吮吸，贪婪得很。"真神奇。"冷杉惊叹着，"他要吃奶吃到什么时候啊？""就要断了。"我说话的声音现在真的轻了很多，"现在他一般都是喝奶粉的，我偶尔才会喂他。""他……"冷杉皱皱眉头，"咱们人类的东西他就一点儿都不能吃？"郑成功突然严肃地转过小脸儿，斜着眼睛瞟了他一眼，似乎在表达不满。"可以的。"我对冷杉说话的方式已经越来越习惯了，"他能吃粥，三婶经常给他做肉粥和菜粥的，蛋也可以吃，有时候我心情好还会给他点儿酸奶和苹果。""噢……真了不起。"他把脸放在和郑成功的脸近乎水平的位置上，眼睛显得异乎寻常地大，"火星人，好不好吃？"他神往地问。然后他仰起脸，语气平淡地问我："能不能让我也尝尝那是什么滋味？ 我已经忘了。"

"神经啊，去死吧你。""为什么不能呀？ 你看上去有那么多，他一个人也吃不了。""滚。""求你了，掌柜的。""你要不要脸啊？""我只是想试试看，能不能想起来那个味道……"

我知道，我是快乐的。

我才不管江薏怎么嘲笑我。

江薏在我这里撞到过冷杉。那是一个绚烂的下午。她走出电梯的时候，刚好在走廊里看见冷杉沿着楼梯，像练习轻功那样迅疾地往下蹿。我给她开门的时候，她难以置信地盯着我的脸，说："完了，刚刚我看见你那个伙计走出来，我还在想说不定他只是来送东西，说不定你们俩还是纯洁的 —— 可是你照照镜子看看你自己吧，一脸的荡妇相……""狗嘴吐不出象牙的家伙。"我回敬她，"我至少没有像你当初那样偷情。""是，"她点头，"你已经进化到养小白脸的阶段了，偷情是你玩儿剩下的。""干吗讲得那么难听？"我是真的很不高兴,不过脸上还是笑着的,"别把别人想得都和你一样龌龊。"她像是受了惊那样跌坐在沙发上,"东霓,我拜托你现实一点儿,他和南音一样大。""不对。"我纠正她,"他比南音大一岁,是南音学校里的学长。""有区别吗?"她托着额头做眩晕状,"东霓你以为你自己还输得起啊? 就算他不是图你手上那点儿钱,也无非就是想图个新鲜,他以前的生活里没见识过你这样的女人,可是你呢?"我站起身来用力地打开了门,"再说,再说你就给我出去!"我冲她喊,"第一,我告诉你,我买了房子开了店以后手上没剩多少钱了,我现在也在很辛苦地讨生活,我没那个闲情逸致去养他。第二,凭什么我就输不起? 输赢是我自己的事儿与你有什么相干? 况且谁输谁赢还不一定呢。第三,他年轻又怎么样? 谁没有年轻过? 就算是他现在想图个新鲜,我陪他玩儿,我自己开心就好我用得着你们这些闲人来替我操心吗?"

她吃惊地看着我,使用着我几个月前也使用过的语气:"不会吧,东霓,你是来真的?"

"你管不着。"我恨恨地说,"先操心你自己吧。你聪明,你不会输,你靠谱,你好不容易弄到手的西决也照样不会为了你放弃任何人任何事。"

她盯着我的眼神骤然间冷了下来。我脸上突然有一点儿烫。因为我说的话似乎是过分了,可是我又拉不下脸来道歉 —— 谁叫她那么讲冷杉? 就在这冷场的几秒钟里,她的电话响了,是西决打来的。我松了口气,西决你又一次救了我。

她拿起手机往阳台上走 —— 在我家里接西决的电话时她习惯性地躲到阳台上去,就好像别人都那么无聊,无论如何都要偷听她说话。可惜她忘了,我今天把阳台和房间之间的那道门敞开了,所以她说话的声音准确无误地传了进来。

"郑成功，乖，我们穿鞋子。"我故意夸张了自己的声音，显示我在忙别的事没有听她讲话，可是有一只鞋不在它平时待的地方，却是被扔在了沙发后面的缝隙里，"一定是你干的！去死吧你！"我一面说，一面重重地在他的小腿上拍了一下。这个厚脸皮的家伙也不哭，哪怕白嫩的小腿上突如其来地多了一道红印子——他显然是早就习惯了，其实我也知道这样不好，但是他总是有办法在一秒钟之内耗掉我所有的耐心。江蕙的声音已经开始隐约地发颤："还有什么可说的？你承认你自私就对了。"这句话冲到我耳朵里的时候我正在以一个尴尬的姿势把手伸到沙发和墙角之间那个艰难的缝隙里面，用我活动不自如的手指尖去够他的鞋。够不着，我得再试试看，换个姿势，看看我的手臂能不能伸得更长，郑成功坐在学步车里欣赏着我的狼狈相，欢乐得手舞足蹈。江蕙在阳台上爆发的时候，那音量让我心头一颤，但是却必须僵硬地维持着那个尴尬的姿势，郑成功好奇地往外张望着——还好他不会走路。

我就在一连串不间断的舞台剧旁白里拿到了郑成功的鞋子。

"那么你的意思是说，我就该为了你放弃一个这辈子可能不会再有第二回的机会？我跟你说过一百次我已经快要二十八岁，我如果还是不能换一份更有前途的工作，下一次的机会就不知道要等到什么时候了！你到底要我怎么说你才能明白啊？什么叫虚荣？你是不是不知道这个世界上有很多人不像你一样，不像你那么得过且过地活着，不像你那么心甘情愿地在二十几岁的时候就看到八十岁什么样？我只不过是想要更好的生活，这有错吗？"

郑成功开始挥动着小手做出不耐烦的样子。我也摆出了一副很凶的表情用来警告他保持安静——以免扰了江蕙吵架的兴致。可是没有用，所以我只好把那只鞋子对着学步车的方向扔了过去。他灿烂地笑了。然后不慌不忙地抓起那只正好掉在他面前那只小篮子里的鞋,朝着我扔了回来,只可惜臂力不够,鞋还是掉落在了我和他中间的地板上。

"好啊,你现在学会和我对着干了!"我站起来走上去,想要拧他的耳朵。这个时候江薏哭的声音猝不及防地传进来。我压低了嗓门儿吓唬他,"听,这个妖怪的声音多可怕,她现在心情不好,会吃人的。尤其是要吃乱扔鞋子的小孩儿。"我煞有介事的语气好像真的吓着了他。虽然他不明白我的意思,但他好像是感觉到了我在说一件很严肃的事情。于是他也皱了皱眉头,做出一副很严肃的表情。

"还有什么意思?这种时候还说什么走一步看一步?不觉得太虚伪了吗?从此以后各走各的路就好了。"她狠狠地抽泣,听上去像是吃东西噎着了,"我真的以为我们可以结婚的,我真的以为我们可以过很快乐的生活的,真没想到你那么自私,你自己没勇气改变自己的生活,也不许别人改变;你自己没志气还不许别人有,我以前还觉得东霓说你的那些话太刻薄,现在看来真的是一点儿都没说错。你就一辈子缩在你的蜗牛壳里算了,我倒也想看看你什么时候碰上一只和你一样的蜗牛愿意和你百年好合,我祝你们幸福!"

她摔掉了手机,片刻的静默中,我悄悄地走到阳台上去,看到她像个海洋生物那样蜷缩成一团,剧烈地抖动着。我承认,有的时候看到她在西决那里受了委屈的样子,我会幸灾乐祸。可是这一次,真心地,我把手掌覆盖在了她的肩膀上。

"来。起来。乖。不要吓到我们郑成功。"也不知为什么,和冷杉在一起以后,我说话的腔调里总是充满了一种让我自己痛恨的柔软,"我们进屋去,我调冰激凌咖啡给你喝。"我伸手扶住她的肩,想要把她扶起来。可是她突然间像是融化了那样,软绵绵的胳膊立刻缠住了我，然后抱紧我，一边哭，一边像个受了欺负的孩子那样口齿不清地说："东霓，东霓你要真的是我姐姐该多好。我已经没有亲人了……每次都是这样，我以为我找到了一个亲人，可是每次都不是。老天爷待我不公平，东霓……"

"傻瓜，"我搂住她，心里没来由地一阵酸楚，"谁还不是到头来只有自己？亲人那种东西，有时候有还不如没有。听我的话，什么也别想了，没有牵挂也好，开开心心地去北京，你就这么想，在北京优质的男人一抓一大把，随便你挑。哎，对了，你要去的那个杂志不是很高档的那种吗？一定有很多采访名流之类的机会，到时候你说不定还能钓一个大金龟呢，那个时候我可就羡慕死了，你也会庆幸自己没选西决，凡事都要往好的方向看啊。"

"得了吧你。"她抬起头，含着泪鄙视我，"除了钱你还在乎什么？"

"小姐，你不在乎钱，你哭着喊着要去北京做什么？"我瞪大了眼睛。

"工作就全是为了钱吗？"

"难道不是吗？不然为什么？"我大惊失色。

"我……"她像是害羞那样把脸贴在我的衣袖上，"我也不知道，我就是想——我想去北京其实是希望……希望我能变得更好，希望自己这个人能变得更好，我说不清，东霓你明白吗？"

我没有回答她。我明白。那个时候我疯了一样地想去新加坡，我不要命地一天唱八九个小时，我怀着一种上刑场的心情对所有给我小费的客人竭尽全力地微笑——不全是为了钱的，我以为我自己终究可以变成另一个人，变成另一个比"郑东霓"更美好的人。但是，那没用。真的没用。可我不想跟江薏说这个，我相信在不久的将来，她会明白。

"喂，"我拍了拍她的背，"你不是下周才动身吗？这几天你还要去报社上班吗？"

"从上周起我就不去了。"她有气无力地说。

"愿不愿意去散散心？在去北京之前？"我像是刚刚想起来那样，兴奋异常地说，"和我一起去海南好不好？我要带着小家伙去见见他爸爸，我们顺便也能在那里玩几天……"

"不要。我哪儿都不想去。"她背靠着墙壁，眼睛不知道在看哪里。

"去嘛——我再不让小家伙去和方靖晖待几天，他该去法院告我剥夺他的探视权了。我现在和他在一起，要多尴尬有多尴尬，正愁没有人陪陪我呢，你也去多好啊，让小家伙和他爸爸在一起，我们两个去玩。就算是你做做好事帮我一个忙嘛……大不了……"我咬咬嘴唇，"你的机票和酒店费用全算我的。"

"这可是你说的。"她终于笑了。

第十三章 海棠湾

整块整块的天空砸在了地面上,就粉身碎骨了,再也凝结不起来,也因此,再也回不去那么高的上方,于是就只能融化,只好变成海。时不时地,哭笑一番,弄出来雪白的浪花,勉强代替云彩。但是无论如何,太阳只有一个。所以每天在清晨和黄昏的时候,海都得拼了命地和天空抢太阳。天空权威地认为海是自不量力的,海骄傲地认为天空是不解风情的,它们把太阳撕扯得血迹斑斑。每一次都是天空赢,太阳被它占据着,面无表情地放射着光芒;每一次海都会输,太阳浑身是伤地离开或者沉沦下去,但是总会留给它所有的柔情,以及良辰美景。

我坐在一把巨大的阳伞下面,一边胡思乱想,一边嘲笑自己为何想出来一个如此俗烂的三角恋的情节。其实大自然应该是没有那么多情的,因为它没有欲望。在距离我大约十米远的地方,郑成功端正地坐在沙滩上,肥肥的小腿被沙子盖住了大半。方靖晖趴在他身边,和他一起玩着一个橘色的塑料球。"宝贝儿,来接爸爸的球儿。"郑成功完全不理他,但他依然神采飞扬地轻轻抛起来那个球然后自己接住,纯属自娱自乐。

"喂,"江薏轻轻地伸了个懒腰,"其实我觉得方靖晖挺好的,真不知道你在想什么。"

"是吗?"我有气无力地冷笑,"挺好的,当初你怎么不要?几年后还当成残次品发给了我?"

"是他不要我。"江薏自嘲地笑,"他是我大学里交的第一个男朋友,可是我爸爸很不喜欢他,也不知道为什么——他知道了我爸爸不喜欢他以后,就慢慢地对我淡了。那时候我也是个孩子,总觉得日子还长着呢,以后还有大把更好的男孩子在前面等着……"她摇摇头,舒展了腰肢,脸仰起来,"真好,这里的天蓝得都不像是真的。"

"好什么好,热死人,天蓝又不能当饭吃。"我嘟哝着。

"你这人真煞风景。"她恶狠狠地把一根吸管扎进猕猴桃汁里面,"那些男人也不知道看上你什么,都瞎了眼。"

"老娘有姿色,"我懒洋洋地把墨镜摘下来,"气死你们这些发明出'气质'这个词来骗自己的女人。"

"我不明白你为什么要和方靖晖离婚。"她出神地看着不远处,"他对孩子那么好。人也不错,你到哪里再去找一个像他一样的男人?"

"不想找了,再也不想找了。"我轻轻地说给自己听,"跟男人一起过日子就是在沼泽地里滚。凭他怎么好的男人,到最后都是弄得我一身烂泥……我已经害怕了。"

"再害怕也不至于找冷杉那种角色来糟蹋自己吧。"她窃笑。

"你……"我用力地把墨镜戴回去,"你纯属忌妒——这点上人家陈嫣就比你坦率,陈嫣第一次看见冷杉的时候就跟我说他好看。"

"你没救了。"她把防晒霜拍在脖颈上,"那么一个小家伙就把你弄得头昏脑涨,枉费你修行了这么多年。"然后她停顿了片刻,突然说,

"也不知道陈嫣那个家伙有没有羡慕我们出来玩。"

"也不知道西决现在在做什么,有没有想你。"我干脆利落地把话题转移到了她想要的方向,"不然,我现在打个电话给他?"

"算了,没什么话好和他说。"她面无表情,也不知道是不是被西决潜移默化地影响了,她现在也总是一副看似无动于衷的样子。

"那我问你啊,要是西决现在求你回去,很低声下气的那种,若是他求你不要去北京,留在龙城和他结婚呢?你会动心吗?"

"怎么可能?"她笑得有点儿惨,"让他张嘴求人,还不如要他的命。"

"我是说假设。"我坚持着。这个见鬼的热带,怎么连空气都像烦躁时候的郑成功一样,毫无道理地黏着人?可惜在忍无可忍的时候,我可以狠狠地打郑成功一下让他离我远一点儿,但我打不到空气。

"假设有什么意思?不可能的事情就是不可能的。他什么都不愿意努力争取,只想强迫着别人按他的意思活,哪有那么便宜的事情?"她用力地咬着嘴唇。

不对。我在心里暗暗地回答。你说得不对。不是你想的那样。他不是不愿意争取,他也不是强迫别人——他只不过是害羞,他比谁都害怕被人拒绝,他比谁都害怕看见自己手足无措的样子。他就是这点没出息。宁愿把自己的弱点交给别人去肆无忌惮地利用,还以为自己挺了不起。他已经那么自卑了,你为什么不能对他再好一点儿?就算你放弃他的理由是正当的,你为什么不能对他温柔一点儿?你为什么不能好好地跟他解释说你是不得已?没错,我总是在骂他懦弱骂他没出息——但是那并不代表你也可以这样想他,并不代表你也有权利在我面前表现那种对他的轻蔑。只有我才可以,你,不行。

"你们俩是不是在聊我啊?我都听见了。"方靖晖踩着一双半旧的沙滩鞋跑过来喝水，浑身上下沾满了亮晶晶的沙。

郑成功很听话地坐在不远处沙子堆成的城墙旁边，怡然自得地自己玩儿，在夕阳下，变成了另一个沙雕。

"没你什么事儿。"我笑着戗他，"女人们的私房话跟你没关系，去看着小家伙呀，他一个人坐在那里万一海水涨潮了怎么办呢？"

"拜托——"他们俩异口同声地说，然后面面相觑，接着方靖晖又是那种嘲讽的口吻，"傍晚的时候没有涨潮这回事，只能退潮。郑东霓，我以前说你是文盲是跟你开玩笑的，没想到你真的是。"

江薏率先默契地大笑了起来，一边笑一边嚷："方靖晖，这可是你说的……"

"我只不过是准确翻译出了你的心理活动。"方靖晖斜斜地看着江薏的脸，顺理成章地微笑着接话。

"我叫你们俩狼狈为奸。"我利落地把大半杯冰水对着他们俩泼了过去，其实我心里还是有点儿分寸的，那杯水绝大部分都被方靖晖挡了去，江薏身上只是溅上了一点点，不过她还是非常应景地尖叫："方靖晖你赶紧走吧，离这个女的远点儿——我们俩不过是想安静些说会儿话而已。你招惹她发了疯我们就什么都说不成了。"

"对不起，我忘记了你是被人抛弃了出来散心的，我该死。"方靖晖笑道，"可是光是女朋友陪你说话是没有用的，对你来说现在最有效的药就是一个新的男人……"

"这儿没你什么事，赶紧去看看孩子啊。"我重重地打了一下他的脊背，"你不是还要跟我争他吗？你就这么尽监护人的责任啊？快点儿，别理我们，去看着他。"

"受不了。"江薏在一边笑，"你们俩不是要离婚了吗？怎么还在打情骂俏？"

"江薏，"我严肃地看着她，"你不能这么侮辱我的。"

"小薏，"方靖晖看似亲昵地把手臂搭在她的肩上，手指指着不远处一群正在玩沙滩排球的大学生，中国面孔和外国面孔都有，"看上了哪个，过去搭个讪也好。不是一定要你乱来，跟看着顺眼的男孩子聊一会儿天儿，心里也是可以高兴起来的。"

"你刚刚叫她什么？"我大惊失色地笑，"你肉麻成这样不怕天诛地灭吗？"

"你大惊小怪什么呀？"江薏神色明显地有点儿窘，"我爸爸就这么叫我，我大学里关系好的同学也是这么叫我的。"

"对不起，我脊背发凉。"我跳起来，脚踩在了暖烘烘的沙滩上，就像身上沾上了刺。我向着郑成功奔过去，可是沙子搞得我跑不动，好像是在完全没有心思的情况下误入了温柔乡。他依然端坐在自己的影子旁边，小小的，被染成橘色的脊背让人觉得像个玩具。

方靖晖顺势坐在了我刚刚的椅子上。紧接着传来了江薏的一句笑骂："轻点儿呀，你要是把她的包压坏了她会跟你拼命的。"

不经意地，我看到方靖晖眼里含着一点儿旧日我很熟稔的亲昵，他说："小薏，这么多年了，你还是很喜欢说'拼命'这个词。"

我承认，这让我有点儿不舒服，尽管我对此情此景求之不得。

附着在郑成功身上的沙子零落地跌下来，沿着我被晒热的皮肤。这个地方的树看上去都是张牙舞爪的，就像刚洗了头发没吹干，倒头就睡了，第二天就这样大大咧咧地出现在暴虐的日光下面，枝叶都站着，还站得不整齐。总之，炎热的地方给我的感觉就是这样，别说是看得见的景物，就连空气都与"整洁"二字无缘——这种时候我就希望老天爷恶作剧地下一场鹅毛大雪，把由热带制造出来的满地垃圾不由分说地席卷一遍，比如这些歪七扭八的树，比如永远不安静的海，比如又腻又有腥气的沙子,也可以包括这充满欲念、一点儿都不纯粹的满地阳光——通通可以归类为"垃圾"。几天来方靖晖带着我们到处去玩,一路上兴致勃勃地跟江薏卖弄他关于"热带植物"的知识,江薏很配合地赞叹着:"原来是这样啊。"我在一旁不断地打哈欠。方靖晖总是叹着气说:"郑东霓,你这个无可救药的北方人。"

江薏是株茁壮坚韧的植物,不管在什么地方、什么环境里,都能很敏锐地在第一时间发现那里的妙处,然后迅速地掌握那儿的人们之间相处的节奏,让自己如鱼得水。我就不行。我只能漫不经心地站在她身边,然后面无表情。风景有什么好看的——这和南方北方什么的没关系,我就是一个无可救药的人。无可救药的人们不管去到哪里,最喜欢的地方永远都是酒店。因为几乎所有的酒店都长了类似的脸孔,卫生间里那些永远数量相等的毛巾就是它们内敛的表情。这才是真正的、错把他乡当故乡的机会,管它窗子外面究竟是大海,还是珠穆朗玛峰。

几天来方靖晖开一辆风尘仆仆的越野车,带着我们四处游荡。江薏的技术不好,所以常常都是我来替换着开。他在后座上乐得把郑成功当成个玩具那样蹂躏,整个旅程郑成功都很配合,不怎么哭闹,也没有生病,连水土不服的皮疹都没有起,跟他爸爸也总是维持着非常友好的相处。有问题的是我,轮到我开车的时候,总是走错路。

有一次方靖晖稍微打了二十分钟的盹儿,醒来以后就发现他自己也不知道我们在哪里。葱茏的树木在我们眼前恣意地狂笑,方靖晖指挥的声音越来越心虚,我也看出了我们不过是在原地兜圈子。他就在突然之间把手里的地图重重地甩在座位上,对我瞪眼睛:"你他妈刚才怎么不叫我醒来!你自己不认识路不会问我吗!逞什么能啊!"那一瞬间往日种种的怨恨就在我脑袋里炸开来,我又一次清晰地意识到我必须马上对这个男人做点儿坏事,一分钟也不能耽搁——否则被逼到爆炸的那个人就一定是我。天蓝得真浓郁,似乎马上就要滴落几滴下来。我死死地盯着他,咬紧了牙,其实我很害怕这个时候,身体周遭浮动着的绝妙的寂静——我知道只要它们找上来了,我就什么都做得出。

"看我干什么?你他妈倒是看路啊!"他恨恨地重新靠回座椅里面,安全带发出了一种干燥的摩擦声。

多亏了这条路空旷,前后无人,所以我用力地偏了一下方向盘。整个车子在路面上横了过来,后座上江薏的一声尖叫几乎要刺破我的耳膜,郑成功立刻心领神会地跟着大哭了起来。我忍受着那种恶狠狠的冲撞,挑衅地瞪着方靖晖,他和这辆莫名其妙的车一起,变成了两头发了怒的兽类。他一把抓住了我的头发,把我的脑袋往他的方向扯:"发什么疯啊?这车上还有外人和孩子!"我正好被他拽得俯下了身子,想都没想就一拳捣在他肚子上,他没有防备,痛得脸上扭曲了一下,他的双手开始发力了,熟练地掐住我的脖颈——其实这是往昔常常会上演的场面,不然我干吗要离婚?我就在那种突如其来的窒息里挣扎着闭上眼睛。没事的,我可以忍,比起我经常做的那种梦,这才到哪儿啊?我了解方靖晖还是有分寸的,他知道什么时候应该松手——这算是我们的短暂的婚姻生活养成的默契,为数不多的默契之一。

"方靖晖,我×你妈!"在他终于松手的时候我整个人弹了起来,"老娘辛辛苦苦地顶着大太阳,在这种鬼地方,我自己愿意走错路的啊?我知道你这两天累了我看到你睡着了想叫你多睡一会儿我他妈招谁惹谁了?你去死吧方靖晖,你他妈现在就走到外面路上去被撞死算了。"我狠狠地把自己的脑袋撞到方向盘上,觉不出痛,只觉得自己这个人像是暴风雨前电闪雷鸣的天空，恨不能抓紧了那些下贱的树，摇晃它们，把它们撕扯得东倒西歪，让它们看上去更下贱。他难以置信地看着我，突然惨淡地笑了笑，低声说："我丢不起这个人。"然后他走了出去，重重地撞上了车门。

"好了，东霓。"江薏终于绕到了前座来，她柔软地抚弄着我的肩头，"别这样，我知道你心里很急……不要发那么大的脾气嘛，你那样多危险，来，过来，你坐到后面去抱抱小家伙，可怜的宝贝都吓坏了……"她弯下身子拥抱我的时候发现我在哭，"东霓，你干吗啊？这么小的一件事你为什么就是要搞得惊天动地呢？来，坐到后面去，乖，交给我，我们不能把车就这样横放在马路中间吧，我来把它靠到路边上去，这点儿技术我还是有的，好吗？东霓，是你自己说的，我们是来高高兴兴度假的啊，这趟出来你的主要任务不是安慰我吗？"

我没有理她，径自走出去，从后座上抱起哭得有些累的郑成功。我不知道该和她说什么好，其实我现在无比地需要她，尽管她的善解人意真的让我羞耻。郑成功湿热的小脸贴在我的肩头，他从刚刚的惊吓里回过神来，贪婪地用脸庞顶着我的身体，只有他，眼下还不懂得嘲笑我——不过他终有一天也是会嘲笑我的吧，等他长大懂事了以后，就会像他的父亲一样，用嘲弄和怜悯的眼睛看着我这个发疯的女人。不，他是不会懂事的，他不会，我怎么忘记了这么重要的事情？其实，我常常忘。

我来到了公路上，突如其来的宽广狠狠地撞到我怀里。天蓝得没有道理，热带真的是个逻辑奇怪的地方，明明那么荒凉，却就是没有冬天。我下意识地抱紧了怀里的小家伙，离开了柏油的地面，踩进了路边茂盛的野草堆。

"要不要尿尿，乖乖？"我弯下身子看着正在啃拳头的他，不知道为何，突然变得温柔起来。方靖晖在离我几米远的地方席地而坐，给我背影。我此时才发现，我站在一个岬角上，底下就是面无表情的碧海。岩石越往下越瘦骨嶙峋，我觉得晕，你就趁机断裂了吧，把方靖晖那个男人踹下去摔死。就算我也要跟着一起跌下去摔死，也是值得的。我快要被这烈日烤干了，不过，这样真好啊。浑身都是黏的，我自己真脏，郑成功这个小家伙也是黏的，他也从来没有这么脏过——这个地方一定是把所有的肮脏都丢给一具具行走的肉身来承担了，所以这里的天和海才会纯净得不像人间。

江薏停好了车，笑吟吟地走了过来，我不明白为什么她浑身上下都散发着清爽的薄荷一般的气息，好像一点儿都不害怕太阳。她手里拿着一支没点着的烟，对我细声细气地说："来，这个给你的，就知道你现在想要来一支。""谢了。"我闷闷地接过来，"帮个忙，江薏，我手上抱着这个家伙腾不开，打火机在左边的裤兜里，替我拿出来好吗？"她挨着我的身体，掏出打火机的时候迅捷地在我屁股上拍了一下，就像女孩子们在中学时代常有的小动作。"有毛病啊！"我轻轻地笑着骂她。"你终于笑了！"可能因为出游的关系，她脸上洋溢着一种平时没有的烂漫。"喂，要死啊，我烟还没点，你把我打火机拿走做什么？"我叫住她。

她微微一笑："你说说你们俩，香烟在他身上，打火机就偏偏在你这里，人家都把烟给你了，你就不可怜人家一下——你忍心看着他钻木取火啊？"我劈手就把打火机从她手里夺回来："没门儿，就不给他！"她被我逗笑了："东霓，我说你什么好啊？就像小孩子一样。"她不由分说地拿走打火机，我看着她走到方靖晖的身边，白皙的手落在他胳膊上，"来，给你火，架子这么大啊，要不要我帮你点？"方靖晖有些不好意思地微微侧过脸，挨近了江薏手上的火苗，一阵灼热的海风吹着从他嘴里吐出来的烟,他的脸庞和她的脸庞之间,是一小块辐射到天边去的海。他的眼睛和她的眼睛之间,有个隐约的小岛屿在深处若隐若现。他突然笑了:"不好意思,让你笑话了。"江蕙轻轻地在他的手背上拍了拍:"好了,别气啦,东霓有的时候特别冲动,你又不是不知道。""那能叫冲动吗?"我听见方靖晖苦恼的声音,"她总是这样的,莫名其妙,一点点小事就要跟人拼命,小蕙你都看见了,刚刚路上要是还有别的车,我们就他妈死在这里也没人收尸……"

不用再这样刻意地提醒我了。我知道,她比我好,你永远都会觉得有人比我好。你们去死吧。我深深地呼吸着,江蕙那个小婊子,还没等我把烟点上,就拿走打火机去孝敬方靖晖了——我用力地揉乱了头发,这海真是蓝啊,蓝得让我觉得,若是我此刻纵身一跃的话,下面那片蓝色会轻轻地托起我,不会让我沉下去的。野生的草胡乱地生长着,划着我的脚腕,怎么没有海浪呢? 我想看海浪。它们周而复始地把自己变白,变碎,变得脆弱,变得没骨头,变得轻浮,变成女人,最后撞死在石头上,让江蕙和方靖晖一起滚远一点儿,我成全他们。我只想要海浪。

后来我们终于找到了对的路。方靖晖开得很小心,江蕙自然而然地坐到了副驾的位子上面,那是我空出来给她的,我们一路无言,我缩在后面凝视着郑成功熟睡的小表情,还有他突然之间狂躁着挥动起来的手。"来点儿音乐好不好?"江蕙看似漫不经心,其实非常小心地看着方靖晖的侧脸。"随便你啊,跟我还这么客气干什么?"方靖晖微微一笑。"让我选一选,哎呀,你有这么多的老歌,太棒了,我就是喜欢老歌。"江蕙矫揉造作地尖叫。"我比你还要大几岁,我喜欢的老歌只能更老。"方靖晖的笑容越来越让人作呕了,端着吧你就,我冷冷地在心里笑。"对了,你是哪年的?"江蕙无辜地问,似乎终于有了一个机会，可以无遮拦地直视他的眼睛。"小薏，我受打击了。"他的手似乎下意识地捏紧了方向盘，五个指关节微妙地一耸，准是把方向盘当成了江薏的肩膀，"不管怎么说，年少无知的时候你也是我女朋友，你不记得我的生日也就算了，你居然不记得我多大，你太过分了吧？"

江薏有点儿尴尬地一笑，沉默片刻，突然调转过脸，用一种故作轻松的语气说："东霓，你告诉我，他到底几岁了嘛！"我懒懒地白了她一眼："我怎么知道？我要是知道，我们还离什么婚？"这个时候方靖晖突然很倦怠地说："我们要到海棠湾了。"

"这名字真好听。"江薏把脸转向了窗外，语气一点儿都不诚恳，"有什么来历吗？""不知道。"方靖晖减慢了车速，"可能就是爱情故事吧，传说嘛，说来说去还不都是那么几件事儿。""在你们学理科的人眼里，世界到底是有多无聊啊。"江薏拖着软软的音调。

你们俩慢慢调情吧，我无动于衷地想。这个海棠湾还真是荒凉。算是这个以旅游闻名于世的岛上几乎没被开发过的地方。灰白色的沙子自说自话地绵延着，海鸟短促的声音凄厉地响。远处一间酒店的霓虹灯很讽刺地在一片荒芜中闪烁着。

"东霓，这个酒店是你提前订好的对不对？"江薏戴上墨镜，好奇地说，"为什么要订在这儿啊？又没什么可玩的东西？""我有个朋友，在这里上班。"我解释得很勉强。"告诉你，那是因为，住在这里房钱会有折扣，'折扣'两个字就是郑东霓的精神动力，哪怕这个地方没有任何东西可玩。"方靖晖轻松地把旅行袋拎出来，关上了车门。我面无表情地抱着小家伙从他身边走过，踩着他的脚。

"东霓，出来玩你为什么不换球鞋，还要穿高跟鞋啊，你疯啦？"江薏瞪圆了眼睛惊呼着。

"我不穿高跟鞋不会走路。"我回过头来硬硬地说。

我就是喜欢荒芜的地方，就像我总是喜欢不那么爱说话的人。阳光粗糙的海才是海，风声肃杀的海才是海，非要像旅游宣传片里那么灿烂明艳岂不是可笑，如果只是想要秀丽，你去做湖泊就好了，做海洋干什么？

"美美——亲爱的美美！"老不死的 Peter 站在门口，穿着一身黑色的西装，腆着一个很明显的肚子。

我尖叫了一声就飞奔了上去，差点儿把郑成功像个包裹那样甩在沙滩上，方靖晖第一时间扔掉了旅行袋，从我手上抢走了小孩，我听到他冷冷地跟江蕙说："看到没？她做风尘女子时结交的那些烂人，比她的孩子都重要。"然后江蕙不安地说："你这么说就过分了。"

但是我此时此刻懒得理睬他，因为我在多年之后的今天，突然发现 Peter 的脸上有了岁月的痕迹。他的笑容一如当年那个油腔滑调，讲不好普通话的贝斯手，但是那身酒店的制服和他柔和的眼神清扫了所有昔日潦倒的快意。那我呢？在他眼里我还是那个美美吗？还是那个喝酒过量以后就总是不小心把香烟拿倒，点着过滤嘴再惊声尖叫的美美吗？所以我不要他第一时间看到郑成功，虽然也许这根本就是徒劳的，可我只是想让那个十年前的美美全力以赴地冲上去，在这个陌生的海滩上和他拥抱一下。我只是想和我的青春毫无障碍地拥抱一下。他一如既往，熟练地捏一把我的屁股，这是他和所有女孩子打招呼的方式。

"咸湿佬。"我快乐地笑。

"死北姑。"他伸手熟练地打我的脑袋，这是我们每次见面时的问候语，"美美，你没有变。"他微笑地看着我。

"你老了。"我残忍地对着他的肚子敲打了一下。

"只要看到你们都没变，我就不老。"Peter 这只色狼突然间变得像个诗人。

那天晚上自然是快乐的。我们在酒店的西餐厅吃了一顿难吃得莫名其妙的晚餐。可是不要紧，我遇见了可以聊往事的人。Peter 是少年时就跟着家人去到印尼讨生活的，我们认识的那年，新加坡已经是他混过的第四个码头，颠沛流离了半生，养成了一喝酒就要讲故事的习惯。他告诉我所有那些故人的事情。我喝了好多酒，也笑了很多次——郑成功的小推车就在方靖晖身边静静地躺着，都是方靖晖时不时地弯下身子逗弄他，我故作浑然不觉——我当然清楚方靖晖的脸色越来越难看了，可我不怕。我就是要这样，就是要让他知道，当我生命中最好的岁月和最坏的岁月同时相逢于一张晚餐桌上的时候，我会选择什么。

"你老公……"Peter 有些迟疑地说。

"马上就是我前夫了。"我纠正他。

"噢。"他一脸恍然大悟的坏笑，"看上去，很斯文。"他成功地把"斯文"在他嘴里变成了贬义词。我跟着前仰后合地狂笑了起来。我就知道，Peter 是我的老伙计，他能心照不宣地帮我的。江蕙在一旁尴尬得快要坐不住了，于是一边倒酒，一边跟方靖晖说起了他们大学时的往事。十分钟后，他们俩倒是你来我往聊得热火朝天了起来。时不时地发出和我们这边神似的笑声。

我知道你们俩才是一种人。不必这样提醒我了。这个时候熟悉的音乐突然间从天而降了，突如其来，像神谕那样除掉了我所有的怨气。

"Peter 哥你搞什么！"我惊喜地大叫了起来，引得餐厅里其他的客人都在回头看我。我眼角的余光看到，方靖晖连忙低下头去，像是看着他的盘子。我真开心，又一次成功地让他以我为耻。

"来嘛，美美。"Peter 拍着我的肩，"多少年了，我想听你唱。那个时候我就爱听你唱梅姐的歌。"

"不行，我嗓子坏掉了。"我毫无诚意地推托着，却在正好需要我开嗓的那一拍上站了起来，接过了服务生手里的话筒。

我真高兴，我穿的是裙子和高跟鞋。虽然裙子是很普通的棉布，高跟鞋也不是什么撑得了场面的款式，我甚至没有化妆，可是我还是迈着十年前的步子，走到了乐队前面，先跟萨克斯手来一个深情的对看，然后转过脸，在一秒钟之内，从观众里面找到那双最为惊喜的眼睛，给他一个掏心掏肺的笑。偶尔运气不好的时候，没有任何一个人抬起眼睛看我，我也还是要笑的，笑给这满屋子的灯光看。一切都是驾轻就熟，我从来都没有忘记过。

我不是唱歌，我是在恋爱。

> 同是过路，同做过梦，本应是一对；人在少年，梦中不觉，醒后要归去；
> 三餐一宿，也共一双，到底会是谁？但凡未得到，但凡是过去，总是最登对。[①]
> ……

柔一点儿，软一点儿，再柔软一点儿，不用怕，只要你自己全神贯注地让自己千娇百媚了，就没有人会笑你轻贱的。你，你老婆要是看到你脸上此刻的微笑一定会来拧你的耳朵；你，专心一点儿听音乐好吗？别总是把眼睛扫在我的大腿上，你不尊重我是小事，你不可以不尊重梅姐的歌；还有你，鬼佬，省省吧，装什么矜持？什么肤色

---

① 《似是故人来》：林夕作词，罗大佑作曲，梅艳芳主唱。

种族宗教的，男人就是天下乌鸦一般黑；最后是你，小男孩，你一直在踌躇着要不要把餐桌上那枝玫瑰花给我吧，你才多大，你满十岁了吗？来嘛，我喜欢你的花，我只喜欢你的花。

我爱你们。我爱你们每一个人。你们给了我这几分钟的充满欲望的微笑，我给了你们满满一个胸膛的温柔。

掌声是零零落落的，本来这西餐厅里没有多少人。那个脸上长着雀斑的小男孩终于鼓足了勇气，笨手笨脚地把玫瑰花从细颈瓶里拿出来，可能一下子太紧张，把瓶子带翻了，清水浸透了桌布。他妈妈跳起来，熟练地照着他的脖颈来了一下。他的脸涨得通红，耷拉着脑袋颓丧地坐在那里，不敢再抬头看我。我知道，他可爱的小自尊不会允许他再来把花拿给我。于是我把麦克风随意地丢在桌上，走到他身边去，从他们一片狼藉的餐桌上拿起了那朵掉进蘑菇浓汤里的玫瑰花，把它很珍惜地举在胸前，那上面浓浓的奶油味直冲到了鼻子里。他难以置信地看着我的脸，我勇敢地、小心翼翼地直视着他的眼睛，就这样暖暖地、悲从中来地看了进去。"谢谢你的花。小帅哥。"我一边说，一边凝望着他的表情慢慢从错愕变得羞涩。

Peter 从后面走了上来，自然而然地，紧紧拥抱了我。我老去的故人在拥抱我。"美美，"他在我耳边说，"嗓子没坏太多，就是广东话咬字没那么准了。可是你在台上还是一样的好，小骚货。"

"Peter 哥，"我轻轻地笑，"我真想你们。"

海浪在远处沉默寡言地响着，那种浪涛声类似呼吸，即使被人听见也可以忽略不计。透过他的肩膀，我看见了方靖晖微醺的脸庞，他在笑，他兴致勃勃地跟江蕙说起了美国，说起了他那么多年其实从来都没有去过的纽约。他永远不会参与和见证对我来说至关重要的时刻。我知道，一次又一次的失望早就教会了我这个。

灯光的浓度似乎是随着夜晚逐渐加深的，开始是橙汁，把人的身体跟眼神浸泡得越来越软；后来变成了香槟，整个脑袋里所有的思想都变得柔情蜜意起来；最后终于成了威士忌，人们都开始眩晕了，灵魂跃跃欲试地挣扎在出窍的边缘。该发生的事情都会在这个摇摇欲坠的时刻发生。我们一起有些趔趄地回房间，Peter 坚持要送我们，歪歪扭扭的步子踩在地毯上一点儿响声也没有。郑成功突然间在我怀里清醒了，漆黑的眼睛像只躲在针叶林间看下雨的小松鼠。

"江薏。"我拍拍她的肩膀，"这张房卡是我们俩那个房间的。你先回去，我得下去大堂一趟，去让他们给郑成功抹一点儿治疹子的药。"

"好。"江薏迟钝地接过了房卡，以电影慢镜头的速度点着头，"你去吧，快点儿回来。"

Peter 和我慢慢地跨进了电梯，它就像一个潘多拉的盒子，慢慢把江薏和方靖晖的背影关在了外面。"Peter 哥，谢谢你帮我这么大的忙。"我慢慢地说。

"举手之劳，别这么见外。"他没有表情，"但是美美，你真的想清楚了？"

"我想清楚了。"我凝视着对面镜子里那个脸颊绯红的自己。

"那好吧。"他深呼吸了一下，"摄像头的角度都调好了，只要那个女人进到那个男人的房间，就能顺利地拍到他们俩的脸。"

"她十有八九会进去的，因为我给她的根本就不是我们的房卡，是方靖晖那个房间的卡。她发现房门打不开，就会去找方靖晖，然后她就会发现她能开方靖晖的门，再然后就自然而然地进去坐坐，一开始也准是打算坐到等我回来，到后来就会巴不得我整夜不要回来，这套勾当，我熟悉得很。"我嘲讽地笑，Peter 也跟着我笑，一边笑一边说："美美，你真是一点儿都没有变。"

电梯门开了,我跟着他往监控室里走,高跟鞋敲击着大理石的声音是最动听的。

"你记得,待会儿玫瑰花和香槟酒的客房服务一定要挂在方靖晖的账上,就是那个我交给你的卡号,我核对了好几次了,不会错的,明天结账的时候我有办法糊弄他签字。"我突然想到了这个。

"再想想,还漏掉了什么?"他深深地注视着我。

"帮我把这些钱交给那个明天早上打扫他们房间的服务生。"我轻轻地用两个指尖夹着一张粉红色的钞票,"我要他们房间里的垃圾桶,一定要原封不动地给我拿来,这很重要。"

Peter笑道:"你找不到怎么办?"

"不会。"我斩钉截铁,"方靖晖一向都很小心,我了解的。"

他打开了那扇窄门,里面全是小小的、黑白的屏幕。感觉像是科幻小说里的场景。我们屏着呼吸,看到了江薏就像我预料的那样,去敲方靖晖的门,然后,方靖晖很随意地把她让了进去,镜头完美无缺地记录了那两张心怀鬼胎的脸。

江薏,别怪我,也不全是我的错。当你发现错拿了房卡的时候,你应该第一时间去找服务生,或者打电话给我,可你没有,你去敲了他的门,你有没有隐隐地期盼着发生些什么,你问你自己吧。

"再等半个小时,不,四十五分钟吧。"Peter闲闲地把腿跷到了桌子上,"到了那个时候还没出来,基本上就可以把花和酒送过去了,就告诉他们是酒店开业期间的赠送——至于明天怎么让那个男人买单,就靠你了。"他注视着我,沉默了片刻,"美美,看着你,我就觉得,我当初决定一辈子不结婚,是再英明不过了。"

我什么都没有说。他也没有。一种难堪的沉默弥漫着,像是海面上的雾气。他突然站起身来,轻轻碰了碰我的头发,仓促的一个微笑

215

过后,他说:"再见到你真好。"

我当然知道,他的眼睛里漾起了一种含义复杂的东西,他的呼吸在不自觉地变得粗重。那一瞬间,我脑子里掠过了冷杉的脸。可是比这个瞬间更迅速的,是郑成功不满的啼哭声。

Peter匆忙地把手收了回去,难堪地用一根手指逗弄着郑成功的小脸儿。他粗糙的手指把郑成功弄得更为烦躁不安,他苦笑着看我,"美美,我们都不是过去了。"

"Peter哥你都看到了,我的老公和别的女人睡在一起,我的儿子是个永远离不开我的小孩,我活得好辛苦。"

"最辛苦的日子都过去了美美。不会比我们跑场子的时候更苦的,你自己心里清楚。"

"是,你说得对,可是跑场子的时候,我们都好快乐。"

"那时候我们什么都没有,自然快乐。"他推开了窗子,海浪的声音就像风中的窗帘一样扑面而来。

"可是我们现在又有什么啊?"我在那股新鲜的腥气里无奈地笑。

"那还不简单。"他双臂撑着窗棂,眺望着根本看不见的黑色的海,"我们现在有的,都是些不想要也不能丢的东西 —— 这样还怎么快乐啊?"

一个原本危险、原本暧昧不明、原本情不自禁的时刻就这么过去了,只要那么短短的一秒钟,我们就决定还是坐在那里感慨人生。不承认也没有用,我们就是从这一刻起开始苍老的。

夜深了,我在房间里凝视着郑成功安逸的睡脸。江薏依然没有回来,看来我所有的计划都成功了。小家伙,要是真的一切顺利,我们很快就要说"再见"了呢。等你长大以后,我也不用你爱我,我知道我不配 —— 只不过,其实你也跟着我一起战斗过,其实我也教过你怎么去战斗,只是不知道你会不会记得。

房间里的电话开始尖锐地响,我像陈嫣那样不顾形象地扑上去接起来。还没等我说"喂",那边的人就自顾自地说了起来,声音里都带着发了癫的酒气。

"江薏,是你吗?江薏我想你,我真的很想你,我们结婚好不好?江薏你回来,我不能没有你,江薏我爱你我愿意永远永远对你好,江薏你不要走,我求你……"

是西决。这个没出息的家伙,我都替你害臊。我轻轻地挂上了电话,把脸埋在松软雪白的枕头里。

第十四章 蓝色的太平洋 隐没的红太阳

我的睡梦像只暴躁易怒的猫,蜷伏在意识一个很浅的黑暗处。不时骚动,害得我都不清楚自己究竟睡着没有——因为海的声音一直都在那里旋转着,我的脑袋变成了一个海螺。又开始窒息了,这一次的窒息是缓慢而幽暗的,带着冷气机轻轻地响。别过来,别过来,我不怕你,我没睡着,我马上就要醒来了,不信你看,我一直都听得到海浪。一把尖锐的声音刺进来,我的睡眠流出和灯光颜色相同的、昏暗的血。见鬼,又是电话,不过这次是我的手机,难道还是西决?还有完没完啊你,要是再吵我我就直接告诉你江薏睡在方靖晖那儿。

手机的屏幕上闪着的字是:"冷杉"。这个不让人省心的坏孩子。

"掌柜的,"他的声音听上去像是刚刚跑完步,呼吸得很重,"我、我到了,你告诉我你住在哪儿?"

"什么叫你到了?"我一下子睡意全无,翻身坐起来,这个家伙甚至有办法让我在热带浑身打冷战,"你给我说清楚,你人在哪里?"

"我在三亚,凤凰机场。我想你。"他像个闯了祸的孩子,语气迟疑。

"你和我开什么玩笑啊？"我气急败坏的时候反而把嗓门儿压到了最低，"你什么意思？半夜三更的别这样吓唬我行吗？又不是演恐怖片。"

"是真的。"他坚持道，"我、我去买机票的时候，人家告诉我，只剩下一班下午三点起飞的，然后就是晚上起飞的——我的钱只够买晚上起飞的那班，然后我就……你在哪儿？你告诉我。"

"为什么？"我咬牙切齿地问他，听见了自己的身体重重地、无可奈何地砸在枕头上的声音，"冷杉你可不可以差不多一点儿？我早就跟你说过了我不是个小姑娘，我最讨厌人家跟我开玩笑，最讨厌别人无理取闹地给我惹事……"

"南音跟我说你是带着火星人来看他爸爸的。"他口气生硬地打断了我，"你告诉我，是不是真的？你为什么要跟我说你是专程陪着江薏姐出来玩的，你为什么不说实话？"

"南音……"我感觉到自己的指甲深深地嵌进了手掌心的肉里，南音你到底——虽然除了江薏，我没再对任何人说起过关于冷杉的事情，可是南音这丫头，也许她是无心的，应该是的，"你今天看见南音了？"我故意地转移话题，似乎这样就可以回避他此刻和我处于同一座城市的尴尬事实。

"早上，南音来店里，她说你是来……"他的声音突然间抬高了，"你为什么不告诉我真话？我又不会介意你是来见你以前的老公，可是……"

"你是在质问我吗？"我吃惊地叫喊起来，顾不得会吵醒郑成功，"你有什么资格来质问我？我从一开始就跟你说了，我们在一起，开心就好，不开心就一拍两散，你倒要搞出这么多肥皂剧情来，我真是服了你。我有义务对你说真话吗？你不要太拿自己当盘菜好不好啊?"我的太阳穴被突如其来的愤怒搞得一阵阵地跳动,电话那边传来的只有沉默,沉默越来越静了,我甚至听不见了呼吸声,心就在这个时候突然软了一下,"冷杉,你犯不着的,玩一玩就算了,何必把自己搞得这么狼狈呢?"我僵硬地翘了一下嘴角,其实是想自嘲,却忘了他看不到这个难堪的微笑。

"郑东霓!"他居然蛮横了起来,"少他妈废话,我只是想知道你现在在哪儿,你乱七八糟地说些什么我听不懂!"

"海棠湾!好了吗?这个地方叫海棠湾,没什么游客,要是不自己开车我也不知道究竟该怎么走,聪明的话你现在就在机场找个地方住下来,乖乖地等到天亮了我过去接你,现在好了,我原来的安排都打乱了,你这样给我添乱你是不是特别开心呀?你的目的达到了没有?好了我现在要挂了,我屋里还有小家伙在睡觉,有事的话,明早再打吧。"

我迫不及待地收了线,像是在看恐怖片的时候,看不下去了只好急忙寻找遥控器那样,企图通过换频道来逃避血淋淋的镜头。咬着嘴唇关了手机,看着屏幕熄灭的时候又突然地把它打开了,因为我敢肯定天亮以前他还是会打来的,我就是知道。

这个夜晚又不能好好睡觉了。一股湿热的风拖泥带水地从敞开的窗子拥挤进来,那是浪涛的声音在出汗。我的手指深深地缠绕在蓬乱的头发里面,视线从手腕和手腕之间俯下去,俯下去,底下是一片月光笼罩的沙。拜托你敬业一点儿好不好?你是月光,要是连你都不能清凉一点儿,要是连你都不能幽静一点儿,要是连你都搞不定这个地方阴魂不散的热度——我该怎么办?我现在需要你可以了吗?我需要你安静、清爽、面无表情地看看我,我需要你那张没有五官的脸。因为我觉得我被羞辱了,方靖晖和江薏羞辱了我,我亲手设下的圈套狠狠地给了我左脸一个耳光；郑成功清澈的眼睛羞辱了我，提醒着我此生的破败和难堪的岁月就这样来了；Peter 羞辱了我，他眼神里的沧桑和含义复杂的叹息清脆响亮地打在我的右脸上——这右半边脸还是我自己凑上去的；当然西决也羞辱了我，他那通见鬼的电话将会是我此生最不愿意回想的场景之一。当我没有表情地忍耐的时候，只有我自己心里清楚，我的整个胸腔都弥漫着一种碎裂般的柔情，它们源自心脏跳动的那个区域，往上蔓延直到喉头，往下侵袭直到胃部，渐渐地变成了一个残破的湖，稀释着我血液的浓度。所以我迫切地需要你来波光粼粼地照耀它们，我的月亮。

给我一点儿酒好吗？其实我也不是那么想喝，只不过，我被一个孩子横冲直撞的爱情捅了一刀。这真让我恼火。没有人有资格像这样撞到我心里的那块最暖和的地方去，不管他打着什么样的旗号，以什么人的名义。有一行势单力薄的眼泪从眼角流下来，流进了手臂上面的皮肤里。完蛋了，我对自己说，我回到了十二年前。那时候我十八岁，爱情，爱情是一个操场上飞过来的鲁莽的足球，"郑东霓"这个笨拙的、来不及躲闪的人就像块呆若木鸡的玻璃那样被它砸得粉碎。春天，我记得那是在春天，我一个人站在学校实验楼的楼顶天台上，看着葱茏的树冠莫名其妙地呈现另外一张面孔，我平淡地问我自己到底要不要跳下去，虽然我的腿已经软了，虽然我不得不用力抓紧天台上的护栏来维持站立的姿势，可是我的心里的确是一片平静。我模糊地想着这天空它耍了我，它就像那个男人的谎言一样耍了我，我还以为若是我站在一个很高很高的地方，我就能离天空近一点儿，所以我来到了楼顶，所以我来到了这个绝境，我到了绝境才发现，它依然离我那么远，像在平地上一样远。耍了我的或许不是天空，而是我自己的错觉——这和爱情其实是一个道理。但是我现在才发现又有什么用？绝望的时候我不需要任何真理，我只是在犹豫要不要把自己扔出去，让地面上看热闹的人们产生和当初的我类似的幻觉——那个寻了短见的女孩子有那么一瞬间融化进了蓝天里。

然后西决沉默地冲了上来，拦腰抱紧了我，十五岁的他力气居然已经那么大。我死命地咬着嘴唇，不许自己尖叫，一边跟他沉闷地厮打。眼泪不知不觉地就溢出来。指甲掐进他手腕上的肉里，所有彻骨的恨都倒给了他。他终于制伏了我，企图把我拖走，可能是我挣扎得太厉害了，他于是恶狠狠地把我推倒，天台上的水泥地被阳光照得暖和了，从我们的正下方，传来音乐教室的钢琴声。我就这样跌落在了钢琴的音乐声里，看着他的脸庞，突然间就丧失了所有用来燃烧绝望的勇气。这就是我经常痛恨西决的原因。可是他蹲下了身子，满脸惊恐地看着我，他说："你不要哭。"我说："你滚吧你滚吧你滚吧你个傻×你他妈什么都不懂你装什么好人！"但他只是慢慢地把手伸给我，他说："姐，跟我回家。"

我做梦了吗？我为什么梦见了西决？还是十五岁时候的西决？我甩甩头，看见手机上那一抹光芒又在闪烁了，像是深海里面会发光的鱼。"冷杉。"我知道我的语气莫名其妙地凄凉，"你又要干什么呀？"

"海棠湾，对不对？"他的声音里甚至有种孩子气的骄傲，"我问了人家，海棠湾最好的酒店，叫锦瑟家园，对不对？你是不是住在这里？如果是，我就在大堂里。"

"你是怎么过来的呀，笨蛋？"我惊愕地问。

"在机场，有个心肠很好的人让我搭了车，送了我一段，然后给我指了路，我沿着公路一直走，就到了，有什么难的？三亚又没有多大，现在天都快亮了，也该走到了。"

"你沿着公路一直走？"我像个白痴那样重复着他的话。

"对呀,一直走。"他笑了,"路上是有一点儿黑,不过没关系的,时不时地也会有车经过,他们的车灯能替我照亮一点儿路。"

一股热浪冲到了我的眼眶里。我发了几秒钟的呆,轻轻地说:"等着我,我就下来。"似乎如果我说话的音量再大一点儿,声音就会控制不住地打战。

踩着一地的灯光,我在长长的走廊里奔跑,途中经过了所有那些长相相同的房门。我出来的时候把房卡带在身上了吗?管他呢,还在意这种细节做什么?那种强烈的、白茫茫的渴望像道炫目的光,在我的身体里呼之欲出。我这个人快要变成它了,我耳边甚至已经掠过了"自己"在迅速消失的过程中带出来的风声。电梯门不动声色地开启,非常绅士风度地欢迎我又一次来到了绝境。

他背着一个硕大的双肩包,站在柱子下面。他的眼睛里有种害羞的神情,但他从头到尾,都丝毫不躲闪地盯着这个慢慢开启的电梯,以及从里面飞奔出来的我。

我该怎么办?我要冲上去抱紧他吗?可我突然间变得胆小如鼠,我只是慢慢地走上去,轻轻地抓住他的手,对视了几秒钟,我对他笑了:"傻瓜,你知不知道你这样多危险?"他怔怔地看着我,点头,再摇头。

"为什么?"我知道我问得没头没脑,可我知道他明白我的意思。

"我怕。"他不好意思地笑笑,轻轻地抚摸了一下我的脸颊,"我怕你走。我怕你带着火星人,又重新回去找他的爸爸。你们要是一起走了,那我呢?"

"白痴啊你。"我打了一下他的胳膊,"那怎么可能?我是来谈离婚的你知道吗?"

"可是你没有告诉我。"他坚持道。

"我是觉得,"微笑又一次在我脸上无遮无拦地荡漾,"我是觉得,就算说了你也不懂。"

然后我就像牵着一个小孩子那样抓着他的手指,帮他去前台办了 check in,他一路安静地跟着我进了房间,小摇篮里的郑成功依然酣睡着,对他来讲这个世界一切照旧。他有些不安地把背包卸下来,扔在地毯上。我不知道我到底该怎样对待他,于是我慌乱地打开了浴室的门,把他推进去。

"洗个澡吧,走了那么远的路。"我一边说,一边手指发颤地为他打开了淋浴喷头。

他用力地点点头,一言不发。我把浴巾从架子上扯下来丢给他,心虚地走出去关上了门。水声在我背后的门里面持续地响,我却听不见一点儿属于他的声音。郑东霓,你他妈给我像样一点儿。我狠狠地掐了一下自己,重新打开了门。

淋浴喷头像朵花那样,寂寞地绽放,水自顾自地流下来。他还站在那里一动不动,维持着刚才的姿势,甚至是表情。我深深地看了他一眼,我觉得我现在可以用一种胸有成竹的姿态掩上浴室的门了,我觉得尽管我浑身都在打冷战,我也可以以一种胸有成竹的表情靠近他了。他眼睁睁地看着我这样冷静地靠近他。

然后我们紧紧地拥抱在一起,就像是此生第一次拥抱什么人。

"冷杉。"在他长久地吻了我之后,我轻轻地问他,"你现在就告诉我,你是不是在骗我? 现在说,还来得及。"

"我为什么要骗你?"他显得很困惑,"我骗你的什么东西呢?"

"我的感情呀。"我缓慢地笑了,"你别看我是个活得乱七八糟的人。其实我的感情很漂亮的,不是每个女人都给得出、都给得起像我这么漂亮的感情。"

"我听不懂你在说什么。"他痴痴地看着我。

"我怕我会弄脏了你,我更怕你会毁了我。"我一点儿一点儿地抚摸着他的鬓角和头发。

"除了你我谁都不要,你记着这个就好了,剩下的事情,你想都不要想。"他死死地抱紧我,像是要把我的脑袋按进他的胸膛里面。

"算了,"我知道眼泪滑了下来,"毁掉就毁掉吧,我让你毁。不怕的,你就是把我打碎了,我自己也还是可以把自己拼起来,拼起来了我也还是郑东霓。"

就在这个瞬间,脑子里又闪过了十五岁的西决失措的脸。西决,我带着一脸的泪,在心里面微笑着,对不起,十二年了,姐还是不能跟着你回家;西决,十二年了,你还是没能阻止我。我最终还是从那个楼顶上跳了下去,其实我想要的根本就不是接近天空,我想要的根本就不是那种融化在蓝天里的幻觉,那都是假的,都是借口,我只不过是想要跳下去而已。西决,你就成全我吧。

再后来,太阳就出来了。冷杉的脑袋一挨到枕头便熟睡了过去。那张睡脸就像郑成功一样,酣畅得全力以赴。真遗憾,他闭上眼睛的时候,没仔细看看,日出时候醉人的红色已经溅满了玻璃窗。我坐在另外一张干净的空床上,我丝毫没有弄乱这张床上的被子,我喜欢看着它们如同坟地上覆盖的白雪那样,我不知道该怎么抵御那阵阵袭来的、新鲜的疼痛。所以我只好把膝盖紧紧地抱在胸口的地方,把我自己变成了墓碑。

我看着你睡着的样子。一边看,一边想念你,就好像你在很远的地方。

我拿起酒店房间的火柴盒,却发现手指一直都在微微地颤抖,划一根,断了,再划一根,又断了,此时此刻,朝霞就像晚霞那样地找上了我，海浪喧响着，一波一波，把这霞光给我推过来，恍惚中我想要把脸庞凑到那片红色中去，觉得它可以替我点燃这支倒霉的烟。

老天爷，我的生命在一夜之间变得让我不知所措了，我该怎么对待它？请你告诉我。

我神经质地跳下床，想都没想地打开了房门，走廊里一切如常，这个脱胎换骨的我真不习惯踩着昨晚的地毯。见鬼，方靖晖住哪一间？我扑上去忘形地砸门，"嘭嘭"地沉闷地响。我知道多半已经来不及了，我知道或许该发生的事都已经发生了，但是我一定得做点儿什么，我得阻止我造成的事情，就算不能阻止，我得想个办法，想办法打扫我身上所有的那些屈辱。

方靖晖第一时间过来开了门，他的脸色真是难看："你又在发什么疯？"他身上居然还是穿着昨晚的T恤和牛仔裤。但是我在对他笑，我笑着发现我自己的指间居然还夹着刚刚那支烟，于是我对着他的脸扬了扬右手，像是微醺，我说："我是来跟你要我的打火机的，你信吗？"

"哎呀，天都亮了！"屋里面传来江薏的一声尖叫，我看到她从电脑前面跳了起来，又急又气地说，"怎么你都不提醒我呢，方靖晖，你自己不困吗？可是这个真好看啊我不知不觉就看了九集，剩下的怎么办啊？你电脑里面一共有多少集你全都给我好不好？"接着她看到我，又尖叫了起来，"你给我老实交代，你是不是跟那个什么Peter鬼混去了？我都不好意思给你打电话，还以为你能自觉一点儿早点儿完事了过来找我，你倒好，把我一个人扔在这个狼窝里看了一夜的美剧！"她的眼睛倒是闪闪发亮的，一夜无眠的清醒反倒让她亢奋了，她哗啦一声用力拉开了窗帘，难以置信地看着窗外的曙色。

"你乱说什么？"我有气无力地辩驳道，"我想要给你打电话的，可是我太累了，我只是想躺一下而已，结果谁想到一下子就睡着了，我还以为——"我咬了咬嘴唇，偷眼看了看方靖晖的脸，"我还以为没准儿你不想让我叫你回来呢，谁知道我会不会坏了你的好事。不过，你真的看了一夜的电视啊……"

"一集四十五分钟，她一共看了九集，你自己算，需不需要一夜？"方靖晖的声音冷不防地从我身后冒了出来，还是不紧不慢的，一点儿起伏也听不出来，不过我还是能感觉到，他的眼神非常集中地落在我身上。

"东霓，我跟你说，这个真的好看，超好看——"江薏的声音从浴室里欢快地传出来，夹杂着她把水拍在面颊上的声响，"《犯罪心理》，那些连环杀人的故事我看得入迷死了，根本就停不下来。"

方靖晖突然想到了什么似的，大声说："你他妈别告诉我你把孩子一个人丢在房间里了……"就在这个时候江薏非常凑巧地打着哈欠走出来，"方靖晖，我要回去睡觉了，你也睡会儿吧——你都陪我看了这么多集真的是辛苦你了。"

"等一下！"我急切地拦在她面前，"你不能回去睡觉，你就睡在这儿好了！"

"你开什么玩笑啊！"江薏瞪大了眼睛。

"我说真的，等你醒了我再跟你解释。"然后我转过脸，看着方靖晖，"跟我到楼下好不好？咖啡厅、海边，随便你，我有非常非常重要的事情要和你说。"

我鼓足了勇气，清晨的海风就这样一下子灌进了我的嘴里，让我觉得冲口而出的句子变得不像是来自自己的身体："方靖晖，你听好了。我决定了，我签字，孩子给你，钱我也不要了。你满意了吗？不用再拿那种骗小孩的律师信来吓唬我,我说到做到,你赢了。"

他脸上没什么表情,可是海风把他的头发吹乱的样子让他看上去还是和平日里不同。

"听到我说话了吗,方靖晖?"我用力地提高了嗓门儿。

"为什么?"他问。

"因为我想要重新活一次,彻彻底底地重新活。"我深深地注视他,仔细想想我已经很久没有这样长驱直入地看他的眼睛了。

"你告诉我实话,东霓,"他深深地看着我的脸,"你遇上什么事情了吗?"

别再考验我保守秘密的能力了,你知道我其实不行的。我勇敢地回望着他,终于笑着甩了甩头:"告诉你也不要紧,我确实遇上了一些事情,不对,准确地说,是一个人。所以现在我不想再纠缠了,以前的事情就让它们都过去吧。方靖晖,你为什么要这么看着我?这不是你一直以来想要的吗?"风把我的长发全体吹向了一边,我就势仰起头,就让风从我脸庞上整个儿吹过去,然后索性在沙滩上坐了下来。

他不声不响地在我身边坐下:"我不明白。"我看得出他的惊讶,他望着远处消失了的海鸟,说,"为什么?你煞费苦心地把江薏送到我房间来是为什么?就是为了告诉我你愿意向我认输了吗?我不信。"

"你……"我脸上一阵滚烫,"你看出来了那是我安排的?"

"一开始没有,直到有个服务生进来送香槟和玫瑰——说是酒店赠品,我没记错的话那是克鲁格香槟——你知道克鲁格香槟什么价钱?这家酒店疯了吗?所以我就知道除了你,不可能是别人干的。"他笑笑,"不过,我不知道你这么干是为什么——放心吧,江薏什么都没察觉到,多亏了我这里有能真的吸引她的电视剧,不然这一夜可有好戏看了。"

"噢……"我也笑了,这个早晨无论什么东西都能让我笑得很开心,"真聪明,斗不过你行不行? 我原先想的是,把这些都安排好,说不定你们俩真能成好事,我就顺便抓一点儿证据来制住你——你不是要和我打官司吗? 我有你乱搞的证据,有了这个证据法官才不会把郑成功给你,看你还敢不敢和我上法庭,你还不是得乖乖地把我要的钱给我?"

他难以置信地看着我,脸上的表情似笑非笑:"天哪。"他那语气像是在赞叹什么,可眼睛里全是嘲弄,"郑东霓,你怎么会这么蠢?"

"喂! 不要以为我今天心情很好你就可以随便刺激我,把我逼急了我照样撕烂你的嘴!"我瞪大了眼睛对他喊道。

"听我说完。"他毋庸置疑地举起了右手放在半空中,"我还以为,你收到律师信以后,按照正常人的思维,无论如何要先去找个律师什么的来咨询一下,任何一个专业人士都会告诉你,按照大陆的法律,要是真的闹上法庭去,孩子还是婴儿,又有残疾,中国的惯例下面他被判给妈妈的概率几乎是百分之百。你只要稍微去打听一下你就能知道这件事。我发那封信不过是想要吓唬你,要是闹到法庭上去你既拿不到你想要的钱,也必须带着你不想要的孩子。让你自己掂量。但是我真的,"他的嘴角轻轻地翘起来,"我真的总是在高估你郑东霓。我没想到你连这点儿脑子都没有,你不去找最能帮助你的人,反倒把时间都花在——动这些乱七八糟的歪脑筋上。"他终于短促地笑了出来,"还要处心积虑地把江蕙推给我,江蕙交了你这种朋友真是倒霉到家了……"

"我……"我非常勉强地辩驳着,"我可不是什么处心积虑,我不过是推波助澜,你还有脸说,你凭什么去指使她到我房间里来偷文件啊？你说你和她之间是清白的打死我都不信——对了，你告诉我，是不是你指使江蕙干的？要是你近期内没和她睡过她怎么可能为了你去背叛我？都到这时候了你还有什么不好说的，我现在都已经认输了，你就告诉我你每一步是怎么走的吧。"

"认输？"他静静地重复着这两个字，"东霓，那到底是个什么人？能让你这么轻轻松松地——跟我说认输？东霓你得想好，你要是认输了，你的人生就没有乐趣了。你再喜欢谁，你的本性也是不可能变的。"

"别管我，方靖晖。"我把双手放进了身边的沙滩里，无意识地搅动着潮湿的沙，我的手指变成了海鸟，竭尽全力地轻盈着，试图在沙砾之间留下一点儿痕迹，"现在你想要的你都得到了，你满意了对不对？你可以去和你的父母交差了，你终于把他们的孙子带了回去，终于和我断得干干净净，也算是了却了一桩心事，不是吗？从现在起，你别管我了，你随我去好了，就算那个人是骗我的，我让他骗。我跌得头破血流也是我自己愿意的。"

他的表情有些不自然："不管怎么说，江蕙绝对没有像你说的那样，去帮着我做对不起你的事情，我和她之间也完全不是你想的那种关系，我们谈恋爱都是十年前的事情了，早就时过境迁了。是你太龌龊，所以把别人都想得和你一样。"

"为什么你要转移话题呢，方靖晖？"我静静地笑了，太阳终于到了它该去的位置，阳光变成了平素的清晨那样淡泊的样子，"你以为你不说，我就不会知道吗？我们结婚两年，你爸爸妈妈打越洋长途的时候，什么时候跟我讲过话？他们以我为耻，对吧？他们心目中的儿媳妇，应该是江蕙那样的，对吧？郑成功出生了，他有病，他们更是觉得正好这是个契机，他们想办探亲来美国就是为了带走他，顺便跟我摊牌,对吧?他们宁愿你损失掉一半的钱,他们认了,也要痛痛快快地把我打发走,像丢掉一个垃圾袋那样,对吧?别以为你从不跟我说这些,我就不会知道,我并不像是你想象的那么蠢的。"

"我那个时候为了娶你跟所有人都翻了脸。我现在也承认当初可能是仓促了些——可是你却把所有的怨气都发泄到我身上。我的父母,他们是嫌弃你没错,但是我没有。"他转过脸,看着远处的海面。

"你有。"我语气肯定,不过我现在已经可以很淡然地提起这回事,"你以为你自己没有,你向我求婚的时候以为自己做得到的,可是这不是你的错,你终究是和你父母一样的人。那个时候你那么坚持地想要孩子……你发现了你还是瞧不起我的,对吧?但你就是要死撑,因为你不愿意承认失败。"我看着海鸟从天边飞过来,不管它们是否鸣叫,我都觉得凄凉。

"以后……"他沉默了很久,"以后还能做朋友吧?"

"去死吧,才不要和你做朋友。"我笑道。

"东霓你记得吗?"看他的表情我就知道他陷入了比较温暖的回忆里,"你第一天到美国的时候,你降落在洛杉矶。我问你,英文怎么样,其实我知道你的英文好不到哪里去,你一看就是那种不管走到哪个国家都要混唐人街的女人。"——我真不明白为什么他在想要说几句好话的时候语气里都带着轻蔑,算了,其实这也不那么重要,他继续说道,"你还记不记得,在洛杉矶机场,我们去那家面包店?"

我用力地点点头。

"我说,让我去买,你说不要,你搞得定。"他微笑着,"然后你就走过去冲那个店员笑了笑,指着玻璃柜子里面的面包,手指一边画,一边不停地说:'This one, no no, this, that one, no, that……'最后你终于把面包买完了,你拎着纸袋子转过脸,笑着跟我说:'你看,我没有骗你吧，我英语多好啊……'"他停了下来，似乎在等着对面的我笑完，然后他看着我的眼睛，叹着气说，"东霓，你根本不知道，那一瞬间，我有多喜欢你。"

"那么现在呢？"我轻轻地问。

"现在？现在我明白了，爱情也是身外物。"

就在这个瞬间，我突然想起我和他第一次见面的时候，他站在我当时的服装店门口，一脸似笑非笑的表情，我当时在想，这个男的转什么转？可笑，又不是我喜欢的那种。但是我却不由自主地多看了他一眼。海浪一点儿一点儿地漫上来，眼看着就要冲刷到我们坐着的那片沙滩："走吧，换个地方坐着。"他想也没想，就像往日那样，拉住了我的手。

现在好了，方靖晖，就在我们一同站起身，一同环顾四周的那个瞬间，我又一次悄悄地看了你一眼，因为我想再看看你，只有我自己知道这个就好了。

回程的飞机上，冷杉一直在睡，睡梦里紧紧地抓着我的手。江薏在我身边的座位上，一边逗着郑成功，一边无奈地看着我笑。她完全不知道刚刚过去的几天里，真正发生过什么。不过，我觉得这样挺好的。

第十五章 你的希伯来书

那几天，三婶总是在慨叹龙城的夏天马上就要结束了的时候，顺便都会跟上一句："他爸爸到底什么时候来接他呢？"她当然知道方靖晖抵达的具体日期，她只不过是想借着这样的重复，再确认一下，郑成功要离开了。郑成功自己倒是一如既往地自得其乐，最近他迷上了可乐那只熊的鼻子，很多天里，他兴致来了的时候，就孜孜不倦地用各种方式虐待着那个粉红色的倒霉的鼻子：用指甲、手指、指关节、手掌、拳头……直到有一天，那一小团粉红色绒布的棉球离开了可乐的脸，到了郑成功的手心里——铁杵，就磨成了针。

"没事，没事。"在我沉下脸的时候，三婶笑着把郑成功抱起来，"可以缝的。你妈妈太凶了对不对？"三婶的额头贴了一下他的脸颊，"宝贝儿，跟着爸爸走了以后，别忘了我们大家呀。"话说到这里，就有了悲从中来的味道。南音就在一旁，像是说相声那样配合道："真舍不得外星人走。"也不知道为什么，她们俩每次都能用一模一样的语气、一模一样的表情，一前一后地讲出这两句一模一样的话来。甚至连句子里的字都不换。

"哥哥也一定舍不得你走，小家伙。"南音托着腮，望着郑成功发呆，"我都还没来得及告诉哥哥这件事呢。都不知道该怎么说。""对了，"三婶突然想起来，"西决那个夏令营不是该完了吗？学校马上就要开学了。等小宝贝儿要走的时候，他应该是能赶回来的吧？"其实她也并没有指望别人回答她，她自顾自地说，"能赶回来的。这样，我们大家就能在一起吃顿饭，给小家伙送行了。""你干吗要说得这么凄惨？"三叔在旁边语气轻松地说，"人家郑成功是回自己的爷爷奶奶家，将来慢慢长大了，也会常常回来走亲戚的。"

"对的。"我看着他们笑笑，"郑成功以后一定会回来看外公和外婆。"

"东霓你在说什么啊？"三婶惊讶地笑了出来，"他的外公外婆……"

"就是你们。"我语气肯定地说。

那一天，机场似乎变得和我很熟。我早上在那里送走了江薏，下午接到了方靖晖。西决终究还是没有给江薏送行，那个夏令营真是老天给他的礼物。江薏领到登机牌的时候，我突然紧紧地抱住了她，我说："江薏，其实我不能没有你的，你信不信我？"她吃惊地瞪着眼睛，显然，这让她非常不习惯。"神经啊！"她笑着打了我一下，然后看着我的脸，像是在发呆，跟着狠狠地在我脸蛋上捏了一把，"不那么忙的时候，就来看我；就算是忙，也常给我打电话，听到没有？"

"是。"我揭穿她，"我一定常常跟你汇报，西决有没有去见别的女孩子。"

"那关我什么事啊？"她只是淡淡地笑。

方靖晖来到龙城的时候才发现，原来他除了需要带走郑成功之外，还需要带走这么多的行李。三婶拿着我家的钥匙来回跑了好多趟，才收拾出来好几个大箱子，一直强调说这些都是必须带着的东西。"这恐怕都超出托运行李的上限了。"方靖晖的表情很惊悚。"照顾小孩子就是一件不容易的事情，你要是现在就嫌烦了趁早别带他走。"三婶冷冷地给了他一句，然后掉转头去继续整理另一个箱子。三叔在旁边尴尬地笑笑，对方靖晖充满歉意地点了点头。

我的家在这两天里乱得可怕，我不明白郑成功的东西怎么会突然之间横七竖八地扔在种种不可思议的地方。方靖晖苦笑着摇头，从微波炉顶上拿起郑成功的皮球，说："还不错，你没把它放在微波炉里面。""哎？"我突发奇想地说，"你说要是把皮球放在里面转一下，会不会爆炸？"他狠狠地瞪我一眼，"我当初娶你真是瞎了眼。"

门铃响了，外面一起出现的是南音和冷杉："我们是在楼底下碰上的。"南音清脆地一笑，但是紧接着，意味深长地看了我一眼，眼神里闪烁着鬼主意。我也结结实实地盯着她的眼睛回看过去。死丫头，谁怕你？她把手里的包扔在沙发上，趁方靖晖和冷杉在厨房里尴尬地打招呼的工夫，她凑到我耳边悄声说："姐，算你狠，在我们学校里面，有个入围过什么选美决赛的美女都没能把冷杉拿下。""乱讲些什么呀？"我用胳膊肘撞了一下她的手臂。"得了吧，姐，你以为我真那么傻，什么都看不出来啊？"她拖长了声音，夸张着自己语气里面那种发现了八卦的兴奋，不过还是酸酸的，也不知道她自己有没有意识到。

"管好你自己吧。替别人操那么多的闲心。才多大的人，长舌妇一样。"我斩钉截铁地笑着骂。一边笑，一边冷冰冰地用眼光扫她的面庞。这个时候方靖晖走了出来，南音那种最典型的笑容又绽放了："热带植物，这是我妈妈给小家伙新织出来的毛衣，好不容易才赶好的。一定要带上，不能忘了的！"说话间，那副惯用的娇嗔又自然而然地散发了。好好装天真吧，我在心里冷笑。

"谢谢你，南音。"方靖晖从昨天起就这样语气熟稔地叫她"南音"了。

"啊呀，不能那样揉成一团放进去的！"南音尖叫着跳起来，从我手里把那几件小毛衣抢过去，"姐你让我来收拾好啦——照你这样所有的东西都会被压坏的！"

我冷冷地把手里的东西一丢，转身往厨房那边走。就给她个机会让她觉得自己比我强吧。果然，她一边叠衣服，方靖晖特别配合地在一边开口道："看出来了，南音将来嫁人以后，一定会是贤妻良母。"

南音没有作声，但我听到，她有些落寞地笑了笑。

冷杉站在冰箱旁边，很随意地把手插在兜里，深深地看着我，但轻轻地一笑："他是来带走火星人的吗？""是啊，怎么样？"我走过去轻轻地用手指划过他的脸，觉得指头肚上滚过一阵小小的粗糙，"该刮一下胡子了。"我跟他说。他沉默了一下，终于说："其实我觉得……"他急匆匆地笑，"我觉得他长得还不错，反正不像你原来跟我说的那么丑。""相由心生嘛——"我的双臂缓慢地从他的腋下滑过去，不知不觉圈住了他的脊背，"我那时候恨死他了，自然看见他就觉得恶心，不过话说回来，"我故意地放慢了语速，"要是真的很丑，你想想，我当初也不会嫁给他啊。"看着他欲言又止的眼睛，我笑了，用耳语般的声音说，"吃醋了？"

他突然把手伸到我身后去，两个手掌重重地挤住了我的腰："谁吃醋？"他的眉毛扬了起来，"我哪里赶不上他了，我吃什么醋？""是吗？你有好多优点吗？"我故意逗他。"当然了，我……"他咬了咬嘴唇，"你到哪里去找像我这么……这么，五湖四海、五光十色、十全十美、十恶不赦的人……""坏孩子！"我给了他肩窝上一拳，把我一脸的笑全贴到他胸口的地方，他身上带着夏末最后的余温，我的笑容也一样。

"好啦，放开我。"我轻轻地推他，"我刚想起来，我弟弟今天回到龙城了，我得打个电话给他，我忘了他的火车什么时候到。"

"你把电话拿进来，在这儿打。"他攥着我的胳膊。

"可以。快点儿，乖，放开我。"我轻轻地在他的手臂上拍了拍，"不然一会儿让方靖晖进来看见了就不好了。"

"有什么关系？"他不情愿地松开手，"看见就看见了，你们都离婚了。"

"等你再长大一点儿就明白了，宝贝。"我叹口气，"有些事儿，心里清楚，和明明白白地摆在眼前，就是不一样的。"每到这种时候我才意识到，我真的比他大很多。他这个年纪的男孩子还不懂得，人究竟有多脆弱。

我到客厅里抓起分机，重新往厨房走，途经卧室的时候，门不经意地半掩着，我看到南音和方靖晖一起在那里装箱子，方靖晖说："南音，谢谢你帮忙。"

"这有什么呀？"南音愉快地说，"不就是顺便的事儿吗？举手之劳。"

"我——"方靖晖叹了口气，"也谢谢你那个时候，帮我的忙。"

"哎呀你快别提那回事了！"南音的语调像是在撒娇，"我好不容易才忘掉。你算是让我做了一件我有生以来最坏的事儿。还谢什么呀？我认倒霉。"

"所以我才要谢你啊。"方靖晖淡淡地笑。

"我那时候心里都害怕死了，手一直在抖，一直抖。"南音莫名其妙地有点儿委屈，"开抽屉的时候差点儿喘不上来气，明明知道我姐一定不会回来的，可是就是怕得不得了。"她居然笑了，像在诉说一件有趣的童年往事。

"什么都别说了。"方靖晖也笑得很轻松,"请你吃饭,就在这两天里。应该的。"

我就在这个时候重重地推开了门。门撞在墙上一声巨响,我心满意足地看着南音那双被惊吓了的大眼睛。在这个时候,她居然求救似的看了一眼方靖晖,这一眼让我心里所有的犹豫一扫而光。她永远有本事像只真正的兔子那样给人展览她有多么易碎和无辜。去你妈的吧(对不起三婶,你知道我其实是什么意思)。我的嘴角细微地往上翘了翘,自己也奇怪为何我的语气这么平静:"郑南音,看来西决说得真的是一点儿都没错,我一直小看了你。"

方靖晖走上来,抓住我的胳膊,急切地看着我,语调里还硬是要装出一点儿沉着:"东霓,咱们到外面来,听我跟你解释,这不是南音的错,你听我解释好吗?"

"不是南音的错,那么是我的错?"我想要冷笑一下,可是做不到。

"姐,"她的声音就像她的眼神一样清澈,"对不起。我……"

在我还没有意识到自己想做什么的时候,我已经冲过去,左手揪住她的马尾辫,右手熟练地给了她一个耳光。再一个。又一个。她的身体在我的撕扯下弯曲成了一个奇怪的弧度,她只是沉默着,把两只胳膊挡在脸前面就是唯一的反抗。

"姐,对不起,姐你别打我你听我说,是大妈,是大妈让我按照方靖晖说的去做,我没有骗你,姐姐……"可是我什么东西都听不见了,耳朵里充斥的全都是自己喉咙里爆裂出来的声音,"我他妈最相信的人就是你!就是你郑南音!你真有种,真有本事,你他妈长这么大没被人打过吧,公主?你算哪门子的公主,小贱货!……"

方靖晖沉默地冲了上来,撕开了我们俩,然后一把把我推开,用力地攥着我的胳膊吼道："郑东霓你太过分了吧！你好好地静下来听人说句话会死吗？当初我不知道该怎么办的时候我去找了你妈，是你妈把南音叫出来拜托她的，是你妈一直跟南音说求她帮忙的，南音自己一开始也不愿意做这种事情……"

"滚你×的！你装什么好人啊！"我狠狠地一脚踹在他膝盖正下方那块骨头上，我觉得我的鞋尖连同里面挤压着的脚趾都随着这下撞击狠狠地打了个冷战，一种透彻的疼让我的心顿时柔软了下来，眼泪涌进了眼眶，我颤抖着声音重复着："你们全他妈给我滚远点儿，你们去死吧，你们通通去死吧——"

我忘记了，疼痛让我变得柔软，可是疼痛也可以让他变得暴烈，他弯下身子，手撑在膝盖上待了一会儿，然后他猛然站起身，没有表情地，对着我的右半边脸给了一拳。

有那么一瞬间，耳朵边上没了任何声响，除了一种持续的嗡鸣，眼前闪过一片很刺眼的金黄色，我还以为耳朵里那阵单调的鸣叫是光发出来的声音。世界在我的身边跌坐了下来。我看见冷杉从我身后冲上去，熟练地打倒了方靖晖，然后翻身骑在他身上，一下，两下，三下……我像一个被随意扔在地板上的沙发靠垫，木然地注视着冷杉激扬的身影。似乎这场景跟我没有任何关系。听觉恢复的时候，是南音带着哭腔的声音首先长驱直入："冷杉，冷杉你不要再打了，这样会出事的，冷杉我求你了……"

门开了。西决进来了。他手里还拎着出门时候的旅行袋。还好他有我家的钥匙。不然，大家都在忙着对骂和对打，谁能腾得出工夫给他开门呢？这么想的时候我对自己微微一笑。笑不动了，右边的脸不听我的。

西决非常冷静地就分开了他们俩，倒是费了些力气让冷杉停下来。

他用力地籀住冷杉的身体，用一种命令的眼神看着他。然后他把方靖晖从地上拽起来，方靖晖气喘吁吁地用手掌接住了嘴角和下巴上的血，就那样毫不在意地把满手的血抹在自己的T恤上。

"你是她养的狗吗？身手还不错。"方靖晖即使在非常狼狈的状况下，眼睛里都还是那一抹高高在上的嘲讽。

冷杉狠狠地瞪着他，他不是那么会说话，可能一时间找不到回敬的办法。

"看你身手这么好，"方靖晖说，"我告诉你，以后的日子你要小心，别真的闹出人命来。"看着冷杉茫然的表情，他满意地一笑，"你早晚有一天会对她做一样的事情。你现在为她昏了头，你以为你会永远对她好，她有的是办法把你逼疯，有的是办法让你做出你自己都不相信的事儿。祝你好运了，记得，我真的事先提醒过你了。"

"哥。"南音在一边可怜巴巴地叫了一声，然后像条小狗那样，钻进了西决怀里。

方靖晖慢慢地冲我走了过来，弯下腰，从他的眼睛里我看出他似乎是想要抚摸一下我肿胀的半边脸，但是他终究没有那么做。那一瞬间我知道一切都是没有用的。就算我已经签了字，就算我们已经拿到了那个证书，没有用的，法律在这个时候真的是狗屁，我又一次地回到了那个烂泥潭里面，回到了那片把我们俩缠在一起，弄得满身污秽和难堪的沼泽地。

"你打我。"我的声音呈现出一种奇怪的喑哑。

"对。"他静静地看着我，"我得向你道歉，但是，是你逼我。"

我怔怔地看着他瘀青的脸和眼角，以及破裂的嘴唇。眼泪就是在这个时候"唰"地淌了下来。因为就在刚才，我还想杀掉他，砍死他，把他撕成碎片，或者摔碎一只玻璃杯抓起一捧碎片戳到他眼睛里去。

但是现在,我不想那么做了。他从来没有打过我。没错,我们有过彼此仇恨的时候,有过口不择言的时候,为了制伏我,为了让我低头,他曾经像按一个图钉那样把我死死地按在墙壁上,他曾经卡住我的脖子在我眩晕的时候放开我,他曾经把我拖到卫生间里从外面锁上门,他曾经一把把我推倒在床上的那团乱七八糟的被褥中央。

可是他没有打过我。从没有。这是不一样的。

我知道会有这一天的。我一直在等着今天。我曾经还侥幸地以为,我们的关系最终还算是平静地结束的。现在想想,怎么可能?我逃不掉。我听见了一种可怕的声音,更糟糕的是,我知道那声音来自我的喉咙。冷杉迟疑地靠近我,温暖的手掌覆盖在我抖动的后背上,当我看到他眼中的那点儿惊惧的时候,我毫不犹豫地甩开了他。"滚开!"为了不让那种恐怖的声音把我彻底变成一只动物,我只好试着让自己说话。眼泪把周围的世界变成了一个荒谬的哈哈镜,我让自己蜷缩在了一张沙发和另一张沙发之间的那一小块地板上。管他呢,我已经看不清所有这些人,我就当他们一样看不清我。

"去死吧,都去死吧。"我感觉自己说话的声音就像一个不慎落入某条奔腾深河里的人,左摇右摆快要散架那般,想寻求一点儿呼吸的机会,"这不公平,老天爷你他妈为什么这么不公平?我是女人,我只能做女人,我没的选择,没有谁问过我愿意不愿意。我的手腕就是比他们细,我的力气就是没有他们大,他们就是可以轻轻松松地把我推开,把我抱起来,把我攥在手心里,再看着我挣扎。老天爷我操你妈!"我重重地喘息着,骂给自己听,"我害怕,可以了吗?你不就是想要我承认这个吗?我自己也不愿意这么没出息,可是他们对我挥拳头的时候他们用力对我吼一声的时候我就是害怕!你听见了没?郑岩,郑岩你个王八蛋,你个孬种,郑岩你让我害怕了那么多年你现在满意了吧……"

有一双手从我身后拢住了我。把我紧紧地拥在怀里。他的手掌握住了我冰凉的、沾满泪水的手指。"好了,好了,安静下来,没事了,真的没事了。"我知道这是西决。因为我清楚我此时此刻的样子有多么不堪和丢脸,我瘫在地上变成一堆如我妈那般的烂泥,这种时候只有西决敢走上来抱紧我,这种时候我也只允许西决走过来,因为我能确定,只有他是真的不会嫌弃我。"深呼吸。"他简洁有力地跟我耳语,"马上就过去了,只要你用力地深呼吸,你很快就不会想哭。来,听话。"他心跳的声音规律得可怕,它们就在我的耳膜边舒缓地震动着。他的呼吸吹着我的脸,我用力地让自己的呼吸也能慢一点儿,不知不觉间就想跟从着他的节奏,然后就觉得我似乎是可以这样睡过去的。

"她到底在说什么?"我听见了冷杉困惑的问题,"郑岩是谁?"

"她爸爸。"西决回答。

"冷杉,冷杉你过来。"我突然间抬起头,寻找他的眼睛。找到了,他的脸凑了过来,他甚至有点儿害羞地把手伸给了我,我不顾一切地抓住他,从西决那里离开,让他用力地抱紧了我。"对不起,对不起,"我小声地对他说,"我是不是吓到你了?是不是?"他眼神复杂地望着我,灼热地亲了亲我的额头、眼角还有脸庞。他避开了我的嘴唇。

我听见西决在我身后静静地站起了身。"让她稍微睡一会儿吧。"他的语气依然平和得没有起伏。

"哥,我们回家吧。"后来当我回想起那天的时候,最后的记忆总是停顿在南音有些悲哀的声音里。

醒来的时候,窗外已是夜色。我似乎忘记了是谁把我弄到床上来的。这种感觉很奇怪,类似宿醉,一种微妙的眩晕控制着我的脑袋和眼睛。然后我发现，贴着右边脸颊，有个正在融化的冰袋。我艰难地爬起来，摸到了我的手机，急急忙忙地抓在手里，是晚上十点了。很好，只要我能知道时间，我就觉得自己没丢。手机上有一个三婶打来的电话，还有两条短信。一条是冷杉的，他说他要去店里了他爱我；另一条是方靖晖的，他说"东霓，原谅我"。

雪碧在客厅里看电视，看到我出来，静静地把脸转过来。"你醒了？"她细声细气地说。

"我现在要出门一趟，你别看到太晚，自己早点儿睡觉，好吗？"

她轻轻地点点头，嘴里却说："姑姑，小弟弟今天跟着那个人住到酒店里去了，他很快就要走了吗？"

"对。"我慢慢地吞咽着一杯水。

"你不想要他了吗？"她轻轻松松地说。

我一阵烦躁，本来想说，"乱讲什么呀？"可我却是没有表情地喝干了那杯水，说："对。"这个字一说出来，我的心反倒静下来了。也许是她安宁的语气、眼神和表情让我觉得，说什么都是可以的。

果然，她只是问："为什么呀？"

于是我很痛快地说："我不知道。"

"我永远都不会不要可乐。"她深深地看着我。

"你比我强。"我笑笑，把空玻璃杯放下，出了门。

夜晚工厂区的街道看上去比白天要长，也许是因为黑暗，也许是因为黑暗尽头路灯那一点点不动声色的光芒。寥寥三四个人在那路灯下面打牌或者下象棋，我坐在车里，听不见他们兴趣盎然的对骂声。我十六七岁的时候，每次结束了和男孩子们的约会，都会拎着我沉重的书包面无表情地经过他们。我当然知道他们会抬起脸冲我吹口哨的，年长一些的会笑着问我这么晚了怎么还不回家。

我打开了大车灯,它把延伸在我眼前的路面映照得光怪陆离,就像天文望远镜里面看见的月球表面。这一小段被照亮的路有了生命,自己慢慢地像灵魂一样往前漂移。快要汇合到彼岸那抹路灯了。这让我心生凄凉,然后无处话凄凉,再然后,就好了,因为整个人安然地变成了凄凉的一部分。

我妈坐在那张旧沙发里,沙发套的颜色原本是鲜艳的,现在蒙了一层污浊,看上去反倒是顺眼了些,至少我妈坐在上头不再像是坐着一个刑具。除了日光灯,她还开了盏落地灯,在色泽复杂的光晕下面,仔细地读着一本厚厚的、黑色封皮的书。我还以为她在查字典,又觉得不像,仔细看看才发现那烫金的字,《圣经》。我轻轻地笑,满不在乎地坐在沙发里:"真没看出来,你还有这种嗜好。"

她淡淡地抬起头:"我是在你舅舅家住的那段时间,跟着你舅妈,开始去查经班。我觉得吧,我真的变了很多。其实你也该去,《圣经》里面什么都有,主什么都知道,什么事情到了主那里都不是问题。"

我冷笑道:"我就免了吧,你也别再麻烦人家上帝了,你死了以后一定是要去地狱的,你再怎么修行也没用。"

她不为所动,不紧不慢地翻到一页:"你看,《旧约》里面的《箴言》,有很多做人的道理,说得特别好。"她纹路深刻的手指重重地放在几行字上,她念道:"我所测不透的奇妙有三样,连我所不知道的共有四样:就是鹰在空中飞的道,蛇在磐石上爬的道,船在海中行的道,男与女交合的道。淫妇的道也是这样,她吃了,把嘴一擦就说:'我没有行恶。'"她看着我,笑笑,"看到没?人家说得对不对?你就是这样的淫妇。"

我笑了出来:"好吧,反正我就准备死掉以后去那些最坏最受罪的地方,只要能看着你和郑岩比我先去,我就满意了。"

她充耳不闻,突然像孩子那般兴奋了起来:"这是我们上周刚刚学的一段,我得练练。明天要一起唱的,我要是跑了调子那可就丢人了。是《希伯来书》里面的一段。你听着。"完全无视我难以置信的表情,她自顾自地唱了起来:

神啊,你的宝座是永永远远的;
你的国权是正直的。
你喜爱公义,憎恶罪恶;所以神……

"够了!"她那副愚蠢的喜悦表情让我反胃,我只好忍无可忍地打断她。短暂的沉寂之后,她微微一笑,说:"你喜欢唱歌,这点像我。"

"方靖晖什么时候来找你的?你又是为什么让南音去偷我的东西?"我咬紧了牙,注视着她灰黄的眼睑和微微抖动的睫毛。

"我也不知道他怎么找到我的,总之他找到了阳城去。他说他想把那个孩子带走,他说他的父母愿意照看那个孩子,我说这是多好的事情,但是他说你不愿意,他说你还要钱……你就是个蠢货。"她斜瞟着我,淡淡地说。

"少废话。"我烦躁地一挥手,"接着说,后来呢?"

"还有什么后来?我问他打算怎么办,他说实在要不回来孩子就只好打官司了,可是打官司也未必能帮他把孩子要回来,最多只能让你们离婚,让你拿不到你想要的那么多钱。我说管他呢,那就先做做要打官司的样子吓唬她一下,说不定是管用的。再然后我就跟着他回了一趟龙城,我找到南音他们大学里去。那个学校真漂亮呀,种满了梧桐树,南音从一排梧桐树里面走过来的样子真是好看死了。"她微笑,眼睛里突然柔软了。

"能不能别那么多废话啊,然后呢?"我狠狠地把烟盒丢在茶几上。

"我也想要一支。"她说。

"拿吧。"我看着她慢吞吞地拣出一支夹在手指间,然后举着打火机把身子往前倾了倾,手臂终究还是停顿在了我们两个人中间,不自觉地,大拇指按下去了,一簇小小的火苗听话地腾起来,却是有些莫名其妙地烧着。

"还是你自己来吧。"我笑笑,把打火机塞进她手里,"我最不喜欢给别人点烟,我也最害怕别人给我点烟。"

叮的一声过后,烟雾开始围绕着她的脸缠绵,她笑了:"你这个习惯其实和我一样。"

我默不作声,把自己的脊背软软地甩在靠垫里:"南音就是傻,别人说什么她都听。"我用力地呼吸了一下,烟模糊了我前面的灯光。

"我就跟她说,南南,大妈求你,大妈只求你这一回,我就一直这么说,后来她就答应了。我告诉她,按方靖晖说的做,就这样。"

"为什么?"我淡淡地问,我原本也不是要来兴师问罪的。

"把孩子交给那个人多好,你就不用再背这个包袱,想嫁人也没什么问题。我不能眼看着你为了贪财,就把事情搞砸了。"

"这么说你还是为了我好?我怎么这么不习惯呢?"我笑得差点儿被烟呛了喉咙。

"当然了,你以为你自己多有能耐啊,你已经有了……"她停了下来,看着我的脸。

"我已经有了谁?你说啊,谁?"我瞪大了眼睛,"你别跟我扯这些有的没的。要说,你的心也够狠的。郑成功不管怎么说,是你的外孙呢,你就这么处心积虑地要他走吗?"

"你才是他妈,我是你妈。"她粗鲁地把烟灰弹到地上,"遇上事情我只替你打算,怎么替他打算那是你的事情。"

"算你狠。"我颓然地把烟蒂按灭了,烟灰缸里有一两滴水珠,按上去,轻微地一响,"喂。问你件事儿。"我看着她不动声色的眼睛。

"问吧。"

"你当年跟那个人睡觉的时候,只是为了能把爸爸调回来,还是……还是你其实有一点点喜欢他?"我的声音轻得就像在说情话。

她贪婪地吸了最后一口,然后看着烟蒂慢慢地苟延残喘,答非所问地说:"那个人,他是大学生。我最羡慕的就是大学生。"她的表情居然有点儿不好意思。

我也笑了:"看来我爸也不是一点儿道理都没有。你的确欠揍。骨头这么轻。"

"其实你和我一样,你喜欢的也是念过书的男人。别不承认。你为什么要嫁给那个什么劳什子植物博士啊?"她用力地看着我,我不置可否。

"将来,无论如何,你要送雪碧去念大学。郑成功是没有什么指望了,可是雪碧要念大学。你得答应我。"她说。

"她功课不好。"我皱皱眉头,"就算是想办法塞进那些四五流的大学里,也没什么用。"

"那也是大学。也要念的。"她毋庸置疑地点点头,接着跟我说,"你走吧,不早了,我再练习一下也要睡了。"

"最后一件事。"我站起身的时候,像突然想起什么那样,随意地问,"我小的时候,睡在摇篮里的时候,有一回,你是不是想要掐死我?"

"你怎么可能还记得这件事?"她大惊失色,"你那时候那么小。"

249

"我就是记得。是不是你做的？"我从沙发上拿起我的包，正好，身体稍微弯曲的时候，可以避免直视彼此的脸。

"不是我，是郑岩。"她语气肯定得很，"那天你睡在小床里面，我看见他在那里，掐着你的脖子，是我跑过去跟他打，抓他，把你抢下来——其实吧，我怎么打得过他？他力气那么大，是他自己终究下不了手，你的小脸儿都憋紫了，哇哇地哭，郑岩居然也哭，他说要是你死了我们俩就能像过去那样好好过日子了。你说他居然说这种话，真替他害臊，还是不是个男人？"

"不骗我？"我问，"那么你敢把手放在那个上面发誓吗？"我眼睛看着那个黑封面上金色的字。

她把她粗糙的、纹路深刻的手放在那上面。我不知道是不是错觉，她的指尖似乎在微微发颤，她低声却肯定地说："我敢。"

我笑了笑，算了，并不重要。转身往门边走的时候，身后传来了她唱歌的声音：

主啊，你起初立了地的根基，天也是你手所造的。
天地都要灭没，你却要长存。
天地都要像衣服渐渐旧了，
你要将天地卷起来，像一件外衣，天地就都改变了……

那个粗糙的歌声终究还是让我回了头。她的脸和那本黑封皮的《圣经》贴得那样近。灯光颤抖地沿着她灰暗的后背涂抹了一个弧。因为这涂抹的动作，有一些尘埃惊飞了起来，就像水鸟。

第十六章 跟着我的爱人上战场

第一天开学的时候,雪碧很认真地问我:"姑姑,我现在应该觉得自己长大了吗?"

我愣了一下,问她:"为什么要'应该觉得'长大?"

"别人的作文里面都这么写。"雪碧放下牛奶杯,唇边蹭上了一抹白色,"都说'我是中学生了,我长大了'。我怎么就不觉得呢? 只是隔了一个暑假而已,为什么就必须觉得自己长大了呢?"

"那就对了。"我笑道,"你看看我,雪碧,我今年三十岁了,跟你这么大的时候比,当然变了很多,早就长大了,可是我也没有觉得自己真的变成了一个完全不同的人。"

"你三十岁,我十二岁,你比我大十八岁。"雪碧认真地歪着脑袋计算。

"是。"我被她认真的表情逗笑了,"你算得没错。"

"那么多。"她感叹着,我知道,对于现在的她来讲,十八年绝对是她的想象抵达不了的地方。

"年底的时候,给你过十二周岁生日,跟平安夜重了,不容易呢。"

我淡淡地说。

"姑姑,那你的生日呢?"她专注地看着我,"什么时候?"

"我?"我自嘲地说,"是在4月初,早就过了。不过,我现在哪里还有庆祝生日的本钱? 根本不想提自己的年龄。还有啊,我生日正好是清明节,晦气不晦气?"

"Cool……"她突然诡秘地一笑,"明年我们一起给你过生日好不好? 你、我、可乐,把冷杉哥哥也叫来吧。"

"喂——你们现在的小孩子真是可怕,这关你什么事? 你上学要迟到了!"我的脸上居然无地自容地一阵发烧,"从今天起,你就要自己坐公车去上学了。这就是上中学和上小学的区别。"

"知道啦。"她站起身对我挥手,然后又去对着沙发上的可乐挥手,其实我就是从她那个挥手的姿态里,感觉到了一点点少女的味道。其实她还是在变的,只不过她自己不知道。

这个家,突然间就变得如此安静了,花盆里不会再出现郑成功的小鞋子;郑成功的积木也被整整齐齐地收在盒子里,再也不会像炸弹那样掩埋在沙发靠垫中;餐桌顿时变得干净和整齐,没有了那些被他沾满巧克力的小手弄出来的指纹;电话铃响起来的时候我就可以从容地把听筒拿起来,再也不用在那几秒钟的时间里手足无措地决定究竟是要先跑过去接电话,还是要先去抢救被那个小家伙以一种无辜的表情弄翻在地板上的水杯。

就像是莫名其妙地被放了大假。一时间不知道拿这突如其来的自由怎么办了。

"喂? 陈嫣啊,你有事情?"我的语气简直轻松愉快得不正常。

"东霓,我不知道该怎么说,我可能闯祸了。"她丝毫不配合我,用她沉郁的声音给我泼了一盆冷水。

"说啊。"我叹了口气。

"刚刚,西决到我这里来过,是为了来给你小叔送一样东西,可是你小叔不在,我就和他说了几句话,我……我其实就是很随便地问他江薏到了北京以后跟他联络过没有,我真的只是想随便问问而已……"

"行了你快点儿说重点吧,你想急死我啊?"我大声地说——她又一次成功地浇灭了我的耐心。

"你听着嘛!"她提高了声音继续吞吞吐吐,"他说没有联络了,他说他们已经分手了,他说他不想再跟她维持普通朋友的关系因为那不大可能……然后,我一不小心,就说,我就说:'那件事情你是不是知道了?'他就问我什么事情,我就说,我说:'就是江薏和方靖晖的事情啊。'……他要我把话说清楚,我……我当时也慌了,我说其实我也是听东霓说的,我也不是特别清楚细节……东霓,应该不要紧吧?反正你当初不是还拜托我说,要我找个机会告诉他的吗?你说句话行不行啊……"

"成事不足败事有余"这个词,就是为她这种人发明的。我紧紧地攥着电话机,倒抽了一口凉气:"得了吧你,我都能想象你那副没出息的样子,你有那么无辜吗?你准是跟他说不要再难过了不要再理江薏了那种水性杨花的女人早点儿放弃了也没有什么不好——对不对?"我故意停顿了一下,欣赏着那边传来的难堪的呼吸声,"陈嫣我说你什么好啊……画蛇添足也不是你这么添的!当时我要你帮忙是想让他们俩分手,现在他们俩既然都已经分开了你干吗还去说这个呢?你不会用用脑子啊?你他妈怎么长这么大的!"

"喂!"她也不服气地对我喊过来,"我怎么知道啊?我还以为他是因为知道了那件事情所以才和江薏分开的呀!当初要不是你来求我

253

帮忙我怎么会知道那码事的……"

"好了！"我不耐烦地打断她，"没错，我承认我疏忽了，我应该从海南回来的时候就跟你说一声你不用再想着帮我那个忙了，那件事情你也从此别再提了——我哪儿知道你就……你当初拒绝我的时候多义正词严啊，你要是真的不想蹚这个浑水你……"

"那么现在到底该怎么办啊？"她可怜兮兮地打断我，"你不知道，他当时的脸色，真的很可怕。"

"所以你就把难题都推到我身上来了，你告诉他只有我才清楚其实你也是听我说的！"我对着天花板翻了翻白眼儿。

"说不定……"陈嫣的声音更加底气不足，"他现在正在去你那儿的路上——因为我跟他说了'东霓知道'以后，他就站起来走出去了……我怎么叫他都不回头——东霓，祝你好运。"她居然有脸就这样收了线。

好吧。就让该来的都来吧。我会告诉他所有的来龙去脉，我会告诉他江薏离开他真的只是因为他知道的那些原因而已，我会告诉他方靖晖和江薏的事情全是我的猜测，我会告诉他所有的猜测不过是因为一些错误的假定不过是因为我太相信南音，我什么都告诉他……这一次我不会再撒谎，这一次我想要做一个诚实的人，真心的。

西决，我承认我是对你做过坏事，但是我永远都不会背叛你，你明不明白？

心里很紧张的时候，我就喜欢用力地把五个手指张开在半空中，看它们无依无靠地在那里微微地颤抖，像是某种昆虫透明的翅膀。我桃红色的指甲油斑驳了，白的底色零零碎碎地露出来，像老旧的墙，不过也不知道为什么，我特别喜欢看七零八落的指甲油。指缝之间的地板是一个勉强的扇形，正好放得下西决的鞋子。十九岁那年，我从新加坡回到龙城，在三叔家的门厅里，惊讶地看到西决的运动鞋，怎么那么大？我才知道他已经是男人了。

他坐在我对面的沙发上，看着我。他一脸阴郁的神情。不过没关系，有时候我也能容忍他和我闹脾气。我对他心平气和地、缓慢地一笑。我甚至能够感觉出阳光磕磕绊绊地从我微微闪动的睫毛上滑过去——我的睫毛是把用旧了的梳子，那些阳光是一捧有些干涩的头发。我并不急着打破这寂静。我甚至有点儿享受这别扭的一刻。我想仔细看看他疼痛的眼神。江薏走了，那些女人都走了，我已经那么久没有好好看看他了。

他终于问我："郑成功走了，就不会回来了，对不对？"

原来是要这样开场，我还以为他一上来就会直奔主题，问江薏的事情。

"可能吧。"我淡淡地说，"我想应该不会。他的爷爷奶奶愿意带着他，不好吗？"

"可是他会长大的，再过些年呢？等方靖晖的父母都越来越老了，他还是不能独立，到那个时候怎么办？他的爷爷奶奶还不是会丢下他？"

我重重地深呼吸了一下，我明白了，这就是西决，他是真的来质问我的。"那么你的意思呢？"我反问他，"我就不会老不会死？我就永远都不会丢下他？我就得把我的一辈子交待给他，在我自己断气之前把他掐死带着他进棺材，这样你们旁人就都放心了？"

"少胡搅蛮缠了！"他激动地把身子往前倾，"我从来没有说过郑成功他一定要一直跟着你，我知道你并不是他唯一的亲人，可是你当初是怎么和我说的？你说是你的老公不想要他，你说是你的热带植物不愿意要你们俩……"

"对,我撒谎了我骗你了你又能把我怎么样?"我用力地站了起来,握紧了拳头,"我当初带着他回来就是为了跟方靖晖要钱,你满意了吗? 他答应给我的数字我不满意我觉得我自己吃亏了所以我要更多的,你满意了吗? 少拿出那种道貌岸然的样子来,老娘不吃你这套! 我不怕说出来,我不怕你们这种伪君子骂我无耻,当初我没想过要怀孕,我没想过么早要孩子,谁叫他方靖晖那么坚持? 看到这个孩子的缺陷的时候我简直都怀疑他是高兴的——他以为这样就可以毁我一辈子吗? 我就是要叫他看看,我郑东霓有没有那么容易低头——给钱吧,埋单吧,我受过的苦遭过的罪他也只能用这种方式来还我了!"我一口气喊下来,都觉得有点儿胸闷,"西决,"我含着眼泪叫他,"你不会明白,你永远知足永远自得其乐,你从来就不知道一个像我一样的人,一个像我一样什么都没有却又不甘心认命的人要怎么活下来。"

他悲哀地看着我,慢慢地摇头:"我知道,你不容易,你不甘心,可是那并不代表你有权利允许自己做所有的事。"

"西决,"我走到墙角去,背对着他,轻轻地用手指抹掉了眼角一滴眼泪,"你是好人。可是我不是。我最不允许自己做的事,就是像你一样活着。"

他突然被激怒了:"姐,我不在乎你看不起我,但是你也别忘了,咱们俩,到底是谁更在乎自己会不会被人瞧得起,是你,不是我!"

"我他妈用不着你提醒我!"我冲着他走过去,直直地逼近他的眼睛、他的鼻梁,"我当然知道其实你一直都瞧不起我。一定要把这些话都摆到台面上来说吗? 我忘不了,你大一那年夏天,我从新加坡飞回来降落到北京以后,我没有回龙城,我就在首都机场转机到你上大学的那个地方。我站在宿舍楼前面等你下来,可是你呢,你一看到我你就拖着我走到楼后面去,你说,'姐你来干什么?'问得真好啊,我来干什么? 你一直都把我看成是你的耻辱,你别以为我不知道!"

"说什么哪你?"他眼睛里居然闪现着童年时的那种气急败坏,"我那时候只不过是害羞,因为你穿得太暴露了,仅此而已!"

"是!你为什么不好意思说因为我一看就不是什么正经的女人你怕你当时的女朋友看了会误会!我当时说我要请你和她吃顿饭,你还记得她看我的眼神吗? 我他妈最看不上的就是你这点,瞧不起就是瞧不起,为什么非要遮遮掩掩地不敢承认呢? 人敢做就要敢当,你这就叫又要当婊子又要立牌坊……"我爆发般地喊出最后那几个字,脑袋里一片闪烁的空白后,终于毫不犹豫地说出来,"就冲你这副虚伪的死相,难怪你彻底让人家江薏恶心了,难怪你就是半夜三更把电话打到酒店去求人家人家也不理你呢,难怪人家宁愿和方靖晖鬼混也不愿意和你这种窝囊废结婚……"

我那个"结婚"的"婚"字还没完全说出口,就吞了回去,像是突然被一口很烫的水烫到了。满室的寂静已经寒光凛凛,其实我也吓到了自己,就在几分钟前我还想着要澄清那个来自陈嬷那里的谣言,现在好了,说真的,我只是——我只是想说那句"难怪你彻底让人家江薏恶心了",后面跟着的那两句是鬼使神差地冒出来的,说不定只是为了凑足三个以"难怪"开头的句子,让自己的话听上去更有分量一点儿。他盯着我看了半晌,突然轻轻地笑了笑。在他非常生气的时候,他才会使用那种非常平稳、波澜不惊的干笑。

"对,我是看不起你。"他的眼睛里面结了冰,"我看不起一个自私到连自己的孩子都不要的女人。我都替你觉得羞耻,你配做母亲吗? 真庆幸郑成功可能会懂事得比较晚,不然的话,再过几年他就会恨死你。"

"那就让他恨吧，谁在乎！"我忍无可忍地把耳边的头发狠狠地拨到脑后去，"我没有选择过他，他也没有选择过我，他愿意恨谁是他的事情，那是他自己的人生！"

"你是他妈！"这句乍一听很像是骂人的话。

"那又怎么样！"我直直地盯着他的眼睛，"我说过了，我和他其实不熟。我们没有彼此选择过，鬼知道是谁让他从我的身体里面出来！谁规定的就因为我生过一个人我就必须爱他？谁规定的就因为一个人是被我生出来的他就必须爱我？少来这套了……"

"那是天意，那是天理，没有那么多的为什么可说，你不能讨价还价。"他略微弯曲的手指在轻轻地颤抖，一个字一个字地从牙缝里蹦出这句话。

"你是老天爷吗？"我简直都要笑出来了，"请问你现在是在代表谁说话？你不会是在替天行道吧？"

"郑东霓，"刚才他眼里那种不可思议的神情在一秒钟之内彻底消失了，他缓慢地站起身，看上去就像是一个陌生人，"我什么话也没有了，你是个疯子。"

发生了什么事情？那一瞬间，他眼睛里的冰冷，他嘴角的轻蔑，他站起来的决绝——就像是被方靖晖的魂魄附了身。你们终究都会变成同一张脸孔吗？疯子？你也这么说？你？西决？方靖晖是从什么时候起开始这样叫我的？是因为有一回我们吵架的时候，我把煤气灶上的一锅意大利肉酱拿下来冲着他扔过去吗？墙上、地上、瓷砖上、冰箱上，全部都飞溅着带着洋葱和牛肉末的番茄汁——就像是个凶案现场，后来因为墙上的那些红色的印迹，我们退房子的时候还赔给房东四百美金用来粉刷的钱。不对，我那么做，究竟是在他说我"疯子"之前，还是之后？也许是之后吧，就像当年郑岩是在听见我妈说他是"疯子"之后才揪着她、企图用她的头发来引燃蜂窝煤炉子的，不是吗？

"西决，"我听见自己的声音在身体周围六神无主地飘，"你说什么？"

"我以前跟你说过的，不管有多难，我都会全力以赴地帮你把郑成功带大，我说过。你还记得吗？"他用一种狠狠的眼神，用力但是无情地看着我，"我不像你，一天到晚地撒谎，在最重要的事情上都要撒谎——我说的全是真话。你实话告诉我，你不想要郑成功，跟那个冷杉，究竟有没有关系？"

是吗？如果你真的落到江薏那个女人手里你怎么去照顾郑成功？你说过的，你说过的你为了郑成功可以永远不结婚的你那么快就变脸了。你有什么权利又来装得这么伟大……我用力地甩甩头，这些都不重要，重要的是，"西决，"我的声音为什么会这么惶恐？"我是问你刚才那句话，刚才前面那句话，你说什么？"

"我说你是疯子。"他咬了一下嘴唇，"你自私自利到没有人情味儿。我原来以为你不过是因为吃过很多苦所以太爱自己，我现在才知道你谁都不爱，你真以为你自己爱那个冷杉吗？不可能。你其实连你自己也不爱。所以你什么都能做得出，你不在乎，你不怕，你连爱都不爱自己你又怎么会嫌弃那个什么都能做的自己呢？就像疯了一样害怕自己还不够冷血，疯了一样连一点点诱惑都舍不得放弃，那就是你……"

西决，好了，我明白，我已经失去你了。不用再这样提醒我了。

我知道是我猝不及防的笑容打断了他的声音："郑西决，我是疯子，对吗？那么你知道你是什么？"我知道这个微笑应该是绝妙的，因为我慢慢打开我的脸庞的时候感觉到了那种激动人心，"你是，野种。"

在他脸上闪现过一丝疑惑的时候我心满意足地说："没错，野种。这个家真正的野种不是我，是你郑西决，是奶奶他们为了救爷爷的命，花了八十五块钱在医院买回来的私生子。不信？ 知道这件事的人现在都死得差不多了，连三婶、南音和小叔都不知道。你想知道你的爸爸，不对，鬼才知道谁是你爸爸，你想知道我二叔是怎么死的吗？ 不信你就去查二叔二婶忌日那天的《龙城日报》吧，那里面有则很怪的寻人启事，寻找的就是你生日那天龙城人民医院产房门口的一家人，就是你亲生父母在找你——二叔，你爸爸就是看了这个才突发了心脏病。你现在知道为什么二叔死了二婶也不要活了吧？ 因为她和你根本没关系，所以郑西决，你真的以为你是圣人吗？ 你伟大，你正确，你永远是君子，你永远有资格指责别人……看看你自己吧，我们家最好的孩子，最正派的孩子——因为你这个人的存在，你的爸妈都不在了！西决。"眼泪冲进了我的眼睛，"人生就是这样的，你什么都没做就已经糊里糊涂地手上沾了血，你不像你自己认为的那么无辜，不要再跟我在这里五十步笑百步了……"

他的身体剧烈地摇晃了一下，与此同时，我们俩都听到了一声发自肺腑的尖叫，南音站在敞开的客厅前面，手里的袋子掉在了地上，双手紧紧地捂着耳朵，似乎这样她就不用惧怕她自己制造出来的噪音了。

"你胡说，你胡说——"她反复重复着这三个字，就像是某种凄厉的鸟叫。在她身边，还有冷杉。当西决冲出去，南音也跟着追下楼的时候，他依然迟疑地站在那里，然后弯下腰，捡起南音丢下的袋子。那是他此时此刻，唯一能做的事情。

三天以后的傍晚，三婶给我电话，要我回去吃饭。她说："你已经好几天都没回来吃饭了。"我说："那好吧，三婶，我回去。"其实，我不敢。远远地看到三叔家那座熟悉的楼，我就觉得它危机四伏。我怕我进门以后看到西决，但是我也怕我看不到他——如果看不到他，那么所有的时间都得用来提心吊胆，都得用来惴惴不安地等待门响，等待听见他脚步声的时候心脏的狂跳，等待自己在心里逼迫着自己抬头看他的脸，但是必须躲闪他的眼睛。

"东霓，"三婶的笑容有点儿没精打采，"其实今天就只有咱俩，随便吃点儿吧，你三叔得在外面跟人家客户吃饭——我就是觉得没意思，所以才叫你回来。"然后她按了按太阳穴，不可思议地说，"小家伙走了这几天，我老是觉得头疼，真怪，是太安静了吗？他在这儿时还好好的……"看她的脸，应该是什么也不知道的。

"是你前些日子太累了，原先自己不觉得，突然清静下来才开始不舒服。"我淡淡地说，脸颊那个地方被僵硬的微笑搞得越来越僵硬。

"哎，对了，等会儿雪碧放了学，给她打个电话把她也叫来吃饭嘛，有那个小丫头在家里热闹一点儿。我还真是挺喜欢那孩子的。上中学还习惯吗？"我不明白，为什么说起孩子，三婶脸上马上就能泛上来那么由衷并且温暖的笑容——不管是不是她生的孩子。

"南音回学校了？"我淡淡地问，胸口那里觉得一口气已经被狠狠揪起来，不怕，不怕，勇敢些，别那么没出息。

"对呀。"三婶说，"现在这个家里哪还拴得住她？一点儿都不替自己的前途操心，整天就是出去疯玩儿。"

"那……"来吧，该来的总要来的，我一咬牙，"那西决呢，也不回来吗？"

"你不知道啊？"三婶有点儿惊讶地问我，随即释然，"对，我还没告诉你，我今天早上给他请假了。他昨晚很晚才回来，差不多都凌晨两三点了，他从来不会这么晚回家事先还不打电话的……今天早上我要去上班了,看见他的门关着,进去一看果然还在睡,我怎么叫都叫不醒,我摸了摸,也没发烧——就替他向学校请了一天假,让他好好睡一下好了。结果我刚才回家来,他居然还没醒。我知道,他心思重,江薏的事儿让他心里不痛快……"三婶长长地叹气,"你看,我跟你说什么了? 我就说那个女孩子太有主意,未必愿意安心和他在一起的——西决是个多好的孩子,为什么就是这么不顺呢……"

"三婶,"我怔怔地看着她,"你的意思是说——西决他,他还在房间里睡觉?"

"对呀,我刚才进去看过了。"三婶无奈地摇头,"睡得像他小时候那样,我就想,算了我不叫他起来吃饭了,就让他想睡到什么时候就睡到什么时候吧,要是明天还想睡我就接着帮他请假——"她的笑容有些忧伤,"他一直都太懂事了,难得任性一次。"

"三婶,你,你确定他还在喘气吧?"话一出口我就后悔了。

"胡说八道些什么呀!"三婶的眼睛笑成了弯曲的形状,"这种时候也就是你还能开得出来玩笑……我去弄点儿晚饭,你要是不放心他就进去瞧瞧他。"说着她站起了身,把整整一个空屋子丢给了我。这让我觉得每样看得烂熟的家具摆设都危机四伏,尤其是那扇西决房间的紧闭的门。

我最终还是迟疑地推开了它。里面很暗,窗帘拉着,我命令自己要绝对安静,有那么一瞬间我不知道到底该怎么做才能让自己像是空气一样没有任何声音。于是我下意识地扶住了墙壁,觉得这样至少可以让自己走路的声音变轻,却是一不小心,按到了墙上的电灯开关,一瞬间灯火通明,吓了我一跳,我听见了自己喉咙里那声猝不及防的呼吸声。

强烈的光丝毫没有动摇他的睡眠。他安静的脸庞一点点惊动的迹象都没有。看上去就像是一个死去的人毫不在意自己身边喧嚣的葬礼。呼吸是均匀的。他闭着眼睛的样子比睁着眼睛好看，可能是因为脸庞上是一副很简单的神情，没有那些他醒着时候的心事。我小心翼翼地伸出手指，轻轻地划过他的眉毛，还有眉毛后面那块略微突起的骨头。西决，我是胡说八道的，那都是假的，我骗你的，你别理我，你知道我的，谁叫你刺激我？不然这样，等你醒来，你打我？我让你打，我说到做到。

可是我看见他枕头下面露出来一张泛黄的报纸。我轻轻地抽了一下，很容易就抽了出来。那上面有几行很小的字，下面被打了醒目的红杠。我只看见了"寻人启事"这四个字，然后，看见了最醒目的数字：1981年8月2日——他的生日。已经够了。他找到了证据，也许这就是他昨天很晚回家的原因。

被子轻微地抖动了一下，然后，他睁开了眼睛。我就像是一个被抓到现行的贼，手足无措地半蹲在他床前，张口结舌地看着他。还不错，我在心里磕磕绊绊地想，我总算是有了勇气看他的眼睛。他的脸上居然没有一点儿算得上是表情的东西。我看不见怨恨，我的意思是说，他眼睛里面是澄澈的。似乎他并不像我那样，忍耐着煎熬面对他最不想面对的人，好像只不过是在确定自己到底是不是身在梦境。

我想叫他一声，可是我做不到。我只能眼睁睁地看着他的脸，我们就这样互相对看了很久。他那么静。我觉得我灼热的眼睛已经像两块滚烫的木炭那样灼烧着我的眼眶，但他岿然不动。他的眼睛是漆黑寂静的湖泊，就算我丢给他的都是连泪水也通通烧干的眼神，掉进他的眼睛里，也是一点儿涟漪、一点儿响动都没有。

我终于站起身，往外面走，只能把这个冰冷得让人心慌的他丢在这里了，没有别的办法。指头碰触到门把手的时候，我犹豫地停顿了一下,有一瞬间错觉身后的灯光在像昆虫振翅一般"嗡嗡"地响,我还以为他会在这个时候轻轻地叫一声"姐",但是身后一片沉寂。既然你已经打定主意要惩罚我,随你的便吧。

我真的以为,不管我对你做了什么,你都会原谅我的。

我走到客厅里去,从沙发上拿起我的包,甚至没有对厨房里的三婶说一句话,便逃命一样地走了出去。

电梯门缓缓打开的时候,我看见了南音的脸。浮现在电梯那种白得泛绿的光芒中,她的脸庞看上去像个小树精。我甚至心惊胆战地轻轻倒退了一步。她默默地看着我,一言不发。——怎么,你们串通好了用这种方式来整我吗?一个冷冷的微笑在我嘴角浮起来,西决怎样对我,我都没有话讲,但是,还轮不到你。

她静静地开口道:"我那个时候真的没想存心去偷你的东西,要不是大妈拼命地求我,我不会做,我得向你道歉。"她似乎是在欣赏我表情里面的蛛丝马迹,"不过从现在起,麻烦你,离我哥哥远一点儿。"

我笑笑,决定不再理她,我要去按电梯按钮的时候,她突然倒退了两步,用身体挡住了我的手臂:"这几天我一直和哥哥在一起,学校我也不去了,前天晚上我陪着他喝酒,陪着他吐,昨天我跟着他去图书馆,翻了一整天那些很多年前的旧报纸。我看见了那则寻人启事,可是那又能证明什么呢?是哥哥的生日没错,找的也是那个医院,但是那个老太太和三个儿子——未必是我们家的人啊,怎么就不可能碰巧是别人呢?我不信这件事情,我怎么也不信,你听谁说的?你告诉我你听谁说的?"

"你爸爸。"我的声音很干涩。

"今天晚上我就去问他。"南音固执地摇头,眼睛里刹那间流露出的那抹无奈让我觉得她一夜之间就大了好几岁。

"你敢。"我从牙缝里挤出这两个字,就好像是喉咙痛,说话只能恶狠狠地用气不用声音,我紧紧地扼住了她的手腕,"你要是敢让家里其他人知道,我会教训你的,不是吓唬你!你就是装也得给我一直装下去,你不是挺擅长这个吗?"

"不问就不问。"其实我知道她也在犹豫,"就算是真的又怎么样,有什么要紧?哥哥本来就是我哥哥,亲生的和领回来的又有什么区别?血缘算什么东西啊?是不是亲人干吗一定非得是血缘说了算的?"我惊愕地看着她的脸,这话似曾相识,谁和我说过类似的话?是西决吗?

她沉默了一下,眼睛突然变得冷漠:"可是我亲耳听见了,是你告诉哥哥,二叔二婶是因为他才死的 —— 这句话,我这辈子也忘不了。你怎么可以这样?"她质问我的时候,满脸都是那种我最痛恨的、天使一般无辜的神情,"你明明知道不是那么回事的,你明明知道哥哥根本就没有错,你为什么要说二叔死了二婶也不要活了是因为她觉得她和哥哥没有关系……你到底还有没有心啊?你知不知道,那个时候,陈嫣和小叔结婚的时候,有一次我打游戏到凌晨然后去厨房倒水,我就听见哥哥像是在做噩梦一样地喊'妈',是我跑进去硬把他推醒的 —— 他一直都是这样的,遇到难过的事情晚上就会在梦里喊'妈',考大学没考好的时候、失恋的时候……我们都知道的,我和我妈妈都听见过,我们谁都没有问过他知不知道自己有这个习惯,我们都不敢问……"她重重地喘着粗气,水汪汪地凝视着我眼泪横流的脸,"然后,然后你现在等于是在告诉他,他妈妈甩掉他的时候根本就没有犹豫过,你这也太冷血了吧!我知道,你厉害,你刀枪不入,你什么都不怕,你什么话都能听,可是哥哥他和你不同,不是每个人都像你一样,能够从小被大伯和大妈那样锻炼出来的……"

我松开了捏着她手腕的手，扔掉了手里的包，双手卡住了她的脖子，其实使不出来多大力气的，因为我的手都在不停地抖——而且腾不出手来抹一把那些已经让我什么都看不清的眼泪。我听见南音轻轻地笑了一下："你也有受不了的时候，对吧？什么叫己所不欲，勿施于人——你这种人永远都不会懂的。"我的手终于从她的身上滑了下来，我整个人沿着肮脏的墙壁慢慢弯下了腰，似乎是要把自己对折起来，用这折叠的力量压制住身体深处那种撕裂一般，并且泛着秽物的疼痛。

　　我听见南音慢慢地经过我，然后用钥匙开门的声音。

　　我把车窗打开了，让傍晚的风吹进来。9月挺好的，夏日最后的那点儿热的味道和凉爽的风搅和在一起，所以缠绵悱恻。脸上的泪全都干了，皮肤变得很紧。我脑子里想着我还是早点儿回去吧，回我自己的家，三叔这里我还是暂时不要来了——尽管我不知道这"暂时"究竟要"暂时"多久。不敢想。算了吧，我嘲弄地笑自己，你哪里还有想这种事情的资格？祸我是闯下了，就算我去死也改变不了什么，爱怎么样就怎么样吧。

　　然后我一不小心，发现我走上了一条不准左转的路。我一边在心里诅咒那条路的母亲——我也知道她不存在，一边向右拐进一个狭窄的巷子里，企图绕出去。我总是能在这样的小巷子里寻到旧日的龙城。车必须慢慢地挪，不停地按喇叭，以便顺利地绕过那些卖蔬菜的车、卖水果的摊子、阴暗的早餐铺子支在门口的油腻的桌子，那些胡乱跑着的小贩的狗，还有那群像粉丝一样的欢呼雀跃的孩子们——他们的小黄帽像向日葵那样簇拥着卖羊肉串的小贩，小贩脸上没有表情，对所有期待的眼神视若无睹，从容不迫地用力晃一把那些冒着烟露在烤炉外面的铁扦——偶像的风范的确经常都是这样的。

我希望这条小巷长一些，再长一些，最好我永远都不要走完它。有的时候，我喜欢这种不平整的路，走走停停地稍微颠簸一下，让我觉得我的车和我一样，都是活着的。

我想那是在我上小学三四年级的时候吧，我不知道为什么，会突然想起这件事情，可能是因为这条很窄很拥挤的路，可能是因为突然之间蜷缩在我的车窗上的晚霞。那也是一个类似的黄昏，我穿过一条这样的巷子，放学回到家。家里很寂静，满地都是碎片——那时候我们家只有一个房间，他们睡一头的大床，我睡另一头的小床，所以每到他们俩吵架的时候，每到屋子里遍地狼藉的时候，我就会觉得我没有家了。不过我总是满不在乎地走到我那张小床的旁边，把我的书包放在上面，再把我的外衣也放在上面，那块地方是我的，所以我也必须默不作声地把一些飞溅在我枕头上的玻璃片全体抖落到地上去，因为曾经有一次，我一不小心睡在上面，差点儿被一根大头针戳到太阳穴，其实那根大头针也是无辜的，它本来睡在窗台上的一个盒子里，可是那盒子被我妈用来砸我爸了，于是它就这样莫名其妙地飞到了我的枕巾上。

我其实只是想说，那是我的童年里一个非常普通的黄昏。我在仔细检查我的枕头的时候，我爸出现在了我身后。他不和我说话，只是从墙角拿起扫帚和簸箕，慢慢地扫地。他看上去神色还好，似乎已经没什么怒气了。也许是因为那场战争发生在中午他们回来吃饭的时候，时间已经隔得比较久；也许是因为，他今晚不用去值夜班，没有夜班的黄昏他总是开心的。扫着，扫着，他就自得其乐地开始轻轻哼唱了起来。他喜欢俄罗斯的歌——不对，那个时候，我上小学三四年级的时候，他们管那里叫"苏联"。管他呢，总之，那些歌似乎是他少年时代最美好的记忆。

他不紧不慢地唱：

　　　　一条小路曲曲弯弯细又长，
　　　　一直通向迷雾的远方。
　　　　我要沿着这条熟悉的小路，
　　　　跟着我的爱人上战场。
　　　　我要沿着这条熟悉的小路，
　　　　跟着我的爱人上战场……①

　　他一边唱，一边扫地。似乎完全无视呆呆地坐在床沿上的我。碎片微微滑过地面的声音和歌声的旋律有种莫名其妙的吻合。有那么一瞬间，我甚至期望他能永远这样唱下去。

　　然后，我妈回来了。她脸上还固执地凝着一团阴云。她放下手里东西的时候还是恶狠狠地摔。但是我爸似乎不为所动，他开始唱下面一段了。

　　　　纷纷雪花掩盖了他的足印，
　　　　没有脚步也没有歌声，
　　　　在那一片宽广银色的原野上，
　　　　只有一条小路孤零零。
　　　　他在冒着……②

　　他停顿了一下，皱着眉头，重新开始："他在冒着……"紧接着他无奈地摇摇头，像是自言自语地悄声说，"不行了，都不记得词了。"

---

　　①② 《小路》：谢·波杰尔柯夫作词，尼·伊凡诺夫作曲。

这时候我突然听见我妈的歌声,细细的,有点儿颤抖,有点儿犹疑。

  他在冒着枪林弹雨的危险,
  实在叫我心中挂牵。
  我要变成一只甜美的小鸟……①

  我爸的眼睛突然亮了,灵光乍现一般,然后,他们的嗓音就颤颤巍巍地汇合了:"我要变成一只甜美的小鸟,立刻飞到爱人身边。"我爸眼神温柔地凝视着地上那最后一摊白色的碎瓷片,似乎很不舍得把它们扫进簸箕。我妈的背影终于不再那么僵硬,她丢下怀里那一大堆脏衣服,慢慢地舒展了起来。
  两个人的声音在一两句歌词之后,就像两股穿堂风那样,糅在了一起:

  一条小路曲曲弯弯细又长,
  我的小路伸向远方。
  请你带领我吧我的小路啊,
  跟着爱人到遥远的边疆。②

  像是为了这首歌的结尾,我爸轻轻地端起簸箕,把里面的碎片"叮叮当当"地倒进了垃圾桶。我妈就在这个时候走到他身后去,慢慢地,把脸贴在我爸的脊背上。
  多年以后,她经常这样,动作迟缓地,脸颊轻轻贴着他的遗像,

---

①②《小路》:谢·波杰尔柯夫作词,尼·伊凡诺夫作曲。

准确地说，是相框上面那层冰凉的玻璃。

　　南音的话就像前面那辆车的喇叭一样，尖锐而猝不及防地刺到我脑子里："不是每个人都像你一样，能够从小被大伯和大妈那样锻炼出来的……"前反镜映照出我失去血色的嘴唇微微翘起来的弧度，不对，南音，你不懂，你们，都不懂的。

第十七章 你的样子

进门的时候,冷杉和雪碧一起并肩坐在客厅里的沙发上,一起用一种称得上认真的神色打量着我。那种感觉很奇怪,我说不上来原因,就好像在我出门的那不到一个小时的时间里,这两个人就结了盟。冷杉站了起来,走向我,雪碧的眼睛依然毫不犹豫地凝视着我的脸,直到冷杉把她在我的视线内完全挡住,也不肯退让。冷杉脸上并不常常出现这样的沉重,这让我不由自主地倒退了几步,然后我们俩就这样心照不宣地走进了厨房里,我没有忘记顺手关上门。

"刚才,就是你进门前几分钟。"冷杉看着我说,"我接了个电话,人家说要找你,说你的手机打不通,我就说如果很急的事情就跟我讲让我来转告吧,他们就……"

"好了不要这么多细节,说重点,你别吓我!"我紧张地打断他。

"好。"他像是要鼓足勇气那样,用力地说,"雪碧的外婆死了。就在今天中午,养老院的人说,午睡时间,她就这样睡过去了,没再醒来。"

"那么……"我努力地集中了精神,"雪碧知道了?"

"我跟她说了。"冷杉有些迟疑,"我觉得应该说。反正她早晚得知道,对了,他们要你回电话给他们。"

门开了,雪碧站在我们面前,表情有点儿茫然,她第一个动作居然是去按墙上电灯的开关。灯光从屋顶溢出来,就好像天花板上那盏灯是个失控的淋浴喷头——她似乎被兜头淋了水,脸上愈加困惑了。不过她什么话也不讲,只是把怀里的可乐抱得更紧。

"雪碧,"我很不自然地用两手扶着她的肩膀——其实我特别讨厌碰别人的身体,可是眼下似乎必须如此,"你想哭就哭,知道吗?别不好意思,不要忍。"

"我不想哭。"她无助地看着我,"姑姑,怎么办?"

我不由自主地一把抱紧了她,我在她耳边说:"没关系,知道吗?不想哭就不哭,一点儿关系都没有,别怕,你没有任何错,你懂我的意思,对不对?你知道我在说什么。"

她轻轻地挣脱了我,眼神怯生生的,用力点点头。仔细想想,我从没在她的眼睛里看见过怯意,就算是初次见面的时候。

"雪碧,"冷杉就在此时凑了上来,他的一只手用力地握紧了雪碧的手,另外一只手搭在我冷汗直冒的脊背上,"你就这么想雪碧,其实这没什么大不了的,你只是现在暂时见不到外婆了而已。"我感觉他的手加重了一点儿力度,"可是,你总有一天会见到她的。你相信我,我们大家都会死,那一天早晚会来的,然后你就能见到外婆了你知道吗?你现在只需要把……"他表情困难地组织着语句,"你只需要好好地把该活的日子都活完,你就一定能再见到她。"我本来想打他一下,骂他胡说八道,可是终究觉得,这是有道理的。

"那我还要活多久?"她仰起脸,热切而认真地看着冷杉。

"这个……"冷杉一愣,但是居然硬着头皮认真思考了一下,"我想你还要活……至少七十年吧,这是……保守估计。"

她静静地看着冷杉,低声说:"七十年。我现在十二岁,我已经觉得我活了很久了,还要再等那么久,才能看见外婆吗?"她突然间像是害羞那样笑了笑,其实她的脸庞从来没有像现在这样,这么像一个"孩子"。

"雪碧,"我轻轻地抚摸她的脸,"不会像你想的那么久的,相信我,开始的时候是很久,人生都是越到后面就会越快,我不骗你。"

她垂下了眼睛,没有急着从冷杉的掌心里把自己的手拿回来。她只是用剩下的一只胳膊使劲地夹着可乐。小熊漆黑的小豆眼直直地对着她俯视的脸,不知为什么就有一点儿惊慌失措的神色。她悠长地叹了口气,就在那叹气的几秒钟里,变成了另外一个人。

"姑姑,"她的眼圈儿有点儿泛红,"我到底该怎么跟可乐说?"

我只好用力地揉揉她的头发,就像西决常常对南音做的那样。然后我又闪电般地想起西决无动于衷的眼睛和南音近乎残酷的语气,于是我一鼓作气地搂紧了雪碧,把她那张无助的小脸贴在我的胸口,她不挣扎,也不躲闪我,她只是有点儿不知所措,似乎是不懂得被人拥抱的时候眼光到底应该落在什么地方比较合适。

冷杉突然笑了一下,那笑容几乎是淘气的。跟着他从雪碧怀里抽出可乐,把他拿在手上,像木偶戏那样,让可乐的脸正对着雪碧。也不知道为什么,冷杉只不过是轻松地在那只熊的脖子上稍微捏了几把,可乐顿时就像是被吹了口仙气那样,手舞足蹈了起来,这个时候就连他脸上那道被粉红色的线缝出来的微笑都成了真的表情。

"姐姐……"冷杉沉下了嗓子,惟妙惟肖地学着蜡笔小新说话的语调,真没看出来他还有这点儿本事。我突然想起雪碧那篇作文,"弟弟说话总是慢慢的,会说的词也很少,语调有点儿像蜡笔小新,可爱极了……"也不知道冷杉是什么时候记住了这个。

"姐姐,"冷杉,不对,是可乐,可乐的小脑袋歪向了一旁,冷杉腾出一根手指在他头顶那里摆弄了一下,他的一只小耳朵就跟着轻微地耸动几下,一看就知道他是很认真地在思考,"姐姐,我知道外婆出门了,我和你一起等她,我不哭,我会听话……"

雪碧惊愕地看着眼前这神奇的场景,可乐说完这句懂事的话以后,又把大脑袋偏到了另外一个方向,就在这细微的小动作之间,我似乎真的看到他的眼睛灵动地眨了一下。也许雪碧是对的,可乐是个有生命的小家伙。雪碧用力地把可乐从冷杉手上抢回来,轻轻地凝视了半晌,然后就紧紧抱住了那个毛茸茸的小身躯。

她的眼泪终于流了下来,全被可乐的小脸吸了进去。她一边流眼泪,一边说:"可乐,外婆不在了也没有关系,姐姐会保护你。"

我拥抱了他们俩,这两个懂事的孩子。因为刚刚,可乐那几声真挚的"姐姐"又让我想起了小时候的西决。冷杉也慢慢地靠近了我们,很自然地,我们抱在了一起。我对冷杉说:"今晚你留在这儿,不要走了好不好?"他说:"当然。"

他们就是我的家了。我知道这看上去是个有点儿奇怪的组合。可是,我不管,这就是我仅剩下的家,不相干的人们,你们尽情地审判我吧。

几天之后,我们几个上路到阳城去,去把雪碧的外婆装在小盒子里带回来。

其实在这几天之内,还发生了一件事情,简单点儿说——本来就是一件很简单的事儿,西决走了。

他报名去做地震灾区的志愿者。新闻里面总是说,那里很多村镇的学校都塌了，孩子们都在帐篷里上课。西决现在就要去那些荒凉的帐篷里，给一些劫后余生的孩子教书了。从他做决定，到申请通过可以启程，居然只用了那么短的时间——西决说，那是因为那些地方现在真的很缺老师。有很多的志愿者选择的都是短期的工作，他要去一年。他还说，新的学期已经开学了，他得马上过去才能帮孩子们赶上进度。

当然，我说"西决说"的意思是，这些都是他在某天的晚餐桌上，神色平和地告诉大家的。他不会再单独和我说任何话，他甚至连看都不愿意看我一眼。三叔三婶都没有任何反对——那是因为他们完全不知道真正发生了什么。三婶第一时间想到的永远都是那些最折磨人的小细节——带什么样的衣服，准备什么样的行装，到了那边怎么定期跟家里联络……然后饭桌上的气氛又因为这些鸡毛蒜皮的争论变得热闹起来，陈嫣也在很热心地发表一切意见，似乎这样可以帮助她减轻心里荒谬的负罪感。

他收拾背包的时候，我站在他身后。我鼓足了勇气，在他临行前夜推开了他的门。其实我想要敲门的，可是我知道，如果我敲门的话，他一定都不会应答，不会说一声："进来吧。"——他能从敲门的声响里认出那是我，我知道他可以。他的床上那只巨大的登山背包寂静地张着大嘴，等着他不紧不慢地把所有的东西丢进去，喂饱它。

我想要走上去帮他叠衣服，但是我不敢。

墙壁真凉，可是如果我不把整个后背都顶在上面，我不知道该把这个沉默寡言的身体放在哪里。我只能这样，静静地注视着他，看着他转过身来开我身边的柜子，眼光视而不见地从我的身上扫过去，就好像我只不过是那白墙的一部分。就这样吧，我在心里轻轻地叹息，由着你。壁柜的半扇滑动的门撞到了我的手臂，再也推不动。但是我不会让开的，我要看他怎么办。果然如我所料，他又像什么都没发生过那样，把那推不动的门再推回原位。柜子里的东西他也不拿了，他开始转身打开抽屉，去收拾一些别的东西。

"西决，"我说话的声音就像一缕摇摇晃晃、马上就要熄灭的烛火，"你可不可以，不要这么对我？"

他的身体略微挺直了一下，僵在我眼前，只是那么短短的一瞬间，随即又若无其事地打开了另一个小一些的旅行袋，拉链钝重的声音把我和他之间的空气一下子就撕成了两半。但是我不会再像那天一样落荒而逃了。我不会走，我就在这儿，我豁出去了，你收拾行李的时候我在这里看着你，你要睡觉的时候我也在这里看着你，有种你就真的若无其事地上床去，然后把我和你满屋的灯光一起关在黑暗里——真是那样的话，我也奉陪到底，我和所有的家具一起等着窗外的曙色，我倒想看看，你能不能睡着。

就像你熟知我敲门的声音那样，我也熟知你装睡时候的呼吸声——没办法，我和你太熟了，熟到连仇恨都是拖泥带水，泛不出来寒光的。

良久，他终于说："你回去吧，很晚了。"

这时候南音进来了，抱着一大堆吃的东西，手忙脚乱地说："妈妈要你带上你就带上嘛，你到了那边以后说不定又没电视看，又不能上网，你每天晚上做什么啊？还不如多吃点儿东西打发一下时间……"眼光一不小心撞到我，脸上瞬间冷冰冰的，把怀里那几个大食品袋一起丢在床上，淡淡地说了句："外面还有，我再去给你拿。"我要从那间房里出去的时候，不小心和也在往外走的她碰撞了一下，"不好意思，让一下行吗？"她清晰地说，却不看我。

听说，西决是在次日清晨起程的，南音叫嚣着要去送行，结果她自己的闹钟吵醒了全家人,却吵不醒她。西决拿起行李出门的时候,是三婶叫住他,强迫他吃下去一碗热腾腾的红豆汤圆。

我们到阳城郊外的老人院去领外婆的遗物时,是在下午两三点,艳阳高照的时候。我们四个一起去的,我、雪碧、冷杉,还有可乐。

让我意外的是,整间老人院的人,都在笑着迎接我们。似乎我们只不过是来喝茶的。他们把雪碧外婆的遗物整齐地打了包,递到我手上的时候简直像在拜托我转赠什么重要的礼物。院长、护士,还有一些和外婆熟识的老人,他们反复强调着一件事:"她真有福气啊,睡一觉,就什么都过去了。"

睡一觉,就什么都过去了。这话听上去真是满足,略微的一丝遗憾都是恰到好处的。似乎被这个人在睡梦中错过的,不过是一场电影而已。或者,真的是这么回事吧,死去的人从一场长长的大梦里醒来,突然发现自己已经剧终了。灵魂眼睁睁地瞪着活着的人们熙熙攘攘地站起来,大屏幕上的字幕缓慢地挪动着——那就是自己的墓志铭。阳光洒满庭院,温暖地照耀着这些苍老的脸庞。这么老,我再过几十年,是不是也会是这样的?让几十年的阳光成功地蒸发掉我几乎所有的水分,让我脸上所有的表情都必须从一堆沟壑纹路里面挣进出来?变得非常老之后,要怎么哭?眼泪没办法自由无阻地滑行了吧?——但是有一件事是绝妙的,就是,到了那个时候,我可以把死亡看成一件普通的事情,我会觉得生命无非是一场在睡眠中错过了的电影。

那个老人一直坐在轮椅里面,他干枯消瘦得简直像一棵生了病的树。眼珠发黄,脸庞无意识地跟着阳光慢慢地抖动,突然佝偻起了身子,咳嗽得就像是身体里在刮一场龙卷风。咳嗽完了他仰起脸,突然单纯地对雪碧笑了。雪碧把可乐小心地捧在怀里,也对他笑。我想,他一定也是一个羡慕雪碧外婆的人,不过,也难说,或许他还是愿意忍受咳嗽的时候,体内那一阵阵的狂风——死亡倒是会带来万里无云的晴空的,好是好,可是永恒未免无聊。

雪碧捧着那个盒子,问我:"可不可以打开看看?"我说:"随便你。"她说:"我有点儿怕"。我说:"那就算了吧。"因为,其实我也怕。

回去龙城的路上,天气莫名其妙地转阴了。我们几乎都没怎么说话,突然之间,冷杉开口道:"掌柜的,跟你说件事情行吗?"

我深深地看他一眼:"说啊。"

他掉转脸,看着窗外:"昨天我的导师找到我,要我准备申请美国的奖学金,他说,我们去年一起做的项目在英国得了一个不算小的奖项,刚刚公布,我拿着这个资历去申请美国那边的 Ph.D,我年初的 GRE 成绩正好还能用,应该是没有问题的。现在开始准备材料,在 11 月以前递出去,差不多到了明年春天的时候,就有结果了。"

我有些不相信自己听见的事情:"你是说,你要走?"

"不是。"他用力地摇头,"我只是说,我现在可能有机会,我只是想问你的意思。你不愿意我去,我就不去。"

"你哄鬼呢。美国。"我慌乱地冷笑道,"美国,就不知道那个鬼地方好在哪里,你们都一个个地像贱货那样奔过去……先是方靖晖,然后就是你……"有个不知名的地方的收费站渐渐靠近了我们,"开过去停下。"我简短地对他说。

"雪碧,一会儿还要开很久……"我竭力控制着声音里面那种要飘起来的东西,尽量维持着正常的语气。

她非常配合地打开了车门:"我知道,所以我去一下厕所。"可乐困惑的小脸软绵绵地伏在她的肩膀上,略微低垂着,似乎这只熊为了什么事情有点儿不开心。

他们俩的身影消失的时候,冷杉闷闷地开口道:"你别这样。我不过是在征求你的意见而已。征求意见,你懂吗?"

我吃惊地看着他,这是冷杉吗? 这是那个小男孩吗? 这还是那个会让可乐说话,会在半夜里沿着高速公路长途跋涉,会不知道月亮是每个月都会圆一次的小男孩吗? 我难以置信地,一点儿一点儿地凝视着他沉默的侧脸,是,就是你,是我让你的眼神里多了一种复杂的东西,是我让你说话的语气变得淡然和毋庸置疑,是我把你变成了一个男人——现在,你要使用只有男人才会用的方式,来对付我了。

"玩儿腻了,对不对?"我短短地一笑,"我早就跟你说过,新鲜劲儿总有一天会过去的。好啊,现在过去了,想起来还有其他事儿要做了,想起来还有前程了——"我甩了甩头发,"也对,没什么不好,那你就滚吧,有多远滚多远。"

"我不是那个意思!"他转过脸来冲我吼,"我都跟你说了我自己也觉得这件事情太大了,所以我是在和你商量的! 你能不能相信我啊?"

"别对我吼。"我用力地用衬衣上一根细细的带子缠紧了手指,隐隐觉得那根手指开始膨胀和丧失知觉,"别对我吼,我警告你,"我咬紧了牙,"我不想弄得那么难看,冷杉,我和你说过,如果我们两个人成了仇人会很可怕,你还记不记得? 所以别逼我,我真被逼急了的话,你不是对手的。"

他的右手发狠地攥紧了方向盘:"不用你警告我——"然后奇怪地笑了笑,"我见识过了。我信你。"

我突然间对他笑了,是货真价实的笑,我甚至觉得我的眼睛里都在荡漾着最初的温柔:"你不会是以为,我嫁过一个有绿卡的男人,所以我能帮你吧? 你不会一开始就打这个主意的吧? 小家伙,你想得太简单了,我没有绿卡,美国的移民局不像你那么傻,我什么都没有,我现在告诉你了你指望不上我的……"

我说话的时候,他那只攥着方向盘的手一丝一丝地抽搐着,他轻轻地松开了,仔细地凝视了一会儿他发白的掌心,然后又紧紧地攥了回去。

"你这样有什么意思啊?"他愤怒地打断了我,他这次没有冲我吼,说话时声音全都憋在了喉咙里面,"有什么意思? 你明明知道不是那么回事,你为什么一定要强迫自己去想那些最坏的事情? 你为什么要把别人都想得那么坏? 这对你自己有什么好处吗?"他的右手又开始紧紧地抽动了,连接手指和手掌的那几个凸起的关节在微妙地耸,就像是挡也挡不住的植物,就要破土而出。

我再也受不了了,拿起我的手机对着那只手扔了过去。我听见手机落在那些关节上的一声清脆的响,然后冷杉猝不及防地一拳捣在了方向盘上:"你他妈有毛病啊!"

现在好了,我怔怔地凝视着他被怒气点亮的脸,在心里悲哀地告诉自己说:"现在好了。"他这一拳总算是挥了出去,总算是没有挥给我——其实我知道我自己太夸张了,我知道也许他不会那么做的,我都知道,但是我没办法,我受不了看见那只颤抖的手,受不了看见那只手上表达出来的带着怨气的力量。我该怎么让他明白这个? 这种事,别人真的能够明白吗?

"我有毛病?"我低声重复了一次他的话,"冷杉,我是有毛病。"我终于不顾一切地对着他的脸喊了出来,"我他妈就是有毛病! 我为了你,不再去和方靖晖争,我为了你,不想再去为了钱和谁斗和谁抢,我是为了能干干净净地和你在一起,才把郑成功交给了方靖晖! 我都是为了你! 你现在来问我你该不该去美国? 你还征求狗屁的意见!"

滚你妈的吧,我就当我自己被狗咬了一口……"

他的表情顿时变得很陌生。我的意思是,他的表情让我觉得他是在注视着一个陌生人。

"你说什么?"他直直地看着我,"你什么意思?"

我不理会他,胡乱地把脸上的头发拨弄到后面去。神志涣散地听着自己重重的呼吸声。

"你是说,因为我,你不要郑成功了?"他的语气像是在问医生自己是不是得了绝症。

我不回答,不知道该怎么回答,只好转过脸去,看着窗外不知什么时候到达的黄昏。

"你告诉我,为什么?为什么你不愿意要他了?你原来跟我说,你说是因为郑成功的爷爷奶奶太想念他,他爸爸才会来把他接走的……你撒谎了,你为什么要撒谎?"那一瞬间他又变回了那个最初时候的冷杉。

"我并没有撒谎。"我费力地说,"我说的不完全是真话,但是,也不全是撒谎。"

"没说真话就是撒谎。"

"你太幼稚。"

"我发现我其实一点儿都不认识你了。"他的表情里有种我从没见过的忧伤,我们一起沉默了一会儿,他终于说,"我只知道,我小的时候,我妈妈在所有人的眼里都是个不靠谱的女人,她被一个又一个的男人骗也还是不长记性,她甚至因为自己贪玩儿把我绑在舞厅的椅子上面——但就算是这样,她从来都没有想过要丢下我,她从来没有。"

雪碧就在这个时候回来了,我的眼角看到车窗的一角映出她鲜绿色的球鞋,然后她静悄悄地打开了车门,先把可乐端正地放在里面——那个原本是另一个人类的位置上,然后再自己坐进来。

剩下的路程中,我们谁都没有说话。到达龙城,冷杉先下车的时候,他其实偷偷地看了我一眼,犹豫了片刻,他说:"你们回去的时候,当心些。"我没有理会他,看到雪碧迟疑地对他轻轻挥挥手。

他也对雪碧挥手,然后笑了一下。那个时候我就已经知道了,我永远都不会忘记他的那个笑容。也许在下个月、明年、在雪碧的婚礼上……多久以后都有可能,这个笑容会在某个突如其来的瞬间,在我眼前闪一下,不管那时候我在一个多么热闹的场合,不管那时候我是不是在很开心地和人谈笑风生,在我心里面的那片黑暗里,这个笑容会像一盏瓦数不够的路灯,苍白地、勉强地闪烁那么十分之一秒,再熄灭。我所有的好兴致、所有的喜悦就会跟着黯然——最可怕的就是这个,要是完全没有了也就罢了,怕就怕它们都在,只是没有了光泽。当我满心都盛着没有了光泽的好兴致和喜悦,我就要不由自主地开始怀念了。

不是怀念他,是怀念我爱过他。

所有的好时光,都是在海棠湾那个黎明过去的。所有的好时光,都挥霍在了日出时候满天的朝霞里面。那个时候多奢侈啊,我甚至都可以用霞光去点烟。但是,我应该知道那其实是留不住的,我知道的,但是我还是没逃过那个幻象,我以为只要我摒弃了所有旧日的耻辱,就可以永远活在那个海棠湾的黎明里。我很蠢,太蠢了。可是人生那么苦,我只是想要一点儿好风景。

雪碧打开客厅里的灯的时候,我在突然雪亮的墙壁上,看到了郑成功那个小小的、绿色的手印。像一片幼嫩的叶子。那时候我气急败坏地跟南音说,我会要苏远智来替我重新粉刷这面墙——还好,我没有那么做。当我意识到雪碧在静静地凝视着我的时候,我才发现,我居然对着那个绿色的手印，微笑了很久。我甩甩头，对她说："去洗澡吧，赶紧睡觉，明天还要上课呢。"

她点头道："电话留言的灯亮着，我看了号码，应该是……应该是小弟弟的爸爸。"

"不管他，明天再说，今天我们都累了。"我冲她笑了一下，"夜里你会不会想念外婆？"

她也对我笑笑："夜里你会不会想念小弟弟？"

于是我说："那么你过来和我一起睡？"

她说："好的。"

她的身体散发着一种只有小女孩才会有的水果的气息。一片漆黑之中，她翻身的时候把被子弄得"沙沙"响，那种像睡在落叶堆或者稻草堆上的感觉更是在提醒我，秋天到了。"姑姑。"我看不见她的脸的时候，她的声音更是清澈动人，"你和冷杉哥哥吵架了吧？"

"是。"我简单地回答，是因为我没什么力气再撒谎了。

"你们俩，将来会结婚吗？"她的语气充满了兴奋。

"怎么可能？"我淡淡地笑。虽然从一开始我就知道不可能，但是没想到这么快就……有些事情不用说出来，大家心里都明白的，"你呢，雪碧？"我试着转移话题，"你有喜欢的男孩子吗？"

"我……"她在很认真地思考，"我上三年级的时候喜欢过我们班一个坐我后面的男生。可是后来放暑假了，再开学上四年级的时候，我们的座位换开了，我就不怎么喜欢他了。"

黑夜里我的笑声听上去格外由衷："真遗憾。"

"不过，"她继续一本正经，"我现在倒是想好了，我以后要找什么样的男朋友。"

"说来听听。"

"我……"我能从那个语气微妙地变化了的声音里,替她感觉出来脸上那一阵羞涩,"我想要一个西决叔叔那样的男朋友……"听到片刻的沉寂,小姑娘顿时紧张了起来,"我不是说我喜欢西决叔叔哦,不是,我就是说,我想要他那样的人,我觉得,我觉得他好。"

我非常认真地说:"好眼光。"

我知道她把脸埋在了枕头里面,因为悄悄的笑声是从棉布里面传出来的。可是突然之间,她自己转换了话题,声音听上去平静无比,完全听不出刚刚才笑过。

"姑姑,我想外婆了,就在刚才,突然一下子,就好像有人推了我一把。"

我对着她的方向伸出了手臂:"过来。"她像只小动物那样钻了过来,温热的呼吸暖暖地吹拂着我胳膊下面那块柔软的皮肤,很痒。"我知道这很难熬。"我一边摸着她柔软的、长长的头发,一边对她说,"忍一忍,最后都会习惯的。"

"其实我刚刚来龙城的时候,"她的语气里有种迷茫,"晚上一个人睡觉,也会有点儿想念外婆,可是吧,那个时候,我想念外婆的时候我就可以跟自己说,外婆很好,住在养老院里面。我确切地知道外婆在什么地方,想她的时候就不会那么难过。但是现在,我想她,可是我完全不知道她在哪里。"

明白,就是因为这样,想念才变成了惶恐。

"这个问题其实很好解决的。"我搂紧她,凑在她耳边说,"我告诉你一件事算了,我只告诉你一个人。你外婆的骨灰盒现在不是放在那个小房间里吗? 其实,我的奶奶也在那里面。她和你的外婆一样,是个非常、非常善良的人。雪碧,这真的是秘密,你不能说的——因为在这个家里,除了我就没人知道这件事了。他们都以为我奶奶的骨灰埋在墓地里面，可其实在下葬那天，我偷偷把两个一模一样的盒子换了。我不是故意要做坏事，因为我知道奶奶她不愿意葬在那个地方，我以后要找机会把她葬回她小时候长大的地方。可是我没办法让这个家里的人相信我。你懂吗？"

"Cool……"她赞叹着。

"所以，现在，雪碧，你就这么想吧，你的外婆和我的奶奶在一起。这样想，是不是你就能好受一点儿，外婆似乎是有了个去处，对不对？"

她点头，发丝蹭着我的身体，后来，她就睡着了。我想，我也应该是睡着了。

奶奶弥留的时候，爷爷挂着一根拐杖，坐在病房外面的走廊里。他召集他的儿子们一起开会，我记得那天，守在奶奶床边的，是三婶和当时读中学的我。关于墓地的讨论断断续续地传了进来，爷爷说，老家的坟地终于派上了用场——就是按照两个人的大小准备的，现在是奶奶，过几年，就是他，一切都非常合理。他们已经开始商讨细节了。这个时候，点滴快要打完，三婶起来去叫护士，非常自然地，病房里就只剩下了我们俩。

我想那一定是上天安排好的。奶奶就在那时睁开了眼睛，眼神里全都是期盼。我弯下身子在她耳边问她要什么，她费了很大的力气，她已经使唤不动她的嗓子，只好用一口苍老的、残存的气息和我说话，她说："我，要，回，家。""回家？"我很困惑，她肯定地闭了一下眼睛，表示我没有听错，"奶奶，等你病好了，我们就可以回家了。"我以为这样肤浅的谎话可以欺骗一个就要归于永恒的生命。

这个时候，走廊上的讨论像神祇那样传了进来。爷爷在和我爸统计乡下老家那些姓郑的男丁，有谁比较适合帮着扶灵。奶奶深深地看着我："东霓，我，我不想去。"那一瞬间我明白了她的意思，我握紧了她干枯的手，我说："我明白了，我送你回家，回你自己的家，我懂的。"她心满意足地闭上眼睛，很快又陷入了沉睡中，直到次日正午。

其实我至今不知道为什么，奶奶会不愿意和爷爷葬在一起。后来的日子，我仔细地回想着记忆中的他们，觉得他们无非是一对再普通不过的爷爷和奶奶。午后的艳阳下，他眼神漠然地坐在院子里，偶尔吸烟，身后传来奶奶洗碗的水声，奶奶洗完了碗，会替他泡一杯茶，有时候茶来得慢了些，他有些不满地朝屋里张望一下。只有看到西决的时候，他的眼睛才是柔软的。

我只能想起来这些了。谁知道他们在年轻的时候经历过什么？谁知道他们有没有真正相爱过？说不定奶奶总是在想象之中完成着离开这个男人的冒险，但是岁月的力量太过强大，最终她也不再想了。她生育，变老，含辛茹苦，后来站在午后的阳光下，把不知道第几百几千杯热茶递给那个男人，也许就是在某个这样的午后，她惊觉自己的一生快要结束了，她胆战心惊地对自己说，她希望她和这个男人可以到此为止，她希望自己可以睡在她童年的村庄里，不为别的，因为在那里，她可以错觉自己就算已经死了，生命还是崭新的。

这些，我都没有机会知道了。我其实完全不了解那个我最亲的人。我唯一能为她做的，就是要一点儿花招，遵守我的承诺。

我睡着了吧？今晚的睡眠真冷啊。冷得我全身僵硬了，我想要把自己的身子蜷缩起来，可是稍微挪动一下，全身的皮肤和骨头就针刺一般地疼。下雪了吗？我觉得雪花像针一样刺穿了我，想要把我从里到外地埋起来。喉咙和脑袋那里要烧着了。我的胸口其实一直都燃着一团火。我没有办法把这件事告诉别人。所以我根本就不可能忍受那些胸口没有火的人，比如方靖晖，他们会憋死我，和胸口没有火的人在一起的日子会憋死我。可是我也没办法和胸口燃着火的人待在一起,只要在一起,我们就一定会闯祸。谁能来帮我把这团火浇灭啊? 西决,我知道你一直都想这样做。可是不行的,真的浇灭了,我就再也不是我。西决你就是这片白茫茫的雪地,我就是雪地中央点起来的一堆篝火。我们身后那片黑夜就是我们生活的这个人间。所以西决,我不能没有你,其实你也不能没有我,你原谅我,好不好? 这个地方太冷了,对不对,郑成功? 别哭,乖乖你别哭,妈妈抱。我嫌弃你就是嫌弃我自己,我想离开你是因为我想离开我自己,宝贝,恨我吧,往死里恨我吧,妈妈求你了。

我听见床头灯被打开的声音。有一双手在轻轻地推着我,在摸我的额头,接着我觉得她弯下了身子,她的呼吸吹着我滚烫的脸:"小弟弟走了,你还有我,妈妈。"

第十八章
理查三世

我睁开眼睛的时候，先看见的是三婶的脸。她没穿平时在家里的那些衣服，穿的是出门时候的衬衣。所以我一时间就有点儿搞不清楚自己在什么地方。不过只要稍微一思考，脑子里面就一阵阵地疼，好像有一把电钻在里面凿洞。

三婶温暖的手抚到了我的额头上："好好躺着吧，说你什么好啊——都这么大的人了，生病了自己都不知道，你昨天夜里发高烧了，幸亏那个小雪碧挨着你睡，那孩子真是机灵，凌晨三点给我打电话问我该去医院还是该先给你喂一点儿退烧药——你自己都不知道吧？然后我就过来了……"她温暖地笑笑，"应该就是感冒的，不过一下子烧到三十九度，也真的有点儿吓人。退烧药的劲儿快要过去了，傍晚的时候一定还会再烧起来，我给你炖了鸡汤，还做了一点儿粥，你得吃点儿东西才能吃药……"

"三婶，没有你我就死定了。"我有气无力地笑。

"我听南音说过一两句，东霓。"三婶表情有点儿不好意思。我觉得一阵冷战滚过了全身，"南音说什么？"我干裂的上嘴唇和下嘴唇彼此艰辛地摩擦着。

"也没什么。"她把我脸上的头发拨弄到枕头上去,"其实,东霓,我是觉得一个男人比你小那么多不是很好,男人本来就长不大,你再找来一个……更是名正言顺地要你来照顾了……"她转过身子倒了满满一杯水,"不过吧,人一辈子其实也很短,要是你真的特别喜欢他,没什么不可以。"

"你想到哪去了,三婶,"我想笑一笑,可是似乎一勉强自己做什么头就会晕,"哪会有一辈子啊。我没想过。"

"你吃过的亏够多了,总要长点儿记性。起来喝水。"我坐起来的时候,肋下也是一阵针刺一样的疼,三婶把被子一直拉到我的下巴那里:"不过,"她又笑了笑,"我也承认,这种事儿,总是要讲点儿运气的。"

三婶那晚原本想要留下来陪我,是我硬要她回去的。我自己坐在那里发了很久的呆,看着外面的天空一点点变得混浊。今天就算了,明天不管我能不能好一些,都得去趟店里看看他们。厨子吵着要加工资不过那是不可能的,他要是再不合作我就威胁他,我会把他偷偷给茜茜买衣服和火车票的事情告诉他老婆……想想这些可以开心的事情就好了,郑东霓,我警告你,不准想冷杉。

好吧,店里后厨房的水槽和冷杉一点关系都没有——因为冷杉的工作是负责在前面招呼客人。那个水槽又有点儿问题——那个可耻的老丁,给我装修的时候跟我拍着胸脯的保证全是放屁。那个时候我和他杀不下来价钱,所以某天,我拎着那个装着郑成功的小篮子去到正在施工的店面里。我用一种略微有点儿凄凉的语气和他讲:"你看到了,我儿子和别的小孩不一样的,今天下午我还得带着他去一趟医院,我一个女人,又没有老公,你知道我不容易的……"郑成功特别配合我，直到我说完台词，他都是安静的。还默默地啃着小拳头，专注地看着眼泪汪汪的我。后来他终于答应我再算得便宜一点儿，我走出去以后第一件事就是把郑成功从小篮子里抱出来，狠狠地亲吻他。我突然间觉得，或许作为一个妈妈，我并不像我自己想象的那么一无是处，我至少可以教会他怎么生存。

我和你说过，我们并肩战斗过的，郑成功小同志，你现在好不好？

我猛地坐了起来，那一阵突如其来的眩晕或者可以转移一下我的注意力，我裹紧了松松垮垮的开衫，我还是到厨房里去找一点儿吃的来，三婶的汤是很棒的，那种香气可以让天塌下来都没什么大不了。

雪碧站在厨房里，关上大冰箱的门，转过脸对我粲然一笑："鸡汤是我刚刚放在微波炉里面热好的，很香。"

"你放学了？"我错愕地看了看窗外的天色，一整天的昏睡让我没有了时间的概念。

"我逃了后面的两节课。"她甜美地一笑，"我们班主任今天不在。你生病了，我想早一点儿回家来嘛。"

"真是不像话。"我一边淡淡地说，一边坐到了餐桌后面。我不知道我该不该看着她，直到一个小小的瓷碗放在我的面前，蒸腾起来的水汽暂时地替我解了围。

"你要不要吃泡面？"她热切地看着我，语气里充满了憧憬，"我很会做方便面的，你就试试看嘛。"

"好。"我心虚得就像一个胆战心惊地把不及格的考卷藏在书包里的孩子。

"那让我找找西红柿。"她说着又转过了身子，打开冰箱，冰箱里面那块形状规整的光笼着她弯下去的上半身。

"你是什么时候知道那件事的？"我慢吞吞地问。

"哪件事？"她一手拿着一个西红柿，快乐地转身。

"昨天晚上，"我鼓足了勇气，"你叫我什么？你忘了吗？我知道我没做梦。"

"噢，你说那个。"她语气轻松，"外婆早就和我说过的。自从，自从我爸爸出去打工以后，我妈妈——我是说，家里那个妈妈要去和别人结婚了，外婆就和我说，没什么大不了的，她说——你早晚有一天会来阳城把我接走。"

"我那时候才十八岁，你知道吗？我什么也不懂。我妈妈和我说，她唯一能帮我的，就是把你送到阳城的亲戚家——因为你在阳城的爸爸妈妈，就是我的表哥夫妻两个没孩子。可是他们说，我得每年给他们寄钱。我妈说：'你自己去想办法，你敢做就要敢当。'我才十八岁而已我能想什么办法？"不知道为什么，我居然讲得这么流畅，仿佛我已经在心里面把这段台词准备了无数遍，"我的大学当时已经要劝退我了，因为我基本上是从一开学起就没去学校上过课⋯⋯我能怎么办？我那个时候的肚子已经开始大起来了，报到的时候我拿布条把身体勒了一层又一层，还穿着一件像面口袋那样松垮的衣服。我怎么敢真的去上课，真的住在宿舍里？我只好一个人悄悄地回来找我妈，她把我带到阳城去，躲起来，直到你出生。其实是，她死活都要按着我去把你打掉，我死活不肯。最后我赢了。你一出生，我就回到南方去了，我其实是去学校收拾我的东西，然后我就碰到了我的第一个经理，他叫我去唱歌，我问他：'夜总会唱歌赚的钱够我养活一个小孩子吗？'他看着我，他说：'你又漂亮，嗓子又好，又容易让人记住你——你还有故事，想不红，都难。'"我笑了，眼眶突然一阵发热，"就这样，很简单的。可是我只是每年汇一笔钱回去，我不敢去看你，我也不知道为什么，总觉得好像⋯⋯好像只要我不见你，很多事情就不像是真的。"

"水开了。"她慢慢地说,语气特别轻柔,顿时不像个小孩子了,她哧啦一声撕开了泡面的包装袋,"我爸爸是谁呀?"

"就是……就是那个时候和我谈恋爱的男人。"我嘲笑着自己,"这其实不重要的,你相信我,不过你得感谢你的西决叔叔,那个时候我们马上就要考大学了,我的男朋友消失了,我发现我自己怀孕了——我一个人站在楼顶上,要不是西决他冲过去把我拖走,我可能就真的跳下去了,那可就没有你了。说不定还真是因为这个,你看着他才觉得亲切呢。"

"他也知道吗?知道你其实是我……"她迟疑了,深深地注视着我。

"别,"我打断了她,两行泪静静地流了下来,"别说那两个字,我不敢听,别那么叫我,算我求你了。"

"行。"她把用过的肉酱包和调味包扔进了垃圾桶,"还是叫你姑姑比较好,我习惯了。"

"你刚才问什么?"我用手指在脸上抹了一把,"除了我和我妈,没人知道的。不对,现在三叔知道了,他做手术的时候我跟他讲过,只要他平安,我就告诉他当年我为什么不去念大学,不是我不想,是我不能。"

"念大学有什么好?"她清脆地说,"有什么可念的?我就不喜欢上学,那些功课都难死了。"

"你和我一样。"我看着她,"不过,我那时候作文还是可以的,没你那么费劲。"

"我今天晚上还得写作文呢。"泡面蹾在了我的面前,她也就势拉出来一把椅子坐在我对面,"要我们写自己做过的最勇敢的一件事。

你说,我写什么好?"我注意到她现在和我说话的时候不再加称呼了,"有了,我写这件事好不好? 三年级的时候我们学校组织春游,然后我的包掉进湖里了,因为可乐在里面,所以我就跳下去游过去把可乐救了回来——这件事,能不能写?"

"我觉得,好像不能。"我非常耐心地说。

"那你能说清楚,你做过的最勇敢的事是什么吗?"

泡面弯弯曲曲地沿着筷子滑行了下去,我紧紧地咬住了空荡荡的筷子头,然后对她笑了:"我做过的最勇敢的事,就是把你生下来。"

我永远都忘不了那个小诊所,我刚刚过完十八岁生日没有多久,整个城市因为这浓郁饱满的春天,弥漫着一种芬芳,只有那个小诊所,代表着芬芳背后的壁障。那些地方都类似于刑场,负责绞杀少女的矜持、柔软、羞涩,更重要的是,绞杀她们矜持、柔软和羞涩的权利。我坐在那把看不出颜色的木质长椅上,那个护士站在不远处准备着器械。我听着那些金属的武器铿锵作响地掉在白色的瓷盘里,我还以为它们是要上战场的。

医生从隔壁的房间走出来,卷着袖子准备洗手,我故意不去看她丢掉的沾着血的一次性手套。她冷冰冰地看了我一眼,问:"多大?"我说:"十八。"她撇了撇嘴:"都说自己十八。""我真的是十八,不信给你看我的身份证。"然后她就和那个护士一起笑了,医生说:"真是个傻孩子。"护士说:"要是不傻,也不会到这儿来了。"

有个女人走了进来,她的脸色很难看,行动也很慢。那个医生问她:"你是想装在瓶子里带回去,还是交给我们处理?"

"还可以带回去啊?"那女人惊讶道。

"嗯。"医生说,"有的人会带回去埋在花盆里。"

"我当然要带回去。"那女人微笑了一下,"正好喂狗。"

"算啦。"护士在旁边叹气道,"你就算是再恨那个男人,也得给自己留点儿口德。"

这时候周遭突然暗了下来。我惶恐地环顾四周,差点儿尖叫出来,我还以为神明终于决定了要惩罚所有参与了这个罪恶场景的人。但是医生懒洋洋地说:"停电了,小姑娘,你运气不好,要再等一会儿。""我去看看保险丝。"护士的语气也是懒洋洋的。

我毫不犹豫地站起来,夺门而逃。我掠过了那个女人,掠过了那扇肮脏的门,掠过了阴郁的走廊上那几盏形同虚设的灯,我一口气跑到了外面的大街上,那种奔跑带来的突如其来的轻盈和决绝终于让我感觉到,其实我依然是纯洁的。

我停在一个很普通的小卖部门前,写在一个硬纸壳上的"公话5角"红彤彤地戳在我眼睛里。我弯下腰按住了胃部,那种熟悉的恶心又来了。我把一张被汗水弄得潮湿的五元钱丢在柜台上,从冰箱里随便拿出来一瓶水,颤抖着拧开,拼命地喝下去。一口气喝干的时候,我看见了那个饮料瓶上的字样,才知道我喝的是什么。

我微笑着捏扁了那个塑料瓶,在心里对你说,你有名字了,我的意思是,如果你和我一样,也是个女孩子。

龙城的秋天总是很短暂的。一开始的时候还有点儿像夏天,过不了多久,冬天的味道就出来了,10月末,已经开始冷得有些肃杀气。南音换上了她那些很鲜艳很夸张的粗线毛衣,周末回家的时候总是夸张地喊着冷,然后尖声大叫着:"姐—— 你是用什么做的呀?都这种天气了,还是只穿丝袜和高跟鞋,你不穿裙子会死啊!"三婶就会在一边非常配合地说:"就是的,东霓,还是要当心一点儿自己的关节,别以为现在年轻不要紧,再过些年后悔也晚了……"现在的南音和我倒也是说话的,忘了是从什么时候开始的了——她逐渐地没办法做到对我视而不见,可能是随着她渐渐习惯了西决的缺席,也可能是——她禀性就是这样的,没办法坚持不懈地维持着太久的怨气。

当然,还是有些事情改变了,比方说,她再也没有来过我这里过夜。某个周末的傍晚,我提前回去帮三婶洗菜的时候,她像是不经意地经过我的身后,轻轻地说:"今天我在学校里看见了冷杉。"见我没有任何反应和表示,她有点儿兴味索然地说:"他在忙着准备申请的材料。他问我,你好不好。"

其实我已经很久都没有看到冷杉了。新学期开始以后,他重新拿到了奖学金,所以他不再需要到我的店里兼职。我记得那一天还是暖和的,是正宗的秋高气爽。他站在我对面,有很久的时间,我们都不知道该说什么好,终于还是我先开了口:"你要是真的拿不了主意,我就来替你拿了。你应该去。你现在正是最好的时候,奔一个好的前程是理所当然的,你不是那种一辈子可以在龙城终老的人,更何况,这儿连你的家都不是。所以,你还是走吧。"

"我不是拿不了主意。"他语气里仍然带着那种小孩子的蛮横,"我只是觉得……"迟疑了好半天,他说出来的依然是几天前的话,"我只是觉得,如果是我妈妈,她不管怎么样都不会丢下我,你不应该把郑成功丢下……"

"你觉得你喜欢上了一个坏人,对吧?"我安静地注视着他焦躁的眼神,"这件事让你不知道该怎么办了,对吧?"

他一言不发,眼睛对着窗外明亮的蓝天,突然微微一笑,摇了摇头。

"走吧。"我很认真地说,"会有一个合适的女孩子等着你的,你相信我,你也应该有一个更好的女朋友。"

"我忘不了你,你明明知道。"他眼睛里有一种我从没有见过的倦意,那让我心里牵得一疼。

"算了,我现在不和你争这个,我就当你忘不了我,但是这不会妨碍你再去喜欢别人,不信,你试试看。"

他笑了:"可是那不一样。"

我也笑了:"这个我同意。是不一样。不过,你也不能要得太多。"

我们最后一次的拥抱,仍然是紧紧的:"你等着,说不定有一天,我还是会回来找你呢。"他的语气里充满了希冀,于是我说:"好吧,我等着。"我想有朝一日若是郑成功稍微懂了一点儿事情,一定也会用类似的语气和我说:"妈妈你等着,我长大要到月亮上面去。"我也会像今天这样,肯定地说:"好吧,我等着。"

"你们知道吗?"三婶一边摆盘子,一边兴奋地对南音说,"我们楼上那个周叔叔,今天还来问我,有没有打算卖掉我们的房子。"

"有病啊?"南音没什么兴致地嘟囔着。

"什么叫有病? 人家碰上的是特别好的事情。"三婶眉飞色舞,"你知道他的儿子结婚以后还是跟他们一起生活的嘛……"

"我不知道。"南音特别不捧场。

"那我现在告诉你了。"三婶的兴致还是丝毫不减,"周叔叔他们夫妻两个本来和儿子住一起的,后来儿子结婚了就多了一个儿媳妇,可是现在,儿媳妇怀孕了,而且还是双胞胎,这样等于家里一下子就又多了两个人,再过几年,两个小家伙的房间也得分开的,我也不知道周叔叔怎么想的,他说他和他老婆就是有种感觉,这两个孩子会是龙凤胎——也就是说啊,他们家里现在肯定是不够住的。但是他们又不愿意离两个小家伙太远……所以这两天他就是楼上楼下、整个小区地打听有没有人家想要卖房子。不过啊,我倒是觉得,周叔叔的那个老婆看上去人不好相处的,她的儿媳妇和她一块儿过日子,怕是也不容易——现在好不容易有了搬出去的机会了,要是还搬不出这栋楼那可就糟糕了。"三婶自顾自地说着,似乎不知道南音已经转身进了卫生间。

三叔以一种叹为观止的表情道:"我们搬来这个小区也有六年了吧,为什么我就连楼上住着什么人都不知道,你倒好,谁都认识,谁家的长短都能聊?"

"那是因为,"三婶非常严肃地说,"你不仔细观察。"

门铃是在这个时候响起来的,我们都以为是小叔,南音还开玩笑地说也许小叔和陈嫣吵架了,所以不由自主地想起他永远的大本营。可是门开的时候才发现,是两个陌生人。

一个是律师,另一个,是二叔很多年前的同事。

"这么多钱?你是说……都是哥哥的?"南音直率地尖叫道,身后三叔和三婶的表情也是一样的惊愕。

"眼下还不是。只不过应该是。再准确点儿,是他法定应该继承的郑嵩的遗产。把这笔钱拿回来,就是我们的目的。"那个律师很耐心地解释。

"郑嵩是谁?"南音瞪大了眼睛,"啊,对了……"

"是二叔。"我在旁边插话道。

"那个专利完全是郑嵩和另外两个同事的成果,当初他们的冶金设计研究院对这个专利的使用严格地说是不合法的,不过那个时候,大家都没什么知识产权的概念。可是现在……"律师环顾了一下室内这群困惑的人,"简单点儿说好了,十年前,冶金设计院把当初郑嵩他们的专利归属到设计院下属的一个公司下面,现在这个公司跟冶金设计院完全没有关系了,经历过了一些复杂的资产转让……"我觉得他下面说的话可以省略五百字左右,简单点儿说,我们终于听出来一个大概,二叔他们三个人的专利现在变成了一笔数字巨大的钱,但是这个专利眼下被一个莫名其妙的公司据为己有,二叔不在了,当初的三个人里面剩下的两个决定联手打这场官司,希望郑嵩唯一的合法继承人,郑西决,签字和他们一起充当原告。

客人们走了,丢给我们一个需要慢慢消化掉所有震惊的夜晚。

"可是,要怎么告诉西决这件事呢?"三婶出神地看着吊灯,"给他打手机,十次有九次是不在服务区,好不容易通一次都不知道信号行不行……南音,不然你先在电脑上发一封那个什么邮件给他,再写一封手写的信吧,他上一次给家里打电话都是两周前了——每次都得走好远的路去到邮电局,真是伤脑筋……"

"好吧,"南音点点头,"不就是把事情说清楚,要他写封授权委托书回来就行了吗?我想想,哥哥上一次写给我的用手写的信,寄到龙城来用了多久?"

"你……"我犹豫了一下,还是问了,"你经常给西决寄手写的信吗?"

"嗯。"她看了看我,"你要是想寄的话,也可以啊。"

"我还是算了,我……"我勉强地笑笑,"我都那么久没有用笔写什么了,说不定好多字都不会写了呢。"

南音托起了腮,非常神往地说:"爸,如果我没有理解错的话,哥哥很快就要变成一个有钱人了对不对?"还没等三叔回答,她自己兴奋地粲然一笑,"真好,我以后随时随地都找得到人借钱了。"

"话也不是那么说的。"三叔苦笑道,"官司能不能打赢还说不好。"

"我觉得行。"三婶突然说,"我有种感觉,就是觉得行。可是啊……"

三婶长长地叹气,"我倒觉得对西决来说,这未必是好事。"

"这还不好?"我淡淡地说。

"我们现在的日子不好吗? 要那么多钱做什么?"三婶的表情居然是吃惊的,"西决是个善良的孩子,本来就不容易分清谁是真心对他好的,一下子凭空多出来这么一笔钱,我怕他更容易碰到坏人,遇到麻烦的事情。"

"不要瞎操心了,西决哪有那么傻。"三叔说。

那天夜里,我真的想要试着写一封信给西决,我坐在餐桌前面发了很久的呆,终究还是没写。因为我害怕他会收不到,因为我害怕他即使收到了也不会看,因为我害怕他即使收到了,看过了,终究还是不会给我回信。虽然这三种情况导致的结果都是一样的,可是我知道我一定会无休无止地猜测我自己遇上的到底是哪一种——我不想给自己惹这样的麻烦。

就是在这样的深夜里,我接到了江薏的电话。

"东霓,我现在在龙城。"她的语气淡淡的,听上去也不像是要给我惊喜。

她爸爸留下来的那套老房子如今变成了一个仓库,满地都堆着书。她就端坐在一摞《莎士比亚戏剧》上面,对我说:"骨头都要累散了。"

"你……是要把它们都当废纸卖了吗?"我故作惊骇状。

"去死吧你。"她瞪着我,"我现在要把这房子租给别人,人家房客嫌这一屋子的书太占地方。我回来就是来折腾这个的。暂时放你那里,行不行?"

"还不如放我小叔那里,至少有人看,也不算糟蹋东西。"我盯着她,"你在北京,好不好?"

"就那么回事吧,没什么好,也没什么不好。"她似乎不愿意多提,"东霓,西决什么时候回来?"

"他要去一年。"我意味深长地笑笑,"是不是在北京不开心啊?还是被什么男人骗了,想起来吃回头草?"

"滚吧你。"她笑着拿起身边的一团旧报纸丢我,"我是真的想他了,不行啊?"

"当初走得头也不回,是不是发现西决居然没有死缠着你,有点儿不过瘾啊?"我一面调侃她,一面就势也想坐在另一摞莎士比亚上面。

"别——"江薏惨叫着,"那上面全是灰。要坐上去你也要先垫一张报纸啊。"

我把刚才她拿来丢我的那张报纸打开来,那是一张当天的《龙城法制日报》,真的是不小心扫了一眼——因为我想把它折叠起来,我就看到了一个让我一愣的标题,那篇报道讲的居然就是二叔他们那场官司。

我不动声色地把它铺好,然后坐下来,慢慢地说:"江薏,你我之间,不用藏着掖着。"

她一怔,脸上也跟着不动声色起来。

"你看到报纸了,你知道郑嵩是西决的爸爸,你也知道西决很可能要得到很大一笔钱了,对不对?你在龙城有那么多朋友,打听出这个来不过是几个电话的事儿。所以你来问我西决什么时候回来,所以你告诉我你在想他……江薏,"我悲哀地摇头,"我真替西决不值。"

"我是真的爱他,你最清楚这个!"她激动地喊叫了起来。

"是,你爱他,只不过你受不了他身上的有些缺点,可是现在他有钱了,或者说他可能要有钱了,他的那些缺点就全都没什么了,你是不是这个意思?"

"那又怎么样？"她倔强地看着我，"东霓，谁都可以来指责我，除了你。"

"我不是指责你。"我托住了额头，"那个时候你一定要去北京，一直都在挺你的人是我。因为我知道你想要完全不一样的生活没什么错，你说的，你不全是为了钱，你不愿意和西决在一起也不全是因为钱，我都相信你的——滚你们的书香门第吧，都他妈一路货。"

"我原来以为我是为了一点点理想。"她突然绽放了一个温柔的笑颜，"我真的以为我是为了理想。东霓你别笑我虚伪，你只不过是没有面临过和我一样的考验——我没有通过，仅此而已。"

我们对望了片刻，静默了片刻，然后我们突然一起笑了，越笑越开心，我伸出手去在她肩膀上推了一把，她也推了回来，我知道，这一刹那的默契足够我们这两个糟糕的坏女人再相亲相爱上很多年。

"为什么啊？"她叹气的声音充满着柔情，"西决那么那么好，为什么我就是不能无条件地去爱他？"

"因为你和我是一路货。"我回答，"我们真正爱的，都是一些坏的东西。"

她像个小女孩那样雀跃着跳了起来，从身子底下抽出某一本厚厚的莎士比亚，急匆匆地翻着："给你看一样好东西，我爸爸研究了一辈子莎士比亚，我小的时候他总是给我讲里面的故事，读里面的台词，我从小就觉得他们说话都好好听。我特别喜欢这个，《理查三世》。"

"免了吧。"我笑道，"我是粗人。"

"多粗的人也能懂的……"她的大眼睛里顾盼神飞，"理查三世是个坏人，是个最坏的国王，你知道这个就好，这个最坏的恶人在临死之前对自己说——你听好了——"

她的声音在一秒钟之内被镀上了一层神秘的光泽："哦，良心是个懦夫，你惊扰得我好苦。蓝色的微光。这正是死沉沉的午夜。寒冷的汗珠挂在我皮肉上发抖。怎么！我难道会怕我自己吗？旁边并无别人哪：理查爱理查；那就是说，我就是我。这儿有凶手在吗？没有。有，我就是；那就逃命吧。怎么！逃避我自己的手吗？大有道理，否则我要对自己报复。怎么！自己报复自己吗？我爱我自己。有什么可爱的？为了我自己曾经做过什么好事吗？啊，没有……"

她合上书，抬起头望着我："怎么样，你能懂得，对不对？"

尾声

北国之春

冬天来临的时候，三叔和三婶真的把房子卖给了楼上的周叔叔。我们一直都搞不清，那场席卷全世界的金融危机究竟以一种什么样的荒谬方式触动了三婶，让她在一夜之间认为，什么都是不可靠的，除了一个大到把所有她能想到的家人聚集其中的房子。

他们的新家偏离了市中心，位于龙城西边，护城河的沿岸，那里跟原先的地方比起来，略显荒凉，离郊区也不算远了。但是，三婶总是得意地说："看着吧，准会涨的。"还有，她总是不喜欢我说"他们的新家"，而要说"我们的"。好吧，不管是谁的，总之，这个新家是个宽敞的townhouse，还有个小小的院落，但是因为是冬天的关系，我倒觉得院子还不如没有，省得灰蒙蒙的，看着凄清。南音最高兴的事情，就是"自己家里推开门，也能看到楼梯"。虽然我也不明白是什么逻辑，但这是她的原话，我一个字都没有改。

2009年的春节，就这样来临了。年三十那天，三叔和小叔在二楼的阳台上孜孜不倦地对付一堆木炭，因为他们希望在这个乔迁的除夕夜，能够吃上一顿记忆中最美味的炭烧火锅。他们俩开心得就像两个贪玩儿的小孩子，让人觉得其实他们根本不在乎那个火锅能不能成功地烧起来。

邻居家零星的鞭炮声中，我拨通了方靖晖的电话。

"来，宝贝儿。"方靖晖愉快地说，"是妈妈。"

郑成功还是老样子，虽然我总是觉得我已经和他分开很久了，虽然我总是梦到他长大了，但是他的声音逼近我的时候，依然是那个熟悉的小火星人。

"郑成功，"我的喉咙似乎是被堵住了，"你是不是生妈妈的气了？"

"没有。"方靖晖耐心地说，"宝贝儿你告诉妈妈，你很高兴很快乐。"

"郑成功，你还记不记得，妈妈给你起过另一个名字，你还记得吗？"

"他好像是不大记得了，妈妈再说一次吧。"方靖晖的声音还是静静的。

"妈妈喜欢叫你饱饱，是'吃饱'的'饱'，你别搞错了字。"眼泪流了下来，滴落在电话的按键上，我简直害怕它们会像郑成功顽皮的小手指那样，为我们的通话弄出来"嘟——"的一声噪音，"郑成功，你还认得妈妈吗？"

"怎么会不认得？你跟妈妈说，妈妈要是想念我们了，就来看我们吧。现在是冬天，我们这里比北方舒服得多。"

我狠狠地用手背在脸上蹭了一把，带着哭音笑了出来："方靖晖你要不要脸啊？什么叫'想念你们'？我只是想念郑成功而已，关你什么事？"

那应该是我第一次承认，我想念郑成功。

挂掉电话后，三婶走到我身边，拍拍我的肩膀，她突然说："我原本准备了两个红包，我还以为郑成功春节会回到龙城呢。不过不要紧，我把两份都给雪碧。弟弟不在，姐姐代他拿了。"

然后她不再理会呆若木鸡的我，径直走回了厨房——她的领地。

三叔，你答应过我，这个秘密你不告诉三婶的。你不守信用。

南音的尖叫声从二楼直抵我的耳膜："哥哥——哥哥回来了——真的，那辆车里坐的一定是哥哥——"

落地窗外面，西决站在那里，看上去若无其事地从出租车的后备厢里拿行李，那个登山包重重地堆在车灯照亮的那一小块地面上，当我感觉到寒冷像月光一样迎面罩过来的时候，我才知道，原来我不知不觉地打开了落地窗，来到了院子里。

他瘦了，一身风尘仆仆的气息。我的心在狂乱地跳着，我知道我在等待，等待着他能像现在这样，风尘仆仆地看我一眼。

我还希望，这一眼能够看得久一点儿。

"回来了？"我听见自己难以置信地说，就像在提问。

"当然，过年了，怎么能不回来？"他的语气有点儿微妙的粗鲁，就像是回到了青春期。

是他先对我微笑的，我发誓，这是真的。

2009年7月—2010年5月13日凌晨
巴黎 — 太原 — 北京